COLEÇÃO EXCELSIOR

BIOGRAFIAS — MEMÓRIAS — DIÁRIOS — CONFISSÕES
ROMANCE — CONTO — NOVELA — FOLCLORE
POESIA — HISTÓRIA

1. MINHA FORMAÇÃO — Joaquim Nabuco
2. WERTHER (Romance) — Goethe
3. O INGÊNUO — Voltaire
4. A PRINCESA DE BABILÔNIA — Voltaire
5. PAIS E FILHOS — Ivan Turgueniev
6. A VOZ DOS SINOS — Charles Dickens
7. ZADIG OU O DESTINO (História Oriental) — Voltaire
8. CÂNDIDO OU O OTIMISMO — Voltaire
9. OS FRUTOS DA TERRA — Knut Hamsun
10. FOME — Knut Hamsun
11. PAN — Knut Hamsun
12. UM VAGABUNDO TOCA EM SURDINA — Knut Hamsun
13. VITÓRIA — Knut Hamsun
14. A RAINHA DE SABÁ — Knut Hamsun
15. O BANQUETE — Mario de Andrade
16. CONTOS E NOVELAS — Voltaire
17. A MARAVILHOSA VIAGEM DE NILS HOLGERSSON — Selma Lagerlöf
18. SALAMBÔ — Gustave Flaubert
19. TAÍS — Anatole France
20. JUDAS O OBSCURO — Thomas Hardy
21. POESIAS — Fernando Pessoa
22. POESIAS — Álvaro de Campos
23. POESIAS COMPLETAS — Mário de Andrade
24. ODES — Ricardo Reis
25. MENSAGEM — Fernando Pessoa
26. POEMAS DRAMÁTICOS — Fernando Pessoa
27. POEMAS — Alberto Caeiro
28. NOVAS POESIAS INÉDITAS & QUADRAS AO GOSTO POPULAR
    Fernando Pessoa
29. ANTROPOLOGIA — Um Espelho para o Homem — Clyde Kluckhohn
30. A BEM AMADA — Thomas Hardy
31. A MINA MISTERIOSA — Bernardo Guimarães
32. A INSURREIÇÃO — Bernardo Guimarães
33. O BANDIDO DO RIO DAS MORTES — Bernardo Guimarães
34. POESIA COMPLETA — Cesar Vallejo
35. SÔNGORO CONSONGO E OUTROS POEMAS — Nicolás Guillén
36. A MORTE DO CAIXEIRO VIAJANTE EM PEQUIM — Arthur Miller
37. CONTOS — Máximo Górki
38. NA PIOR, EM PARIS E EM LONDRES — George Orwell

A MORTE DO CAIXEIRO VIAJANTE EM PEQUIM

COLEÇÃO EXCELSIOR

Vol. 36

Capa
Cláudio Martins

Tradução
Álvaro Cabral

EDITORA ITATIAIA
BELO HORIZONTE
Rua São Geraldo, 53 — Floresta — Cep. 30150-070
Tel.: 3212-4600 — Fax: 3224-5151
e-mail: vilaricaeditora@uol.com.br
Home page: www.villarica.com.br

Arthur Miller

A MORTE DO CAIXEIRO VIAJANTE EM PEQUIM

EDITORA ITATIAIA
Belo Horizonte

Título do original norte-americano publicado por *The Viking Press,* New York: *Salesman in Beijing*

Direitos desta tradução reservados à
PHILOBIBLION Livros deArte Ltda.
Av. Churchill, 109 — sala 704
20020 Rio de Janeiro, RJ

M592m Miller, Arthur, 1915-
A morte do caixieiro viajante em Pequim / Arthur Miller; tradução de Álvaro Cabral. — Rio de Janeiro: Itatiaia, 2005.

(Coleção Excelsior , 36)

Tradução de: Salesman in Beijing.

1. Literatura americana — Diário. I. Cabral, Álvaro, 1922- trad. II. Título. III. Série.

86-1008 CDD — 813

2005

Direitos de Propriedade Literária adquiridos pela
EDITORA ITATIAIA
Belo Horizonte

Impresso no Brasil
Printed in Brazil

COMO ACONTECEU

Um em cada quatro seres humanos é chinês. Isso pode ser uma circunstância deveras embaraçosa quando, por exemplo, ao falar-se de um escritor, ou ator, ou pintor, afirma-se que ele é um dos "maiores do mundo" e, no entanto, é totalmente desconhecido dos chineses. E quando os grandes da cultura chinesa são quase igualmente ignorados fora de suas fronteiras, o isolamento desse grande povo parece tão incrível quanto a estreiteza de perspectivas de ambos os lados.

Em conseqüência da quarentena cultural imposta a todas as obras e influências estrangeiras pela Revolução Cultural durante um período de mais de uma década, o artista e o público teatrais chineses estavam familiarizados apenas com as formas de Tchekhov, Gorky, Tolstoi, Ibsen e seus imitadores chineses, e esses por causa da conexão sino-soviética no começo da década de 1950. Nos anos 60, sob o terrlvel reinado de Chiang Ching, esposa de Mao e ex-atriz, apenas oito Peças Modelos tiveram sua encenação permitida, as quais tendiam mais para a manifestação política do que para obras imaginativas sobre as realidades dos seres humanos.

Durante uma visita à China em 1978, conheci Cao Yu, superintendente do Teatro de Arte do Povo de Pequim, e Ying Ruocheng, diretor e um dos principais atores desse teatro, os quais tinham ambos alguma experiência pessoal nos Estados Unidos e estavam ansiosos por abrir seu país ao repertório internacional pós-Segunda Guerra Mundial. Mas isso era mais fácil de dizer do que de fazer; nem eles nem ninguém sabia se — e até que ponto — o público chinês entenderia peças ocidentais, após tantos anos de completo isolamento. Havia também uma interrogação a respeito do ator chinês, treinado num estilo não-realista que era, no pior dos casos, melodramático e intoleravelmente bombástico, comparado com a sóbria técnica de desempenho teatral do ocidente — o qual, evidentemente, se desenvolveu sob a influência de uma dramaturgia muito mais realista na Europa e na América, bem como de uma tradição cultural profundamente diversa.

Ying Ruocheng era amplamente versado em literatura ocidental, descendente que era de uma linhagem de *scholars,* e Cao Yu passara um ano nos Estados Unidos, na década de 1930, quando se apaixonara pela obra de O'Neill. Escrevera numerosas e fecundas peças nos anos que precederam imediatamente a Libertação, em 1949, as quais refletem o sentimento de destino trágico, peculiar a O'Neill, de uma sociedade cujo espírito fora envenenado. Algumas dessas peças são muito populares de novo na China. Ambos os homens sofreram imenso com as perseguições da Revolução Cultural, que desperdiçou totalmente mais de uma década de suas vidas, e a da própria China, e estavam agora, em 1978, com a expulsão do chamado Bando dos Quatro, ansiosos por entrar em contato com o ocidente e recomeçar tudo de novo. O objetivo fundamental deles, entretanto, era investigar a dramaturgia ocidental a fim de iniciarem a busca de novas formas e estilos de representação teatral em consonância com a China de hoje.

Tendo chegado em 1978 como turista, não tardei em compreender que os escritores, diretores teatrais e atores com que me encontrava estavam tentando dizer-me algo que, em minha ingenuidade e desinformação, só gradualmente captei: quase sem exceção, eles eram egressos recentes de longos períodos em prisão ou no exílio, e alguns tinham perdido esposas e amigos durante a década anterior. Cao, então com 70 e poucos anos, fora exonerado de seu cargo de superintendente do Teatro de Arte do Povo de Pequim e convertido em seu porteiro, e Ying passara vários anos no cultivo do arroz. Tal como outros artistas com quem me encontrei, nada sabiam de mim ou de qualquer outro teatrólogo norteamericano depois de O'Neill ou, na verdade, tampouco sabiam muita coisa a respeito dos europeus, depois de Gorky.

Nos dois anos seguintes, Cao e Ying fizeram juntos uma viagem aos Estados Unidos, e Ying interpretou, entre outros papéis cinematográficos, o de Kublai Khan na produção americana de "Marco Polo" para a televisão; entre eles, adquiririam uma noção das obras que seu isolamento os privara até então de conhecer. É interessante que, em 1979, estavam falando sobre a montagem de *Todos Eram Meus Filhos* mas, passado mais ano e meio, mudaram de idéia e quiseram levar à cena *A Morte de um Caixeiro Viajante.* Nesse curto período, tinham se apercebido de que, com a abertura da China para o ocidente, era concebível que o público se tornasse suficientemente refinado para acompanhar *A Morte de um Caixeiro Viajante,* cujo estilo era uma completa inovação para eles. Além disso, no começo da década de 1980, um pequeno mas significativo número de novas peças chinesas tinha sido escrito e representado num estilo muito semelhante ao de *Todos Eram Meus Filhos,* o qual respeita a estrutura da peça realista clássica e, portanto, teria muito pouco a ensinar-lhes acerca de novas formas.

Mas a grande dúvida que ainda subsistia era se poderiam montar *A Morte de um Caixeiro Viajante* sem ajuda de fora e isso, finalmente, levou-os a insistirem para que eu fosse à China a fim de assumir a direção da montagem. Naturalmente, fiquei no começo atônito com a idéia: como poderia alimentar a esperança de dirigir um elenco sem poder falar com seus membros? Pior ainda, quando haviam passado mais de 30 anos desde que a China conhecera uma civilização mercantilista, mesmo rudimentar, como poderia eu esperar criar as realidades de um gênero de vida que não existia sequer nas lembranças dos chineses de hoje? Protelei uma decisão.

Mas, à medida em que passavam os meses, o desafio começou ganhando corpo em minha mente. Em primeiro lugar, nenhum diretor estrangeiro jamais tentara montar uma nova peça na China com atores chineses. Os entendidos em China que consultei não me encorajaram, pois *A Morte de um Caixeiro Viajante* era, para eles, uma peça quintessencialmente americana. No entanto, ela não tivera qualquer problema em ser entendida em muitas outras culturas. Nesse meio tempo, *O Cadinho* foi encenado em Xangai e os noticiários referiram-se a platéias comovidas até às lágrimas pelas recordações de seus próprios sofrimentos durante a Revolução Cultural, que a história suscitava. Mesmo assim — advertia-me intimamente — as realidades de *A Morte de um Caixeiro Viajante* estão, ou pareciam então estar, muito mais vinculadas a uma cultura. Willy Loman surgira de um mundo de ambição nos negócios, contaminado pela febre do êxito; a China era mais de noventa por cento camponesa e à maioria dos chineses vivos tinham sido ensinados valores socialistas proletários, a própria antítese daqueles valores pelos quais Willy lutava. Assim, o esforço poderia redundar numa total calamidade.

Finalmente, tomei a decisão de tentar a produção quando o professor Chu Wen Chung, presidente do *U.S.-China Arts Exchange,* um grupo privado de intercâmbio artístico financiado independentemente na Universidade de Colúmbia, me convenceu de que isso podia ser feito. Chinês de nascimento mas um americano por muitos anos de residência, Chu insistiu em que os chineses entenderiam Willy, e seu entusiasmo, somado às esperanças de Ying Ruocheng e Cao Yu, fez com que todo o projeto parecesse valer a pena.

Este livro baseia-se no diário que escrevi todas as tardes, entre os ensaios matinais das nove ao meio-dia, e as sessões da noite, das sete às dez. Deixei intatos os sinais denunciadores da ingenuidade inicial, os mal-entendidos e os erros de julgamento por que passei nos dois meses de trabalho árduo e estimulante, e a experiência de ver a China através de uma linha de visão singular e sem precedentes.

A produção de *A Morte de um Caixeiro Viajante* na China, sob a minha direção, foi possibilitada pela Associação Teatral Chinesa e, do lado americano, pela *U.S.-China Arts Exchange.* A ambas as entidades, meus melhores agradecimentos.

Arthur Miller

21 de março

Conheci hoje o elenco pela primeira vez. Como só cheguei ontem à noite, Ying Ruocheng decidiu, sabiamente, que devo programar apenas uma sessão matinal para hoje. E a verdade é que estou massacrado não só pelo tremendo descompasso no meu organismo, causado pela mudança de fusos horários num vôo por jato, mas também por não ter pregado olho durante toda a noite com a poluição que entra pelas janelas abertas do nosso hotel. À semelhança de Praga, Pequim queima carvão betuminoso e cozinha com carvão de lenha; assim, o ar está impregnado de poeira fina e os sapatos nunca se conservam limpos. Mas aqui eles também têm areia soprando desde o deserto de Gobi. A bronquite é o achaque mais comum. Eu quase tinha esquecido como são pobres e se vestem num tom tão cinza quanto o da própria cidade. Já começara a sentir a urgência chinesa em melhorar a economia do país; há tanta coisa de que necessitam, ainda mais quando sabem muito bem que outros países não carecem como eles das boas coisas da vida.

Os atores não me pareceram mais tensos do que um elenco americano no primeiro dia, mas ainda é difícil julgar seus sentimentos. Só contamos com suas expressões controladas para nos orientarmos; sou como um surdo buscando os olhos deles para captar emoções que, afinal de contas, sou incapaz de ler. Dou-me conta, ao escrever agora estas linhas, de que ainda estou entorpecido pela viagem no jato; os lobos frontais morrem um pouco após 24 horas no ar. Estou convencido de que deixamos partes de nossas almas acima das nuvens.

De qualquer modo, falei-lhes numa sala de conferências um tanto formal, desde a cabeceira de uma comprida mesa ladeada por duas fileiras de poltronas. Não consegui reter um único nome, embora me tivessem sido todos apresentados ontem no aeroporto, com efusivos apertos de mão; mas isso parecia-me ter acontecido há muitas semanas e muito longe. A Linda é especialmente comovente de contemplar. Possui uma beleza trágica e uma inteligência em seus grandes olhos castanhos que falam de sofrimento e humor, e notei ter sido ela a primeira a rir e a compreender a minha intérprete, a Sra. Shen, uma jovem perto dos seus 30 anos que se vestia no estilo austero da década de 1940, incluindo um vasto gorro vermelho.

Estou continuando isto às 4:45 da madrugada, incapaz de dormir com a preocupação e a surra que meu cérebro levara com a viagem até aqui. Jamais experimentara antes um tal efeito narcotizante.

O nosso quarto é demasiado pequeno mas prometeram mudar-nos logo para outro. Pelo menos, não estamos num daqueles enormes hotéis, que são idênticos no mundo inteiro e tendem a oprimir-me e deixar-me continuamente sedento com seu ar condicionado. O ar aqui é desagradável mas é ar.

Quando ontem me sentei diante do elenco, além de meia dúzia de técnicos, o cenarista, o luminotécnico e seus assistentes, e vi uma dúzia de blocos de apontamentos com canetas pousadas ao lado, a postos para registrarem os meus comentários, fiquei sem pingo de sangue, pois nada tinha a dizer-lhes, nada me ocorria naquele instante. Compreendi que eles deviam estar esperando que eu filosofasse a respeito da peça, da maneira que Harold Clurman costumava fazer, mas temia antecipar-me com sugestões erradas que mais tarde pudessem desorientá-los.

Uma das perguntas que fiz — pressentindo que eles respeitavam demais a presença do "Especialista Estrangeiro" para se abrirem comigo nesses momentos iniciais — foi se havia alguma coisa na peça que pudesse relacionar-se com hábitos, práticas ou crenças chinesas, imaginando que talvez pudesse partir de alguma base comum se, de fato, ela existisse.

Fez-se um silêncio tumular.

Estariam eles esperando que um diretor não fizesse perguntas mas, pelo contrário, lhes dissesse o que deviam pensar e fazer? Não sei. Mas o que eu imaginava ser um início de contato desconcertou-os e não me levou a nada. Pareciam até embaraçados. Estariam? Então Ying Ruocheng explicou-me que eles vinham lendo a peça juntos há vários dias e ainda estavam formando idéias sobre o texto em suas mentes. Em resumo, concluí eu, não a entendiam.

Bem, aqui estou eu no outro lado do mundo, feito prisioneiro pela minha própria curiosidade, de modo que acho muito preferível relaxar e ver o que acontece. Felizmente, houve uma diversão em meio ao constrangimento geral: Ying anuncia que construíram uma maqueta do cenário na sala de ensaios, ao fundo do corredor, e que eu poderia vê-la, se o desejasse. Agarrei-me a esse convite como tábua de salvação para romper o impasse e saímos todos juntos da sala de conferências. rumo ao chamado espaço de ensaios. Na realidade, trata-se de um vasto palco com as paredes revestidas de painéis marrons de isolamento acústico, um teto a 12 metros de altura, pelo menos, e uma longa fileira de poltronas de frente para os atores, do outro lado do fosso da orquestra coberto com tábuas, algumas quebradas e outras ameaçando desintegrar-se de velhas. A maqueta, feita de elementos retirados de outros cenários e de peças de tela e madeira unidas com pregos, é a imagem no espelho do cenário original da Broadway, com o quarto de dormir à esquerda do palco em vez de à direita, e assim por diante. Isso não faz a menor diferença mas não entendo por que o cenarista pensa, segundo Ying Ruocheng o traduziu para mim, que a inversão de tudo "colocará o cenário mais próximo do público". Estou cansado demais para sondar os motivos de tal raciocínio. O cenarista, como todos, homens e mulheres, no elenco e no quadro técnico, veste a clássica jaqueta de brim azul abotoada até ao pescoço, calças bufantes e boné. A pobreza desse teatro e da China está toda à minha volta. Recusei-me a permitir que o desânimo se apossasse de mim. Talvez seu desempenho seja mais fundamental do que atores mimados podem conseguir.

Os corredores por onde passamos são mal iluminados, em virtude da escassez de eletricidade, e a obscuridade tudo envolve. Há também um cheiro de privada, exceto por trás das portas fechadas das salas de conferências e de ensaios. Tanto os corredores como as salas estão pintados num tom bilioso e não sabem o que é pintura há muitos anos.

A maqueta, entretanto, foi um maravilhoso incentivo para o meu moral, considerando especialmente que é alguns metros mais larga e mais funda do que a original, a qual foi construída para ajustar-se ao palco muito menos amplo do *Morosco Theatre*. Assemelha-se a um barraco dos bairros para classes pobres construídos por Hoover, nos começos da década de 1930, com trapos estendidos de vários tons desbotados, tablados gastos pelo uso, pedaços de escadas de outras montagens.

Notei a presença de uma grande caixa de cartão contra a parede do lado direito, e Ying informa-me — interpretando o cenarista — que isso será a geladeira. Os ajudantes apresentam agora duas cadeiras e uma mesa de mogno que devem ter pertencido outrora a um conjunto para sala; as cadeiras têm linhas sinuosas, serpentiformes, sendo altamente improvável encontrá-las em qualquer cozinha americana. Mas preferi abster-me de comentar esse fato para não desapontar, nessa altura dos acontecimentos, o cenarista e seus orgulhosos ajudantes, bem como os atores que, formando um pequeno grupo, vigiam esperançosos as minhas reações. Talvez isso *lhes* pareça uma cozinha americana e talvez eu deva deixar as coisas nesse pé. A situação, porém, suscita um certo dilema filosófico que, até este momento, não consegui resolver: onde se presume, exatamente, que terá lugar a peça? Na China? Na América? Onde? Penso que esperarei para comentar sobre o mobiliário até poder decidir essa questão.

Nesse meio tempo, noto com certa satisfação que a geladeira, a par da mesa e das duas cadeiras, serão os únicos objetos na cozinha. O estilo que eu recomendara com insistência a Ying Ruocheng em Nova York tinha sido, segundo parecia, estabelecido e aceito. Ele quisera uma verdadeira cozinha americana para satisfazer a curiosidade do público.

Sentamo-nos agora num grupo, com Shen, Ying e eu em face dos atores, que acompanham uma fileira de cadeiras ao longo da parede, defronte para o cenário. Ainda escravo de meu cérebro entorpecido pelo vôo, devo jurar intimamente não dizer nada de que venha a arrepender-me, pois quando percorro com o olhar uma face após outra fica evidente que eles estão ávidos de liderança e orientação da autoridade suprema, o homem que escreveu a peça.

Eu não "preparei" um enfoque de produção; teria sido infrutífero tentar, quando eu não podia sequer imaginar o meu elenco ou como ele reagiria a qualquer coisa. Tenho de confiar nos meus instintos. Dou comigo discorrendo sobre o que realmente está em minha mente nessa altura: o local físico e cultural da peça. Antes de começar a falar, recordei um par de peças a respeito de ocidentais que tínhamos visto durante a nossa última visita à China, em 1978, e como era estarrecedor ver atores com os rostos maquilados de branco de giz e os olhos pesadamente "arredondados", caminhando pesadamente, sem elegância, como eles pensam que os europeus, especialmente os russos, andam e, o pior de tudo, usando perucas de estopa ou de vermelho vivo que, para nós, pareciam convertê-los em fantasmas de um carnaval macabro.

— A primeira coisa que quero discuitr com vocês — comecei eu — é o problema de como atuar como americanos. A resposta é muito simples e recomendo-lhes com instância que se esforcem com o maior empenho possível em acreditar no que lhes digo: não devem tentar representar, absolutamente, como atores americanos.

O riso situou-se algures entre confusa incredulidade e nervosa curiosidade.

— O modo de fazer esta peça eminentemente americana é fazê-la eminentemente chinesa — prossegui. — Qual é a alternativa? Vocês tentarão imitar filmes que viram, certo? Eles menearam afirmativamente as cabeças e riram de novo. — Mas esses filmes já são imitações e, portanto, vocês estarão imitando uma imitação. Ou talvez tentem observar como eu me comporto para imitar-me. Mas essa peça não pode funcionar — pode facilmente redundar num desastre — se for abordada num espírito de arremedo cultural. Posso dizer-lhes agora que um dos meus principais motivos para vir aqui foi tentar mostrar que existe apenas uma humanidade. Que as nossas culturas e línguas estabelecem coleções confusas de sinais, e estes impedem-nos de comunicar e de compartilhar dos pensamentos e sensações uns dos outros mas que, nos níveis mais profundos onde esta peça vive, estamos todos juntos numa unidade que talvez seja biológica. Não sou um antropólogo e não posso prever o que demonstraremos através desta produção; mas nada resultará dela se não forem emocionalmente fiéis aos vossos personagens e à história. Se forem, aposto que a superfície cultural cuidará, de algum modo, de si mesma, embora não possa estar certo, neste ponto, do que ela aparentará ser.

— E agora — rematei —, para ser específico, não haverá perucas. . .

Uma estrondosa explosão de gargalhadas, que não estou certo de ter entendido mas a que, de qualquer modo, aderi. Não tenho sequer a certeza de que eles acreditem estar eu falando sério. Olho de soslaio para Ying, sentado a meu lado; parece estar ligeiramente contrafeito e vejo agora que eles o espiam em busca de um sinal sobre a minha verdadeira intenção. Mas Ying mantém-se imutável. Recusa-se deliberadamente a intervir.

Tudo isso está acontecendo no proscênio, diante do plano mais baixo do tablado, que é o nível da cozinha, e ocorreu-me de súbito que o cenário vai estar muito distante do público, a menos que eu esteja interpretando erroneamente as marcas brancas no chão que indicam os limites do palco real no teatro. Também estou cada vez mais convencido de que a escada para o quarto dos rapazes está numa localização diferente da original, que funcionou de forma tão maravilhosa. Tendo o meu cérebro cedido à fadiga, condescendo agora em caminhar cuidadosamente pelo cenário com o responsável por sua construção. Ele tinha um olhar leitoso, barba rala e um sorriso de dentes amarelos, formando um quarto minguante. É um sujeito presunçoso, ri muito e foge às minhas perguntas. Paro sob um letreiro que diz "Trate-os Como Iguais" e peço-lhe que me diga se, de fato, mudou a localização da escada, a qual, em sua versão, não faz sentido arquitetural e estaria realmente fora da casa de Loman. Ele concorda comigo sem discutir, rindo com o seu assistente, enquanto todo o elenco nos olha. Ao que parece, todo mundo participa de tudo. O detalhe seguinte é a localização da geladeira, que ele colocou onde toda a ação se centraria sobre sua superfície branca, de modo que o fiz deslocá-la para a extrema direita. E assim por diante.

Isso recorda-me a descrição de Jo Mielziner de como ele projetou o cenário e até que ponto a peça teve que ser revista para ajustar-se-lhe. Jo era um gênio e acredito ter sido esse o seu maior cenário, mas considero a sua observação um cumprimento à peça, a qual, segundo parece, fez com que todos os envolvidos em sua primeira montagem reivindicassem créditos em tudo. De fato, tão poeticamente evocativo quanto seu cenário era, o projeto básico — três quartos em outros tantos níveis — era, na verdade, o meu conceito original, apresentado em minhas próprias direções, as quais pediam a divisão do tablado em três planos. Não obstante, 35 anos depois, ainda recebo cartas de departamentos de arte dramática de universidades perguntando-me que revisões fiz para ajustar a peça ao cenário. E aqui na China, uma vez mais, um outro cenarista, agora diante de um projeto acabado que resolvia todos os problemas, tem de acrescentar sua criatividade e transferir uma escada interior para o lado de fora, muito provavelmente com o intuito de deixar sua marca na montagem. Bem, a indiferença seria muito pior.

Insisto em mais algumas revisões, as quais têm todas a concordância dele; à direita, substituo um caramanchão que se projeta para fora do palco num absurdo ângulo oblíquo por um arco retilíneo e mudo a posição das camas dos rapazes no segundo andar. Mas isso são detalhes. A principal façanha dessas primeiras e um tanto incoerentes horas foi eu ter casualmente mencionado a Ying que, quando ele, como Willy, transpõe a linha da parede da cozinha e avança no proscênio, ele está ingressando em sua própria mente. Essa notícia parece surpreendê-lo e agitá-lo, e imediatamente a comunica ao cenarista, que pára de sorrir. De fato, os três ou quatro atores que ouviram a interpretação de Ying desse meu comentário também parecem fulminados. Eu pensava que o texto deixava isso claro e o fato de não o fazer significa que tenho de ajustar-me à minha obra ao demonstrar-lhes a forma da peça, que é a materialização dos processos mentais de Willy. Mas estou pronto e impaciente, se conseguir pôr meu cérebro para funcionar de novo.

Ying Ruocheng convencera-me, sabiamente, a não trabalhar hoje, tendo ele próprio realizado algumas vezes a viagem trans-Pacífico. Assim, espalhamo-nos de novo pela longa fileira de cadeiras e ficamos trocando impressões. Uma vez mais, insisti na questão de suas relações com a peça e o jovem ator que foi escolhido para interpretar o papel de Happy, o segundo filho de Loman, levantou a mão. Esse gesto escolar parece, neste ponto, indicar uma certa timidez, que eu posso apenas esperar que seja temporária. Shen traduz-me cuidadosamente, ainda que titubeando aqui e ali, mas eu já estou viciado nas traduções instantâneas e coloquiais de Ying, e admoesto-me para ser paciente com a moça. O jovem ator está dizendo:

— Uma coisa na peça que é muito chinesa é o modo como Willy tenta fazer com que seus filhos tenham êxito. O pai chinês quer sempre que seus filhos sejam "dragões".

Frouxos de riso.

— Você quer dizer que ele quer que os filhos sejam competentes e superem todos os competidores?

— Sim, é isso!

Eu não esperava que isso viesse à tona tão cedo, não na China. Existe aqui uma outra China diferente daquela que vislumbrei há cinco anos e daquela sobre que tenho lido em livros. Naquelas sociedades, o dogma do nivelamento nunca teria sido tão abertamente contraditado nem seria acolhido livremente com risos. Entretanto, nesses risos, pressenti um reconhecimento da novidade da mudança — e ainda estou na dúvida sobre se o riso não é também nervoso, como se uma regra moral tivesse sido cutucada. Na conversa generalizada que se segue, os outros atores reforçam a observação de Happy com base em suas próprias experiências mas, embora não adiantem novas informações, compreendo que estão tentando dizerme que têm afinidades com a peça, que esta não é demasiado exótica para eles. Assim, a aproximação estreita-se um pouco mais; aprecio o esforço deles e procuro dar-lhes a entender isso.

Surge agora uma jovem miudinha com croquis dos figurinos, desenhos em guache que são notavelmente bons. Elogio o trabalho e Ying repete-o, comentando com uma risada oblíqua, a que todos se juntam, que o departamento de guarda-roupa é excelente na criação de vestuário da década de 1940, pois foi essa a última época em que peças ocidentais foram apresentadas na China, tendo-lhes sido fechadas em seguida todas as portas; mas percebo agora que isso significa a própria Revolução, não apenas a Revolução Cultural de meados da década de 1960. Assim, o fio de continuidade que estou recuperando com esta produção foi quebrado, precisamente, quando *A Morte de um Caixeiro Viajante* foi escrita, em 1949, uma coincidência que me parece agora profética e estranha.

O aparecimento dos croquis faz com que todos os membros do elenco se aglomerem em torno deles, como esse tipo de ocasião suscita em qualquer país. E, de algum modo, os figurinos, deliberadamente vulgares em termos americanos, exceto a roupa tipo Oeste de Ben e os calções de Charley, fazem com que as calças e jaquetas azuis dos uniformes dos próprios atores pareçam de novo tão pobres. E pergunto-me o que todos eles estiveram fazendo em suas vidas desde 1949 — as catástrofes, as horas de triunfo, as ameaças à vida e carreira, a pura *sobrevivência* que, de algum modo, conseguiram garantir até agora. Muitos deles parecem excessivamente magros.

A decoração dessa sala de ensaios também é algo que se presta à meditação, em seu tom básico de marrom militar, adequado para um quartel. Todo o edifício, projetado por um arquiteto chinês na década de 1950 durante o período de aliança com a União Soviética, é um bloco incaracterístico de estuque castanho, com frontões romanos obrigatórios aqui e ali, e dele se desprende um bafo de cripta funerária, como nos colégios internos para rapazes ingleses, levando-nos a refletir sobre a fealdade da maioria dos teatros do mundo, inclusive os da Broadway. Os únicos realmente encantadores são alguns dos edifícios barrocos da Europa, como os de Praga, por exemplo, ou o Bolshoi em Moscou, ou sobretudo, o Josephstadt, em Viena, que não esqueceu a idéia *lúdica* em favor da propriedade institucionalizada, autoritária.

Hoje, estivemos sobretudo observando-nos mutuamente dos dois lados opostos do mundo mas, ainda assim, fiquei sabendo que, durante a Revolução Cultural, uns seiscentos jovens militantes estiveram alojados nesta e numa outra sala de ensaios, ano após ano. Os banheiros devem ter estado em maravilhosas condições com semelhante multidão. Como conseguiam ensaiar aqui? Devo obter maiores detalhes.

Inge e eu temos um pequeno quarto de hotel, com um ainda menor para Rebeca, que voltará para casa daqui a duas semanas, com o reinício do ano escolar. Ela está encantada aqui, porque há tantos bebês nas ruas. Decidiu que quase todos eles são da mesma idade, por volta dos 10 meses de idade. Nos Estados Unidos, isso implicaria um *black-out* elétrico há 19 meses, mas as residências aqui estão bastante escuras o tempo todo. Entretanto, dizem que as coisas estão melhorando, com os ovos finalmente fora da lista de racionamento, por exemplo. Mas vejo leite sendo vendido na rua a pessoas idosas e a jovens pais para seus filhos pequenos, e cada freguês apresenta uma carta de racionamento que é checada pelo funcionário. A "loja" é simplesmente um estrado de um metro por dois montado num triciclo estacionado na esquina do *hutong,* uma das estreitas ruas do bairro, o leiteiro usando sempre uma touca branca para cobrir-lhe o cabelo, como usualmente usam os trabalhadores que lidam com alimentos.

Inge tem razão, penso eu — para ela, isto parece um país depois de uma grande guerra, e ela sabe-o bem, pois viveu dentro da Alemanha durante toda a guerra. E recordo a França e a Itália em fins da década de 1940, com carestia de tudo, toda a gente um tanto faminta, um tanto ávida de algo que tivesse um pouco de cor para vestir, os ônibus caindo aos pedaços e as pessoas nos pátios ou nas ruas consertando coisas com arames, soldando coisas que tinham sido quebradas em pedaços. Recordo que em Foggia, num excelente apartamento, havia uma única lâmpada de 20 watts na sala de estar e era tudo. Pequim é escura à noite. Mas também parece muito segura. Devo indagar a respeito. Não vi até agora nenhum sinal de policiamento, dia ou noite.

Mas as coisas não são inteiramente idílicas; no dia de nossa chegada, a cidade fervilhava de propaganda na rua — turmas de jovens com megafones nas esquinas das ruas e grandes cartazes pedindo às pessoas que se comportem polidamente em público, que obedeçam às regras de trânsito e não atravessem as ruas de forma imprudente, não joguem lixo nem cuspam nas ruas. Se pudessem eliminar a fuligem que impregna o ar, a coisa ficaria ainda muito melhor.

Não parece haver grama em Pequim, apenas lotes de marga bege que, evidentemente, não retêm água. (Saberia depois que eles arrancaram quase toda a grama existente, a fim de se livrarem dos mosquitos. Não estou certo de que a troca funcione.) Está em curso um intenso plantio de árvores e ao longo da estrada que vem do aeroporto centenas de hectares de viveiros contêm principalmente sóforas mas também algumas outras espécies de crescimento rápido que não pude identificar, pois ainda não têm folhas. Uma quantidade imensa de blocos de apartamentos preencheu bairros inteiros que há cinco anos ainda eram terrenos baldios.

Sentado a meu lado no carro que nos trazia do aeroporto, Ying dissera: "Esses são os edifícios de apartamentos que Willy detesta, certo?" Ele ainda mora numa velha casa cujos cômodos dão para um pequeno pátio interno, e todos os seus amigos que vivem nos edifícios novos o invejam. Ela recorda-me o Brooklyn da década de 1920 — e também o Bronx. Uma das razões por que a minha família trocou o Harlem por Flatbush foi o meu desejo veemente de morar num bairro que ainda tinha um ar de campo, que era onde viviam meus primos e, pensava eu, podiam passar horas maravilhosas ao ar livre. Estou tenuamente curioso por saber se a peça parecerá tão estranha aos chineses quanto todos pensam. Pequim tem agora uma combinação tipicamente americana de casas de um só andar e edifícios de apartamentos de seis andares, plantados no meio daquelas. A sensação de Willy de estar sendo comprimido, entaipado — servirá isso para identificar o movimento de evolução social como semelhante ao nosso?

O que suscita a questão de saber se os anos 80 são os anos 20 dos chineses. A atual linha política pós-Mao parece reduzir-se a algo semelhante à expansão pré-Flaubert na França sob Luís Filipe, cujo slogan era "Enriqueçam!" Não se pode deixar de pensar por que os chineses não conseguiram realizar mais até agora, e a resposta parece estar, em parte, em sua ideologia entorpecedora, a qual mutilou o engenho natural deles, atordoou-os. Eles próprios parecem sentir agora algo parecido; já não parecem interessar-se muito em mostrar sua cólera contra Chiang Ching, esposa e herdeira de Mao, e o Bando dos Quatro, que promoveram o retrocesso do país, e querem simplesmente avançar com a modernização em todos os setores da vida nacional. Afirmam ter realizado mais nestes últimos quatro anos do que nos 25 precedentes. Será de fato, a decolagem?

Comentei para Ying, depois dele ter observado como Willy detestaria esses novos edifícios de apartamentos e como seus amigos invejavam o pátio de sua casa, se "a próxima geração não começaria abandonando os blocos de apartamentos e procurando algum velho e pequeno pátio para remodelá-lo." Ele riu e desejou que a China alimentasse essa esperança, conhecedor que era de que a reabilitação de velhos bairros aconteceu em Londres, São Francisco, Nova York e outras cidades. Por que não na China? Mas há ainda muitos anos-luz econômicos a percorrer aqui.

Quando disse ao elenco que, se esta montagem conseguisse tocar o coração e o espírito chineses, talvez ela pudesse provar que existe uma só humanidade, tive o pressentimento de que me aventurara inadvertidamente no terreno da ideologia, tal foi o silêncio que se fez. Ou isso, ou simplesmente não entenderam onde eu queria chegar. Os chineses são tão autodefensivos a respeito de sua unicidade étnica quanto qualquer outro povo, se é que não mais, e "uma só humanidade" pode ter soado aos ouvidos deles como tudo menos um cumprimento. Eles estão em plena primavera de seu nacionalismo e as pessoas nessa fase não estão interessadas em que lhes digam que são iguais a toda a gente. Mas eu permiti-me falar mais do que deveria, receio. Veremos.

Em todo o caso, mostraram-se abertamente deleitados ao ouvir que havia grande interesse nos Estados Unidos por essa montagem, e imensa curiosidade em ver se essa peça quintessencialmente americana podia impressionar os chineses.

As dificuldades começaram. Ying está agora receoso de que os nomes de lugares na peça, com exceção de Nova York e Boston, que receberam copiosa emigração chinesa em anos passados, não signifiquem coisa alguma para o público — localidades como Hartford, Waterbury e Providence. Ou, a bem dizer, até Nova Inglaterra. Já por duas vezes ele sugerira entre dentes que teremos de encontrar alguma forma de contornar isso mas, ao mesmo tempo, permanecer fiel ao texto. Ying disse que reproduziu inclusive a minha estrutura de frase, mas não tenho como comprová-lo, pelo menos por agora.

Também se preocupava com o tempo de duração da representação: ele fizera os atores lerem a peça duas vezes antes da minha chegada e isso durara nada menos de quatro horas. Disse-lhe que era um absurdo, que não havia possibilidade nenhuma de demorar esse tempo todo. E, pela primeira vez, confidenciou-me uma quase queixa: o ritmo da fala dos atores era muito lento.

— Bem, vamos ter que apressá-los — disse eu, e Ying animou-se imediatamente. — Isso é algo que eles fazem em outras peças ou apenas nesta?

— Não, penso que é geral. . . nós não falamos tão depressa quanto vocês.

— Mas *poderiam* falar?

— Bem, sim. Acho que poderíamos —, mas faltava certeza em seu tom de voz.

— Eles não farão objeções, se eu recomendar mais pressa?

— Creio que não. Diga-lhes apenas que está tudo muito lento.

— Pode apostar que lhes direi.

— Ouvimos gravações da interpretação de Lee Cobb e eles ficaram um pouco assustados com a rapidez das cenas. Não sabem como poderão sustentar uma cadência dessas.

— Mas a cadência normal chinesa é mais lenta do que a inglesa?

— Bem, na verdade, não estou muito certo disso.

E assim temos o nosso primeiro problema cultural mas não duvido, intimamente, de que será resolvido; não penso, em minha ignorância, que o ritmo lingüístico esteja divorciado da motivação interior e do ímpeto irrefreável da história, e se os atores possuirem isso, acredito que encontrarão o ritmo certo.

Chegou o momento de abrir a caixa de papelão que trouxe comigo dos Estados Unidos, com a bola, o capacete e as ombreiras protetoras do jogador de futebol americano. Os atores adoram distrações e uma pequena multidão foi atraída de novo, rodeando-nos enquanto eu ajudava Biff a colocar o capacete e a pôr no lugar correto as ombreiras. Ele tem um sorriso aberto, encantador, parece-me mongol, a pele muito escura e um corpo desempenado de cavaleiro. Anda pela casa dos 30 e poucos anos, a metade inferior do rosto em forma de pêra invertida, dilatando-se até às articulações do queixo. Ainda assim, pode-se considerar um bonito moço. Ouvem-se alguns gracejos a respeito do capacete e das ombreiras, que passaram de mão em mão, terminando com todo o mundo sentado de novo e falando a respeito de caixeiros viajantes.

— De fato — começa Ying —, penso que eles sabem o que é um caixeiro viajante.

Por que mudou ele de opinião?

Biff, sentado numa poltrona com o capacete e as ombreiras, explica:

— A cidade está agora cheia de vendedores, ficam andando o dia todo rua abaixo, rua acima.

— Mas isso é diferente do caixeiro viajante, não é? — perguntei.

Houve um silêncio. Eles parecem estar tentando compreender sua própria cidade a uma nova luz. O ator que fará Charley toma agora a palavra. É um homem alto e magro, um dos mais conhecidos atores da China, que aparece com freqüência na televisão e recentemente fez o protagonista da peça *Ah Q,* baseada na história *Lu Xun,* uma das prediletas do público; ele tem uns 50 anos mas parece mais jovem e possui a mais suave das vozes. Não posso realmente situá-lo no papel do grosseiro, ignorante e rústico Charley, o melhor amigo de Willy, mas ele possui o ardor e a veemência pessoais que o papel requer e talvez possamos trabalhar em cima disso. Ele e Ying são os "membros mais antigos" da companhia, a par de Zhu Lin, a nossa Linda, que anda perto dos 60 anos.

— Em minha opinião — disse ele —, as pessoas estão ficando agora rapidamente familiarizadas com o ocidente. Não creio que tenhamos qualquer caixeiro *viajante,* mas existem agora muitas lojas pequenas de propriedade privada. . .

— E que prestam muito melhor serviço — acrescentou Ying, ironicamente. Os risos que coroaram esse comentário foram significativos; ao que parece, não se pode dar um passo sem implicações políticas. O que eu acho deveras interessante é que eles estão tentando, simultaneamente comigo, imaginar onde o país se encontra neste momento. Inicialmente, Ying dissera-me, em Nova York, que não havia vendedores na China, sugerindo com isso que o público teria dificuldade em entender a peça, mas isso era mais verdadeiro nessa época do que agora, menos de um ano depois, e por isso ele mudara de opinião. Parece-me cada vez mais provável que a receptividade do público à minha peça é tão desconhecida para eles quanto para mim.

Zhu Lin — Linda — interrompe:

— Nós não temos seguro neste país.

Ying interfere para fazer a tradução, no lugar de Shen; com ele a meu lado, esqueço inteiramente que não entendo o chinês; sua tradução é instantânea, sem a menor hesitação. Zhu Lin, pelo que me deram a saber, é uma das maiores estrelas da China, o que me surpreende, pois nada há de afetado, de teatral, em suas maneiras. Veste o uniforme clássico, jaqueta abotoada até ao pescoço e calças de algodão. Seu cabelo preto, levemente riscado de fios cinzentos, é penteado para trás e preso na nuca. Um rosto sério, senão taciturno, que pode mudar instantaneamente para uma expressão risonha. Ela volta-se para Ying, procurando a confirmação dele.

— Não estou certa de que a questão do seguro seja entendida. Especialmente a respeito de procurar a morte para cobrá-lo. — Depois volta-se para mim. — Eles pagam o seguro mesmo que ele se mate?

— Muito provavelmetne. É difícil provar que não foi um acidente de carro.

E assim temos o nosso segundo problema cultural. Mas a minha fé não parece ter sido perturbada, embora eu não saiba dizer por que não. Penso que se puserem no desempenho todo o coração, essas dificuldades serão superadas. Mas ainda estou sofrendo o trauma dos fusos horários, é bom que me lembre.

"Em todas as línguas do mundo a palavra para 'eu' é monossilábica, exceto no japonês." Ying e eu estamos terminando o nosso chá, enquanto a companhia vai abandonando aos poucos a sala de ensaios para a vasta alameda pavimentada que ladeia o teatro, onde montarão em suas bicicletas e desaparecerão na noite. Inge esteve discretamente fotografando toda a tarde e já conquistou as mulheres do elenco com sua fluência em chinês, graças ao que pôde começar satisfazendo a curiosidade delas a respeito do que é uma mulher ocidental. Nas ruas, é Inge que homens e mulheres seguem com o olhar; ela está usualmente carregando o equipamento fotográfico e ambos vestimos blusões do mesmo corte; e essa ausência de ênfase sobre a diferença sexual, tão semelhante à deles próprios, pode ser o que realmente os intriga. É claro, eles ainda não viram Inge vestida com apuro. Comparando a cena com a de quatro anos atrás, as ruas estão agora cintilantes de cor, tendo as mulheres descoberto maneiras de tornar seus vestidos os mais distantes possíveis dos opacos uniformes da era Mao.

Ying Roucheng não esconde seus sentimentos a respeito dos japoneses — sentimentos compartilhados por muitos chineses que não têm tanta liberdade para expressá-los. Seu pai era o reitor da universidade de Pequim — na verdade, tinha sido seu avô quem a fundara na década de 1890 — e os japoneses foram especialmente brutais com ele. Ying não perde uma oportunidade para dizer que grande parte da cultura japonesa é derivada da chinesa mas que, com sua riqueza no pós-guerra e sua aliança com os Estados Unidos e comércio com a Europa, eles têm feito um trabalho de relações públicas em escala e persuasão sem precedentes. Com o bonsai, os jardins, a arquitetura, a caligrafia e o teatro, o Japão é um pequeno espelho refletindo algum recanto das vastas realizações da Mãe China — mas a pobre China não tem agentes de imprensa que a promovam e estava tão atarefada rechaçando invasores estrangeiros nos séculos passados, além de travar suas próprias guerras civis, que o mundo não tem noção alguma de suas contribuições, comparadas com as dos japoneses.

Lembro-me de meu parceiro de vôo na viagem para cá, um executivo japonês sentado a meu lado na escala Nova York-Tóquio, e que, ao saber que eu estava a caminho da China, começou discorrendo a respeito dos chineses, com quem fizera alguns negócios no passado. Como tantos japoneses, ficou satisfeito por lhe parecer que eu estava saboreando com gosto o almoço japonês servido a bordo, e que ambos comíamos naquele momento.

— A comida japonesa — disse ele —, é muito básica, muito simples. Toda a nossa cultura tem essa ênfase, de fato. A comida chinesa é muito mais delicada, com toda a espécie de estranhos molhos e combinações insólitas.

Perguntei-lhe como achava os chineses para tratar de negócios. Pude vislumbrar um lampejo de cautela em sua expressão mas ele decidiu dar, de qualquer modo, um pequeno passo na direção da franqueza.

— Com freqüência, eles são duros para negociar.

— O que quer dizer com isso?

— É difícil acompanhar o pensamento complicado deles. Podem ser extremamente indiretos, entende. . .

Encarei esse rosto nipônico, do qual estava ouvindo a antiga história do Misterioso Oriente.

— Quer dizer que eles são manhosos?

— Sim, muitas vezes são. Um tanto escorregadios. Mas, é claro, eles fazem negócios há mais tempo do que qualquer outro povo e esses são hábitos muito, muito antigos.

— E como vê as chances deles agora?

— Estão muito melhor organizados do que no tempo do antigo regime, é claro. Mas o socialismo não propicia um alto padrão de vida, nem na China nem em parte nenhuma. Eles são pobres, muito pobres. Terão de fazer ainda grandes mudanças, penso eu.

O meu primeiro dia terminou, e estou cheio de esperanças. Sempre me dei bem com chineses e esses atores não são exceção; sinto afinidades. Mas o meu cérebro está entorpecido demais para pensar. Espero não ter parecido um idiota. Em meu aturdimento, porém, já estou apto a agradecer a Cao Yu pelo uso de seu carro e motorista, que evidentemente é nosso pela duração da visita. Cao Yu, em seus setenta e tantos anos, está se recuperando em Xangai de uma séria operação e enviou suas desculpas por não ter vindo a Pequim dar-nos as boas-vindas. Suspeito — apenas uma suspeita, por enquanto — de que ele e Ying Ruocheng têm muita coisa dependendo do êxito da produção da minha peça. Mais do que eu. Não posso ainda definir o que poderá ser mas sei que existe.

22 de março

Tendo chegado à sala de ensaios às 9 horas da manhã em ponto, aí encontro Ying Ruocheng, Liu Hucheng, secretário geral da Associação de Dramaturgos Chineses, e uma mulher esfusiante, robusta e risonha de nome Zhou Baoyou — Joe, para abreviar —, uma saúde que lhe ressuma por todos os poros, graças aos 45 minutos de viagem de bicicleta até ao seu escritório, todas as manhãs, seja verão ou inverno.

Ela é a Sra. Quebra-Galho da indústria de diversões da China, resolvendo problemas de transporte de todo o mundo, dificuldades de saúde e de alimento, obtendo-lhes passagens de avião e de trem e, de um modo geral, fazendo os estrangeiros acreditarem que estão seguros no regaço dos deuses. (Ficaria sabendo mais tarde que ela é a filha de um banqueiro que decidiu jogar seu destino e o de sua família apostando na Revolução; ela estudou inglês numa escola cristã; o prazer que ela sente na vida promana, em parte, da liberdade pós-Revolução Cultural, que Joe adora, e em parte do sucesso de seus filhos: o rapaz está estudando música nos Estados Unidos e a filha estuda na China. Acima de tudo, diz ela, quer "contribuir com alguma coisa" e acha que esta produção será a melhor coisa, em toda a sua vida, em que terá a oportunidade de colaborar.)

Liu Hucheng é seu patrão, um homem acanhado com cabelo grisalho aparado curto, vestindo uma jaqueta Mao que obviamente já passou inúmeras vezes pela lavanderia, e uma expressão amável, algo jocosa. Pela sua posição, deduzo que deve ser membro do Partido Comunista e, provavelmente, seu representante junto a mim, porquanto dispõe de uma certa soma de poder, estou certo, na cúpula da Associação dos Dramaturgos. Mas, de momento, não tenho interesse em explorar o mundo submerso dos controles políticos, em minha ansiedade por assistir hoje às primeiras leituras da peça.

A notícia que nos traz Joe é que devemos decidir o que fazer a respeito de 22 correspondentes da televisão e imprensa estrangeira, e um número muito maior dos veículos de comunicação chineses, que querem entrevistar-me sobre a produção de *A Morte de um Caixeiro* em Pequim. Já tenho em mãos cerca de uma dúzia de pedidos encaminhados através da Associação. Joe, graças a Deus, manteve secreto o meu número de telefone mas não sabe por quanto tempo isso será possível. Depois de muitas idas e vindas, ficou claro para mim que os chineses tinham contraído a febre da publicidade e querem que eu cumpra todas as solicitações — uma pequena surpresa, pois eu supusera, de certo modo, que a pressão dos veículos de comunicação inflamaria as fobias deles quanto a serem usados. Mas, pelo contrário, ampliou as minhas e agrada-lhes infinitamente. Esta é uma China muito diferente. É divertido ouvi-los falarem chinês entre eles com "CBS, ABC, NBC" entremeados nas conversas. Decidi finalmente que darei entrevistas a jornalistas, independentemente, desde que sejam curtas. Isso não vai funcionar, é claro, mas acho que tem de ser tentado, pelo menos.

Às 10 horas estamos todos reunidos, o elenco inteiro sentado em poltronas num amplo salão, *scripts* na mão. Há um momento de muda apreensão quando Linda diz a primeira fala — "Willy!" — desde o quarto de dormir, ao ouvir o marido entrar em casa. A primeira surpresa é como está sendo fácil para mim acompanhar a cena em minha edição Penguin de bolso. É um triunfo da tradução de Ying: até o ritmo parece ser o mesmo, fluindo até aos pontos culminantes e descendo rumo aos silêncios. Em poucos minutos, fica óbvio que Zhu Lin e ele parecerão facilmente afins, marido e mulher, e dessa classe peculiar. Não posso acreditar que tenham chegado a esse ponto com apenas alguns dias de ensaios. Ying quase não olha para o *script* e ela apenas algumas vezes mais, não muitas. O que é que eu vou fazer com seis semanas para ensaios!

Zhu Lin é uma atriz de tremenda experiência em peças chinesas clássicas e modernas — "um peso pesado", nas palavras de Ying. Ela já sabe que deve impedir Willy de ficar vagueando demasiado perto da beira do abismo, afetar felicidade nos momentos positivos dele, insinuar a verdade quando ele não suporta ouvi-la, sempre disposta a estender a mão como a uma criança que não pode dar dois passos sem cair. Não surpreendo o mais tênue vestígio do estilo declamatório em nenhum dos dois, algo que eu temia e ainda temo. Pelo contrário, sentado lado a lado em cadeiras, eles recriam o quarto de dormir dos Loman. Ying possui uma espécie de controle absoluto que me lembra Olivier: faz simplesmente o que lhe é solicitado, facilmente, diretamente, sem esforço. Mas algumas de suas alterações de humor são repetitivas e teremos de trabalhar nisso. O formato geral da primeira cena ainda não existe, mas a coisa principal é quase palpável — a verdade de onde os Lomans se situam em relação um ao outro como um casal. A leitura aproxima-se de uma representação em que eles já possuem atitudes coerentes e não estão meramente tenteando um caminho. O que me gratifica é a ausência da distância que, supunha eu, os separaria dos sentimentos expressos nos papéis, mas seja o que for que esteja faltando, nunca é a intimidade com seus próprios sentimentos. Ou assim parece. Se eles estivessem meramente fazendo pose, imitando "americano", não creio que pudesse acompanhar todas as falas com a facilidade com que as sigo.

Terminada a leitura, pedi ao elenco que me dissessem o quê, em seus respectivos papéis, eles sentiam ser-lhes estranho, se alguma coisa realmente houvesse.

— O que é que vocês são solicitados a fazer que um chinês não faria?

Então, o ator que interpreta Happy disse (na tradução de Ying):

— Não posso imaginar um chinês continuando a falar com seu irmão, quando este diz, como Biff, que vai dormir.

Ying esclarece:

— Ele não está se referindo a uma indelicadeza, mas ao fato de que um chinês não sentiria tal pressão para continuar falando, depois que seu ouvinte o informa de que vai dormir.

— Então um americano, quer você dizer, sente a necessidade de falar ainda mais urgentemente?

— Sim, é exatamente isso. Um americano sente que deve dizer tudo o que tem a dizer, não interessa se quem o ouve continua interessado ou não em ouvi-lo. Ao passo que um chinês acharia que continuar falando seria ineficaz.

— É uma questão de civilidade?

— Não, realmente não. É provavelmente um reconhecimento dos limites. Uma vez atingidos os limites, isso é tudo o que pode ser feito.

Sinto haver alguma relação oculta com essa análise numa pergunta que o ator que faz Charley me dirige minutos depois. Hoje, ele está vestindo um suéter em dois tons de cinza e tem ar mais elegante.

— Não entendo por que Charley é tão afável com Willy — diz ele.

— Sente pena dele, talvez.

— Ah! — meneia a cabeça. Não creio que ficasse realmente convencido.

— Talvez haja pessoas assim, que se compadecem de outras e tentam ajudar, se puderem.

— Sim — murmurou ele, ainda pesando as possibilidades. Gosto dele — um ator que tem de fazer sua informação funcionar e formula uma pergunta consistente.

— Eles são velhos amigos.

— Sim, eu sei. — Há uma pausa e depois ele acrescenta: — Não creio que na China qualquer homem fosse assim tão bom para um outro.

Não houve qualquer reação por parte dos demais.

Isso me recorda o problema que tivemos ao escolher o ator para esse papel na produção original. Kazan lançara as vistas para o que parecia ser uma direção totalmente errada: Howard Smith, um cômico gritalhão que tinha estado trabalhando em *vaudeville* durante anos, antes de se tornar um astro secundário em farsas, onde interpretava o típico pai confuso de garotas adolescentes. *Dear Ruth* era o seu grande sucesso no momento. Howard jamais estivera perto de uma peça séria nem tinha desejo de estar, quando as comédias tinham carreiras muito mais duradouras em cartaz. Era um homem alto, corpulento e desabrido, de cabelo louro já um tanto ralo e uma voz forte, um tanto vulgar, de barítono. Ele leu a peça e recusou o papel, certamente o melhor que lhe fora oferecido em toda a sua vida. Kazan, Bloomgarden e amigos dele tentaram todos fazê-lo mudar de idéia mas em vão.

— Essa peça é *terrível* — disse ele. — Quem é que vai querer ver uma coisa tão triste?

Finalmente, em desespero, foi combinado um encontro somente entre mim e ele, no escritório de Bloomgarden. Eu soubera por Kazan qual era a objeção dele mas fingi ignorância e pedi-lhe que me dissesse por que era tão contra a peça.

— O pobre homem, pelo amor de Deus! As coisas nojentas que os filhos lhe dizem. E o patrão dele. Todo o mundo pisando nele. É simplesmente horrível!

— Exceto Charley — disse eu. Pude perceber uma mudança na expressão de seus olhos. Os gestos agitados cessaram. — Charley dá a Willy bons conselhos, empresta-lhe dinheiro, sempre arranja tempo para ele nas horas de escritório... Charley realmente esforça-se, Howard.

Ele sentou-se, os olhos fixos em mim. Finalmente disse: — Vou pensar nisso. — Nessa mesma noite aceitou o papel. Seus instintos estavam tão certos para ele quanto sua personalidade: um homem teimoso, realista, decente, ligeiramente obtuso, talvez, mas cheio de calor humano. Um ator maduro, que era instantaneamente merecedor de crédito, fosse o que fosse que ele fizesse ou dissesse.

Vínhamos ensaiando há mais de duas semanas, a peça estava inteiramente delineada, e enquanto Arthur Kennedy, Lee Cobb, Mildred Dunnock e Cameron Mitchell tinham todos que revezar-se para perguntar a Kazan ou a mim o que uma ou outra coisa significava, Howard Smith nunca fez uma só pergunta. Ele era especialmente magnífico na cena do jogo de cartas, quando Willy está começando a falar com ele e com sua visão de seu irmão Ben, que se materializou junto a seu ombro enquanto ele joga. Charley, é claro, ignora totalmente que Willy está se dirigindo tanto a um fantasma quanto a ele próprio e, do seu ponto de vista, Willy está perdendo cada vez mais o juízo. Howard Smith dominou essa mistificação com sutileza e discernimento, nunca exagerando sua perplexidade, sempre curioso sobre o que Willy queria realmente dizer.

Mas nesse dia ele surpreendeu a todos. Interrompeu a cena, ergueu a mão em pala sobre os olhos e olhou para o teatro escuro.

— Posso fazer uma pergunta? — disse ele. — Gadg, você está aí?

— Sim, estou aqui, Howard — respondeu Kazan. — Qual é a pergunta?

Apontando para o ator que faz Ben — Thomas Chalmers, um homem imenso, antes um baixo heróico na Metropolitan Opera House — ele perguntou com uma certa superintensidade reveladora de um longo conflito que ele vinha vivendo possivelmente há vários dias: — Eu vejo-o?

Kazan ficou imperturbável: — Não Howard.

— Quer dizer que nunca o vejo — confirmou Howard Smith, feliz da vida, ao que parecia.

— Nem por um instante. Você, simplesmente, nunca o vê, Howard.

— Tudo bem. Era o que eu pensava.

Era evidente que Howard tinha simplesmente obedecido às instruções de Kazan para nunca olhar Ben, por que razão ele realmente ignorava e estivera tão intrigado com isso nos últimos dias que não pôde reter por mais tempo a pergunta. Foi um revés comicamente embaraçoso para todos os atores da escola Stanilavski no elenco que, a fim de se tornarem reais, tinham se empenhado em estudar a fundo as razões por que faziam o que faziam, enquanto que o personagem mais real no palco ignorava o que estava fazendo... e era uma das mais difíceis proezas de interpretação na peça.

Agora, num mundo tão distante no espaço e 35 anos depois, aí estava um ator fazendo Charlie de novo. Quão estranho e, no entanto, quão apropriado que, neste tempo e neste lugar, após revolução e guerra civil e crueldades além da capacidade da imaginação, este novo Charley não pergunte por que todos eram tão ruins para Willy mas por que Charley era tão bom para ele.

Pergunto ao elenco se essa peça poderia ter sido representada, digamos, em 1977 ou 1978, e eles responderam rapidamente, como se fosse a coisa mais óbvia do mundo, que ela não poderia ter sido entendida pelo público nessa época. Deduzo que não teriam entendido a forma incomum da peça. Sob o rígido controle do Bando dos Quatro, durante toda a Revolução Cultural, eles tinham apenas as "Oito Peças Permissíveis" de Chiang Ching, com demonstrações de problemas. Mas nos últimos cinco anos algumas peças estrangeiras tinham sido encenadas e o público, sobretudo a maioria mais jovem, estava ávido de novas formas.

— Eu li *A Morte de um Caixeiro Viajante* para esta mesma companhia em 1978 — conta Ying —, mas rejeitaram-na, certos de que ela não seria entendida. A mentalidade do público não estava preparada para os elementos da sociedade americana que a peça contém; hoje em dia, todo o mundo conhece filmes e programas de TV estrangeiros, e está-se mais ou menos a par de como se vive no ocidente. Pensamos até que a forma líquida de *A Morte de um Caixeiro Viajante* também foi preparada agora para a mentalidade deles. Estarão ansiosos por vê-la em cena.

Tudo isso me recorda quantas dúvidas havia a respeito da peça quando a escrevi. De fato, Joshua Logan, que investira mil dólares nela, uma coisa inaudita na época, retirou quinhentos depois de ler o *script*. Certo dia, durante os ensaios, Kazan e eu esbarramos com ele na rua. Joshua ficou penosamente embaraçado, pensando que sabíamos — o que não era ainda o caso — de sua expressão de descrença na peça, e insistiu comigo para que retirasse o Tio Ben e todos os elementos da vida alucinatória de Willy, porque o público ficaria irremediavelmente sem saber se pertenciam ao passado ou ao presente. Nessa época, a experiência teatral americana também era primordialmente realista, na acepção pictórica da palavra.

Continuo insistindo com o elenco para que faça perguntas, não só pelas perguntas em si mas também para me ajudar a julgar onde suas mentes se situam em relação à peça e à cultura americana. Finalmente, a atriz que faz a Mulher em Boston, que ocasionalmente dorme com Willy quando ele aí vai, pergunta: — Ela é uma Mulher Má?

Essa atriz tem a voluptuosidade certa, um rosto chinês redondo e uma solidez *sexy* de carne. Ying interrompe rapidamente para explicar que, para os chineses, uma mulher tem que ser "má" para ser tão promíscua, e não capto a menor ironia em sua voz.

Considerando que resposta irei dar, penso que a atriz e talvez Ying e até mesmo todo o elenco estão esperando que ela *não* seja "má" — uma prostituta —, pelo que fica fácil dizer-lhes que ela é uma mulher solitária que tem um emprego regular de escritório e não é realmetne uma prostituta, que ela gosta sinceramente de Willy, de sua tagarelice e de seu patos, e por isso se vêem para jantar uma ou duas vezes por mês, conversam e "comportam-se como marido e mulher por uma noite". Grande alívio geral. Teria sido muito difícil acrescentar que ela podia ter uma relação semelhante com um par de outros vendedores, de tempos em tempos, e apesar disso não ser considerada uma prostituta ou sequer "má". Mas isso teria sido difícil de explicar em algumas partes dos Estados Unidos.

Não estou certo de que eles aceitem o comportamento da mulher como verdadeiramente não-mau, mas deixo a coisa ambígua na esperança de que a atriz não tente fazer uma vampe chinesa. Não confio nas noções deles sobre a sexualidade ocidental, mesmo não tendo eu experiência alguma do gênero chinês; recordo que em nossa última visita, em 1978, os casais não iam muito além de tocar as mãos em público. Hoje em dia, surpreendentemente, eles tiveram que remover um pequeno bosque não muito distante da embaixada americana, por causa de sua atração para exercícios extrabotânicos.

Agora que o tema da sexualidade foi inaugurado, Happy levanta a mão para dizer que os chineses não entendem provavelmente o seu personagem. A personalidade desse ator desconcerta-me, ele é um tanto magro e franzino, de cabelo negro liso, mais longo do que o usual aqui, que tomba sobre o seu olho esquerdo; tem um sorriso muito agradável, embora algo indefinido, mesmo evasivo. Parece jovem demais para Happy, uns 24 anos, e demasiado massivo para o personagem sexualmente fogoso, mas fico dizendo para mim mesmo que talvez esses traços pareçam diferentes aos olhos chineses e que devo deixar-lhe a iniciativa de atuar como melhor entender. O elenco escolhido por Ying estava tão correto nos outros papéis que é difícil acreditar que esse sujeito estivesse tão errado quanto parecia nessa altura dos acontecimentos.

— O que é que, na sua opinião, eles não entenderão?

Ying intervém.

— Ele quer dizer, creio eu, que entenderão os processos de seu caráter mas a peça não parece condenar sua promiscuidade sexual. Na sociedade chinesa, um homem que fale a respeito de mulheres como faz Happy — usando palavras aviltantes etc. —, seria um canalha.

— Você quer dizer que eles ficarão constrangidos pelo fato de Happy ser um sujeito simpático?

— Exatamente. É preciso pôr os pontos nos *i*'s nesse caso

Ying traduz o nosso pequeno diálogo e o elenco ri, mas com certo constrangimento, como se eles mesmos não estivessem muito seguros de tal matéria.

Decido deixar as coisas como estão por enquanto. Deixar que suas ansiedades se aprofundem, fará com que sintam ainda mais suas responsabilidades. E, de qualquer modo, deixarei o país dois dias depois da estréia.

Pergunto a Linda como se sente a respeito de sua personagem e se mulheres como essa podem ser encontradas hoje na sociedade chinesa.

— Oh, muitas, muitas. Há muitas cujas vidas gravitam em torno da dos maridos, e que só pensam em seus homens e muito pouco sobre si mesmas.

O elenco meneia a cabeça afirmativamente para me tranqüilizar. Ainda não chegou o momento de lhe dizer que essa idéia de Linda está equivocada. Sou melhor trabalhando nos detalhes do que na formulação de generalidades.

Mas numa tentativa de preencher os claros em minha percepção do país — em vez de documentar a personagem, que vejo de um modo algo diferente da atriz — pergunto se essa atitude, ainda que predominante, não é agora vista como antiquada. O elenco foi enfático: é certamente uma atitude antiquada. Para corroborar isso, pergunto a Biff e Happy, que estão sentados juntos, se a geração deles tem mulheres com Linda, e eles mostram incredulidade de que eu possa ter sequer imaginado semelhante coisa, e travam um diálogo endereçado a mim através de Ying.

— As mulheres — traduz ele — ganham agora sua própria vida e essa é a base de todo o relacionamento. De fato — ele sorri, franzindo os lábios num trejeito cômico e arregalando os olhos por trás das lentes grossas —, é usualmente a mulher quem bota o homem para fora e não o inverso.

Estouram gargalhadas. Eles estão cientes de que vivem uma onda de mudança — uma onda que ainda não atingiu a praia nem esmoreceu.

Venho captando um certo tom de condescendência em relação ao caráter de Willy, por parte de Linda e do próprio Willy — deste, sobretudo — de tempos em tempos. Talvez seja inconsciente; ou, possivelmente, estou interpretando mal. Isso ocorreu-me ontem e de novo duas ou três vezes hoje, uma indefinível mas perigosa atitude que levaria a uma interpretação satírica, o que incapacitaria Ying Ruocheng para sustentar o papel de uma ponta à outra da peça. (Não estou certo de que ele já tenha avaliado até que ponto seu papel vai ser fisicamente árduo.) Mas, o mais importante de tudo, não posso deixar que a peça se converta numa sátira.

— Quero agora dizer algumas coisas a respeito da peça e de Willy — anuncio. Todos silenciaram rapidamente. É evidente, diga-se de passagem, que eles normalmente discutem uma peça durante dias e, às vezes, semanas antes de tentarem fazer as cenas e, como todos os atores — até um certo ponto — preferem discussões gerais interessantes ao trabalho árduo. Mas estou começando a perceber que, neste tipo de teatro, não há pressa para fazer seja o que for. — Vocês já sabem, estou certo, que Willy é um sujeito insensato e, por vezes, até ridículo. Diz as mentiras mais transparentes, exagera implacavelmente e assim por diante. Mas quero que entendam que os impulsos subjacentes em tal conduta nada têm de insensatos nem de ridículos. Ele não pode suportar a realidade e, como não pode fazer grande coisa para mudá-la, fica o tempo todo mudando suas idéias a respeito dela. — Estou navegando em águas próximas da ideologia; registro alguma concordância neste ponto, mas um tanto contrafeita. Charley está especialmente absorto e incapaz, creio eu, de descer para o nível de meus argumentos. E prossigo: — Mas uma coisa que Willy não é absolutamente, é passivo. Algo nele sabe que, se ele parar, será esmagado. Essas mentiras e evasões dele são suas pequenas espadas, com as quais ele rechaça os demônios à sua volta. Mas sua natureza ativista é o que leva a humanidade a progredir, não? Eu posso criar desastres, por certo, mas também progresso. As pessoas que são capazes de aceitar suas vidas frustradas não mudam condições, certo? Assim, o meu ponto é que vocês devem olhar para além de sua comicidade e penetrar naquilo com que ele realmente se defronta, e isso é o negócio mais sério que alguém possa imaginar. De fato, existe nobreza na luta de Willy. Talvez ela provenha de sua recusa em afrouxar, em desistir.

Silêncio. Preocupa-me que eles nunca tenham visto a essa luz o caráter desse maluco; muito provavelmente, inclinavam-se para uma interpretação satírica ou, pelo menos, uma que os deixasse fora de problemas como atores, e ao público também. Percebo agora por que Ying insistiu tanto para que eu viesse e me encarregasse da direção; ele está especialmente tranqüilo e aberto para essa linha da peça, que tudo parece indicar ser nova para ele, embora eu não tenha dúvidas de que Ying sempre viu o papel como basicamente trágico.

Ben tem agora uma pergunta. Este ator é um sujeito atarracado, com certa ferocidade em seu olhar; os cantos exteriores de seus olhos são virados para cima, como os das máscaras dos vilões na ópera chinesa, sobretudo quando se concentra no que estou dizendo. Compacto e de movimentos rápidos, já possui um certo estilo apurado. Mesmo quando muda subitamente e explode em gargalhadas, há um certo perigo nele... tudo isso é perfeitamente subjetivo, é claro; ele é, sem dúvida, um sujeito doce e amável.

— O Tio Ben é um fantasma? — pergunta ele.

— Um fantasma?

— Sim.

— Não estou certo do que você quer saber. — Receio desorientá-lo; levaria muitos dias para desfazer alguma imagem equivocada mas — para ele — atraente.

— As peças chinesas — explica ele — não têm fantasmas.

— Realmente? Eu tinha uma vaga idéia de que havia, mas não importa. Compreendo que você não pode fazer um 'fantasma', mas o que deve fazer é o irmão de Willy.

— Ah! — isso parece agradar-lhe. — Mas estou realmente morto, não é?

— Oh, sim. E você existe na memória de Willy com certas características que não são necessariamente realistas. Quero dizer que deve interpretá-lo como Willy o recorda. Ben contém um tremendo significado para Willy, e você deve aprender que significado é esse à medida que o tempo vai passando. Mas, por agora, pode esquecer o 'fantasma' e pensar em você como o irmão mais velho que teve grande êxito nas minas de diamantes da África do Sul, certo?

Ele tem agora uma imagem e está feliz. Um verdadeiro ator, graças a Deus.

Mas Ying não está inteiramente satisfeito.

— O que o Sr. Miller estava tentando dizer — explica ele — é que, creio eu, Ben ora é o seu próprio caráter, ora expressa simplesmente os pensamentos de Willy. Por outras palavras, ele é e não é uma pessoa real, como as outras pessoas da peça.

— Isso não é uma contradição — acrescento eu. — Todos recordamos pessoas reais que conhecemos outrora, mas recordamo-las de um modo não objetivo, um modo que enfatiza e até parodia algumas das qualidades delas. Isso depende do que elas significam para nós, não é verdade?

Ying entende e traduz isso para Ben, que parece absorver cada palavra, meneando a cabeça repetidamente. Assim, Freud também funciona por estes lados.

Agora é Charley quem volta com outra pergunta; alegra-me que eles se sintam agora suficientemente à vontade para abandonarem o gesto de erguer a mão como meninos de escola.

— Ele quer saber — diz Ying — se ele e Willy jogam cartas a dinheiro.

Eu nunca pensara nisso antes mas, realmente, eles faziam pequenas apostas e, assim, perguntei a Ying-Charley:

— Os chineses jogam muito carteado?

— Oh, somos doidos por cartas mas nunca jogamos a dinheiro.

O que me recorda um passeio que dei em Yanan, cinco anos atrás, quando presenciei um jogo de cartas bastante renhido no meio de um descampado, nos arredores da cidade, com dinheiro posto no chão e os parceiros gritando a cada carta que era jogada. Eu soubera então que o Estado proibira os jogos de azar com cartas, um vício nacional que o governo estava tentando erradicar. Sem levantar a questão política, perguntei:

— Poderiam jogar com pequenas apostas nessa cena?

— Certamente, se assim for requerido. (Fosse intencionalmente ou apenas porque a mecânica muito complicada da cena o tornava quase impossível, não foi usado subseqüentemente dinheiro. Entretanto, tampouco o foi na primeira produção de Nova York, mas é interessante que o aspecto político da pergunta não me foi apontado.)

Ainda zonzo com a pior experiência que até hoje tive de mudança de fusos horários num vôo em jato, voltei ao teatro às sete horas da tarde para a primeira leitura do Segundo Ato. Acredito que tudo poderá resultar em excelente nível e permito-me um silêncio mais ou menos total enquanto a leitura prossegue. Inge está banhada em lágrimas no final.

A parte mais fantástica deste dia é que, no carro de volta aos nossos alojamentos, finda a leitura, dou-me novamente conta de que tinha sido capaz de acompanhar o diálogo quase sempre sem recorrer ao *script* inglês, seguindo os atores linha por linha. Até o comprimento das frases é quase o mesmo. É um negócio incrível. Entretanto, ao interrogar Inge a respeito, fiquei sabendo que o *conteúdo* das falas é, com freqüência, muito diferente, envolvendo o imagístico volabulário chinês. Por exemplo, Willy relata aos filhos sua viagem de negócios coroada de pleno êxito: "Em Providence arrasei-os logo de entrada, e em Boston trucidei-os." Isto converteu-se em "Fiz com que caissem de costas em Providence-ah, e tombaram de cara no chão em Bos-i-ton!" Mas tinha um som fantasticamente semelhante e quase precisamente a mesma cadência.

Adormeci assim que me enfiei na cama. Mas acordei por várias vezes, sobressaltado. Ainda estou zonzo, estonteado, mas não infeliz. Serão dias de 15 horas para mim, levantando-me às sete para o café da manhã e rumando em seguida para o teatro, só voltando a ver a cama depois de terminados os ensaios da noite, às 10 horas. Mas sou todo expectativa...

23 de março

Hoje só trabalharemos das 9 às 12, por causa de um banquete para todo o elenco, Inge, Rebeca e eu, que nos tomará boa parte da tarde. Será em *The* Sichuan Restaurant, o qual, segundo Ying Ruocheng, é o melhor do mundo e o único com direito àquele honorífico *The*. Estou pronto.

Decido iniciar a nossa primeira tentativa de ensaio no palco, sem leitura de texto, com a cena do jogo de cartas; em primeiro lugar, porque envolve o que eu penso serem os dois nossos mais consumados atores, cujo sucesso na cena, se começar dando sinais de vida, encorajará os outros, e, em segundo lugar, porque é uma cena sentada que envolve um mínimo de marcação, de modo que eles e eu poderemos nos concentrar em seus personagens. É também porque Ben tem muita importância nela e eu me sinto cada vez mais desconcentrado por algo impenetrável nesse ator. Talvez sejam olhos absurdamente ferozes, com aquelas dobras meio reviradas nos cantos exteriores.

Assim, Ying Ruocheng e Charley sentam-se à mesa da cozinha e eu tomo uma cadeira que coloco a alguns metros deles, defronte para o cenário, e temos imediatamente o problema de como se joga cassino, o jogo indicado no *script,* cujas regras esqueci nos tempos do ginásio; Lee Cobb e Howard Smith eram dois jogadores fanáticos, de modo que não era preciso dizer-lhes nada. Confesso aos dois atores que esqueci o jogo e por acaso eles conheciam algum jogo de cartas chinês que pudesse ser adaptado às falas dos dois parceiros, sendo a única exigência que, em determinado momento, Willy tem de interromper o jogo gritando: "Alto lá! Esta vaza é minha!", incapaz de continuar falando com Charley, uma vez que sua visão de Ben entrou na cozinha.

— Poderíamos jogar *gin rummy*. Estaria bem? — pergunta Ying. Não vejo motivo para que não sirva, e ele e Charley sentamse e passam a fazer o jogo, o qual pode usar um certo número de jogadas, cada uma ligada a uma linha de diálogo, até que aparece um ás e Willy reclama-o como tendo sido jogado por ele. Todo esse negócio complicado é resolvido pelos dois atores numa questão de minutos e fico tão surpreendido que os felicito.

— Caramba! — Ying ri. — E pensar que durante três anos e meio não fiz outra coisa senão jogar *gin* o dia inteiro debaixo de uma árvore! Durante a Revolução Cultural fomos despachados os dois para uma escola de quadros, para plantar arroz. Podemos jogar *gin* os dois de olhos fechados.

Isso leva-nos para uma questão sobre que tenho meditado: de que modo, exatamente, a Revolução Cultural tinha afetado esse teatro. Resultou que a coisa era absurdamente simples: todo o trabalho fora suspenso por anos. A companhia era simplesmente mantida fora do palco mas não riscada da folha de pagamentos, de modo que os artistas sentiam-se frustrados e entediados até à raiz dos cabelos mas não ao ponto do desespero.

Chiang Ching, a mulher de Mao, e sua *entourage* suspenderam todas as produções teatrais e enviaram diretores, autores e elencos inteiros para as granjas de criação de porcos e os arrozais pelo resto da vida. "Não precisamos deles," afirmou ela publicamente. Tudo o que era autorizado eram suas Oito Peças Permissíveis, em que o Bem estava nitidamente diferenciado do Mal, e a própria noção de qualquer divisão íntima no ser humano foi simplesmente colocada fora de lei. A China seria um país do Povo Bom, e o Povo Bom não lê livros nem pensa, sabe o que é bom porque é Bom. E assim por diante.

Ying pensa que essa prática de continuar pagando os salários a pessoas expulsas de seus cargos e profissões em todo o país foi o que manteve a paz social que prevaleceu na China. Mas o teatro fechou as portas?

— Não, não — Ying ri —, Chiang Ching montou as suas Oito Peças Permissíveis!

— Com que atores?

— Com os atores da Ópera de Pequim, que nunca souberam o que estava realmente acontecendo; eles raramente sabem. São recrutados para treinamento aos oito anos de idade e nunca recebem educação em qualquer outra área. Como os dançarinos de balé. Eles nunca estranharam o fato de uma centena de atores ficar vagueando pelos fundos do teatro, ano após ano.

E assim, nessa mesma sala de ensaios, "onde ficamos jogando *gin,* entra ano, sai ano, até nos despacharem para o interior," eles estão jogando *gin* de novo, e foi por isso que trabalharam a cena do carteado num abrir e fechar de olhos.

É imposível deixar de procurar paralelos na experiência ocidental para esse extraordinário fenômeno — um governo que expulsa as pessoas de seus empregos e profissões mas, ao mesmo tempo, continua pagando-lhes fielmente seus salários. A inevitável analogia americana seria o nosso curto mas irascível período da lista negra de McCarthy, mas essa parece-me ter tido mais realidade, na medida em que as pessoas não só caíram em desgraça mas também foram privadas de seus salários. Que mensagem estava a sociedade chinesa tentando transmitir a si mesma nesses extraordinários dias? É possível que mesmo no mais íntimo pensamento dos Guardas Vermelhos estivesse a longa estrada subliminar da eternamente instável história da China, a qual prometia que também essa fase passaria e, assim, as vítimas do momento deviam ser alimentadas e não destruídas? Essa é uma interpretação tentadora, sem dúvida, mas a verdade é que muita gente foi levada ao suicídio, muitos foram torturados até à morte, outros quase mortos, muitos ficaram mutilados e estropiados para o resto da vida e, de acordo com algumas estimativas que ouvi, o número de mortes ultrapassou a marca de um milhão para toda a China. Ying Ruocheng chama-lhe "o nosso Holocausto".

Tudo o que posso atestar é que, no tocante a este elenco de atores chineses, existe uma espécie de desprezo pela era a que sobreviveram mas, ao mesmo tempo, riem de seus excessos insanos; por vezes, quando comparam suas experiências pessoais, parecem jovens conversando a respeito de medidas absurdas a que foram submetidos numa colônia de férias. Mas espero vir a saber ainda mais a tal respeito.

Com esses pensamentos em *background,* fiquei observando Charley e Ying enquanto prosseguia o diálogo do jogo de cartas, combinando as falas com as jogadas, e ficou óbvio por que Charley, desde o momento em que me foi apresentado, me pareceu tão adequado para o papel, embora fisicamente um pouco ascético demais, não suficientemente rude; é que houve uma espécie de entendimento mútuo entre ele e Ying desde o incio e agora, sentados à mesa em frente um do outro, sob a luz pardacenta que vem de uma fileira elevada de pequenas janelas em uma das paredes, bem junto ao teto, sinto como que uma confluência mágica de inexplicáveis acidentes da história: que essa peça, escrita e montada no mesmo ano da Revolução da China, propicie a ocasião para esses dois atores usarem uma *expertise* que tão relutantemente haviam aprendido e esterilmente praticado, ano após ano, neste mesmíssimo lugar.

Como eles tinham estado exercitando falas antes da minha chegada, estou apto a trabalhar a cena do jogo de cartas numa forma esquemática, fazendo entrar Ben; espero menos resultados do que uma oportunidade de sentir como melhor trabalhar com eles. Acho-os pressurosos, até pressurosos demais, em obedecer às minhas sugestões, muitas vezes sem compreenderem totalmente quais são as motivações. Mas também estão treinados, parece, para se harmonizarem no palco e se movimentarem elegantemente de posição para posição, mantendo-se também teatralmente vivos sempre que são obrigados a ficar silenciosos por alguns períodos de tempo. Ben parece especialmente elegante. Ele possui uma forma singularmente ondulatória de vocalizar que, no entanto, me parece pouco natural e, sempre que se lhe oferece a oportunidade, volta-se para enfrentar o público. Após uma hora, mais ou menos, decido que a cena do jogo de cartas funcionará a contento com esses dois veteranos, embora esteja um pouco preocupado com suas aptidões mecânicas para atuar primeiro e pensar sobre isso depois. Mas é preferível isso do que ter atores filosofando interminavelmente em cima de mim com suas racionalizações.

Tendo explicado o processo psicológico subjacente da cena — Willy evocando a imagem de seu irmão mais velho, Ben, cuja presença, por sua vez, o força a interromper o jogo —, nada mais tenho a dizer-lhes até que estejam mais familiarizados com os personagens. De súbito, dou comigo dizendo que gostaria de começar marcando a peça desde a abertura. Eu não planejara fazer isso mas suponho que a capacidade técnica deles me impressionou tanto que pensei em aproximar-me deles desse modo e não da forma inversa, falando-lhes sobre a história e os personagens em geral. Se eu começar pela marcação das cenas, talvez seja possível ocupar um terreno comum, uma vez que eles são, indubitavelmente, excelentes nisso.

E assim, pela primeira vez na China, Willy Loman entra com suas duas malas de mostruários. Imediatamente ele fica em apuros com elas; são malas enormes como baús e devem ser mudadas. Ele faz os gestos de abrir a porta da maqueta de cenário, entra na cozinha, põe no chão as malas e diz as primeiras palavras, numa espécie de suspiro: "Puxa vida! Puxa vida!", esfregando as mãos para reativar a circulação. Após o que procuro Linda na cama; está vazia. Ying passa os olhos pela sala toda, buscando-a.

Ela está logo atrás de mim, vestindo sua capa, e dizendo-me com seu sorriso macio que, como membro do Conselho Revolucionário da cidade, tem que sair agora para votar na eleição do prefeito de Pequim. Com um aceno de despedida, ela sai e foi o fim do ensaio para ela, não só nessa manhã mas pelo dia todo, uma vez que o elenco estará presente no banquete dessa noite.

O incidente é típico da estranha ausência daquela espécie de febril urgência que constitui uma parte normal da estréia de uma nova produção em Nova York. Mas creio ser parte do modo de vida num teatro subsidiado pelo Estado em quase todas as latitudes. O bom que isso tem é que os atores fazem todas as espécies de papéis durante um largo período de anos, desenvolvendo suas aptidões até à maturidade, em vez de serem projetados para as alturas do estrelato em uma ou duas peças e depois sumirem para sempre, como acontece entre nós; a maioria dos atores americanos são simplesmente desperdiçados. O lado mau disso, entretanto, é que as pessoas vegetam, por vezes, no que equivale a um emprego de funcionário público, do qual a competição está efetivamente eliminada. Os atores mais velhos, seja qual for sua inutilidade para a companhia, têm que ser mantidos no quadro de pessoal e seus salários pagos até morrerem, o que às vezes significa o sacrifício de gastos muito mais necessários e a ocupação de lugares que deveriam ser entregues aos jovens. Tal como na Rússia, Suécia, Áustria e alguns dos teatros estatais alemães, os quadros de pessoal estão sobrecarregados de velhos. (No Teatro Real de Arte Dramática sueco, há muitos anos, passei pela porta aberta de um camarim e, olhando de relance para dentro, vi um velho ator que podia ter no mínimo 90 anos, sentado junto a uma janela com cortinas rendilhadas lendo seu papel através de uma lente de aumento — uma cena tocantemente humana. Esse camarim era vitalício, tal como o seu salário. Mas a verdade é que os mais jovens estavam loucos de impaciência para que o velho ator abotoasse.)

O nosso banquete foi delicioso mas enfadonho. Eu estive quase a ponto de adormecer. Em ocasiões como a recepção de boas-vindas a um hóspede estrangeiro, nunca surgem questões interessantes e tudo o que pode ser tema de conversa é a comida. Depois, contudo, nós — Rebeca, Inge e eu fomos para a casa de Ying a fim de conhecermos sua mulher, Wu Sheliang. A casa aninha-se num labirinto de ruas escuras e meticulosamente limpas, onde sombras se movimentam silenciosamente sobre sapatos de solas de borracha. Não há a menor sugestão de apreensão nem qualquer evidência de policial por perto. Como tantas outras situações, também essa inacreditável segurança me confunde, por seu contraste com a violência da história chinesa recente. Há um aspecto medieval nessas ruas estreitas, as casas de tijolo pardacento com seus telhados exageradamente curvilíneos e paredes cegas, do lado da rua, que raramente admitem uma janela. Enquanto caminhamos, Ying comenta: "Esta cena podia ser há cem anos." Depois, adianta-se apressadamente para abrir a porta de seu pátio mas, na realidade, para fazer um aviso prévio à esposa, dentro de casa: "Trouxe convidados!"

Wu Sheliang aparece à porta da minúscula casa, uma intelectual de rosto redondo, jovial, cuja vivacidade é muito semelhante à de Ying e seu inglês quase tão bom também. Conheceram-se na universidade décadas atrás e trabalharam juntos no teatro, onde ela era atriz. A sala de estar retangular está repleta de livros do chão ao teto, muitos deles em inglês, e também contém um aparelho de televisão que está ligado, mostrando um desfile de recepção a dignitários chineses em algum aeroporto. Arrumamo-nos em torno da grande mesa no centro da sala, mas ninguém pensa em desligar a importuna telinha até que eu tomo a iniciativa e pergunto que programa é aquele. Só agora Wu Sheliang se dá conta de que o aparelho ainda está ligado, com a música marcial de uma banda alguns palmos atrás dos ouvidos dela. A dona da casa levanta-se e desliga rapidamente o aparelho — um hábito sonoro que é muito comum na China, possivelmente porque todos aqui têm vivido suas vidas em alojamentos tão congestionados e, mais, numa tão congestionada *idéia*. Nos ensaios, os atores sentam-se observando seus colegas que trabalham uma cena e continuam conversando entre eles em tom normal e sem qualquer irritação por parte das pessoas que tentam atuar. Na verdade, durante os próprios espetáculos a que assisti em teatros chineses, o público está tão ocupado conversando uns com os outros quanto em ouvir a peça, só ficando silencioso durante os intervalos, provavelmente por cansaço. Asseguram-se de que, com *A Morde um Caixeiro Viajante,* haverá silêncio do começo ao fim. Veremos.

Estou naturalmente atento a qualquer coisa que possa projetar luz sobre o relacionamento chinês com a minha peça mas nesta casa somos inevitavelmente devolvidos à Revolução Cultural, quando Ying e sua mulher estiveram no exílio, plantando arroz numa escola de quadros a uns 70 e poucos quilômetros de Pequim.

— Era o arroz mais caro do mundo — diz Wu rindo —, porque, no fim de contas, ainda nos eram pagos os nossos salários profissionais.

— Em vez de 18 cêntimos o cate, ficava mais perto dos 18 dólares — acrescenta Ying.

Basta olhar em volta nesta sala para nos perguntarmos se é por isso que um certo surrealismo dominou o nosso modo de pensar a respeito dos chineses e da China. Ying comprou a casa em 1950 mas, durante o espasmo nivelador da Revolução Cultural, a propriedade de todas as casas teve que ser entregue ao Estado, o qual, entretanto, se encarregou dos pagamentos relativos à conservação delas. Somente agora, quando o pragmatismo volta a infiltrar-se nos escalões superiores do governo, a questão passou a ser motivo de debate governamental como tendo sido um péssimo negócio.

— Espero que eles não decidam devolver-me a propriedade — diz Ying rindo —, pois o seu aluguel é agora uma ninharia e o governo paga todos os consertos e gastos de conservação. Além disso, como é ilegal despejar quem quer que seja de seu lar na China, Ying tem todos os benefícios da propriedade e nenhum dos encargos. Contudo, ele espera que, mais dia menos dia, isso mude.

O idealismo original da Revolução Cultural é algo que esse casal prefere não esquecer. A filha deles não se sentiu infeliz, no início, ao ser enviada para a Mongólia Interior a fim de ser pastora nessa vasta e escassamente povoada região, pois isso significa servir o povo, pensava ela. Aí ficou durante seis anos, escutando o vento e contemplando o céu. Mas, gradualmente, insinuaram-se dúvidas sobre se não estaria desperdiçando sua mente e decidiu regressar à cidade para ir de uma tentativa a outra em busca de uma vida que pudesse servir ao seu próprio desenvolvimento e à sociedade.

Com exceção da turbulência política circundante, a história da filha deles seria familiar para muitos pais no ocidente, onde a sede dos jovens de autenticidade moral e ocupacional tem mantido as sociedade em ebulição há décadas. Para a nossa filha Rebeca, com seus 20 anos, entretanto, a Revolução Cultural é uma imagem mista e não inteiramente negativa, e sentimos resistência em sua voz a qualquer rejeição total dela, embora seja forçada a reconhecer onde ela descarrilhou. E agora, através da reação de Rebeca, tão purificada pela distância, podemos imaginar como ela deve ter sido inicialmente atraente, sobretudo em seu audacioso idealismo e na rejeição dos valores monetários em nome das relações humanas, o que, na China, significa relações revolucionárias. Noto que Inge também simpatiza com as frustrações de sua filha ao tentar destrinçar o que aconteceu na China durante esses terríveis anos. Ying Ruocheng e Wu Sheliang tampouco admitem condenar radicalmente todo o movimento, pelo menos em seus motivos iniciais.

— Não se pode simplesmente apagar aquele idealismo — diz Wu — porque necessitamos do seu poder purificador e sempre necessitaremos. *Havia* corrupção a erradicar e havia os hábitos de dominação dos funcionários e assim por diante. Mas perdeu-se o controle. Pensamos que Mao estava simplesmente à margem de tudo em seus últimos anos. Vocês sabem, ele não pôde deixar seu quarto para receber Nixon, estava praticamente inerte. Foi uma aventura de um minúsculo grupo em torno da mulher dele.

Penso que isso esquiva-se à questão fundamental do governo de partido único, mas conservo meu silêncio, sabendo que isso é algo que ainda não pode ser enfrentado.

24 de março

Por volta das 10 horas desta noite, findo o ensaio, sinto-me exauto por tentar criar a espécie de energia em nosso Happy que o papel deve ter. Só com Ying na mesa da cozinha dos Lomans, na vasta sala marrom depois que todos partiram, procuro enfrentar o problema com ele. Agora que comecei realmente trabalhando a primeira cena no quarto de dormir com os dois jovens atores, as dificuldades parecem-me terríveis, mas suavizo as minhas preocupações de modo a não envolver Ying, que tem de refletir sobre o seu próprio papel. Mas a cena suscita uma questão temática fundamental que repercute em toda a ação seguinte: como Biff criará uma vida que lhe dê plena satisfação e, ao mesmo tempo, obedeça ao que é, essencialmente, o padrão de êxito de seu pai. Esse dilema classicamente americano parece, de súbito, tão distante da China que estou vendo nas ruas e na pobreza das roupas dos atores, e do que conheço de suas casas e nível de vida. Haverá alguma coisa na China de agora que eu possa relacionar com Happy, ou será todo o tema do sucesso algo que ele terá de imaginar acontecendo do outro lado do oceano?

Ying Ruocheng é não só um tradutor e ator mas, inevitavelmente, uma espécie de diplomata que, goste ou não, representa esse teatro perante mim, e essa obrigação, creio eu, deve estreitar seu campo de imparcialidade e franqueza. Mas há uma produção teatral em jogo; não estou preparado, em absoluto, para solicitar um substituto para Happy, mas não descortino um caminho suscetível de penetrar na suavidade dele. E, além disso, para meu ouvido totalmente destreinado, há algo de esquisito na fala desse jovem ator.

— Estarei ouvindo algo diferente, uma qualidade escorregadia em seu modo de falar?

Ying fica alerta, um meio sorriso bailando em sua boca.

— É surpreendente que você tenha captado isso...

— Às palavras dele parece faltar paixão, e têm um som assim como *zzzjjj*... ele fala como um diplomata ou um locutor de rádio.

Esse ator é o mais jovem da companhia, uns 25 anos, de cabelo negro de azeviche e um rosto esguio e bonito. Fora do palco é sensível e de fala suave e impecável, com uma elegância não estudada em seus movimentos físicos e em suas mãos finas. Fisicamente, está errado para Happy — um tipo corpulento, impetuoso, de humor caprichoso e, por vezes, auto-recriminatório, nenhuma das características que o nosso ator possui. Mas é bonito e sugere um narcisismo que poderá ressaltar o egoísmo agressivo do persoangem. E tem uma certa acuidade — no nosso primeiro dia foi ele quem apontou o paralelo chinês para o Lomanismo no desejo dos pais chineses de que seus filhos sejam como "dragões". Mas a minha impressão inicial de sua qualidade mais ascética do que sensual aguçou-se agora. Dei-lhe um chapéu de feltro para experimentar e um pente para se desgrenhar durante sua conversa com Biff em pijama no quarto de dormir, mas ele dá uma passada distraída do pente pelos cabelos e enfia-o no bolso; em vez de se admirar no espelho com o chapéu posto, enterra-o na cabeça e retira-o logo, incapaz de fazer todos esses gestos e falar ao mesmo tempo.

Ying está descoroçoado, muito mais do que deveria estar quando tem seu próprio papel com que se preocupar.

— Estou realmente surpreendido que você tenha notado esse cacoete na voz dele mas é verdade. Foi treinado para falar desse jeito, é uma afetação que nada tem de incomum no nosso teatro. E poderá ser especialmente prejudicial para esta tradução, porque eu estive tentando superar a dicção formalizada que usamos normalmente no palco. Mas vou continuar em cima dele. Ainda penso que ele pode ser bom.

Ying parece ainda mais deprimido do que eu, provavelmente porque deseja imenso não me decepcionar nem dar motivo algum para que o espetáculo fracasse. Em parte para o animar, digo:

— Ele não é mau nas passagens mais rápidas, quando não tem tempo para se preocupar com o acento e tem que deixar a fala correr...

— Vou ficar em cima dele o tempo todo...

Assim, alimentamos ainda alguma esperança, eu talvez mais do que Ying. Mas será uma lástima se as maneiras do rapaz fizerem a linguagem parecer artificial, quando todo o esforço de Ying é no sentido de criar algo novo, um paralelo pequinês realmente contemporâneo da fala dos Lomans. Se bem que, como assinalei e Ying, incrivelmente para um estrangeiro, percebeu, os Lomans estejam usualmente tentando *não* falar de maneira "vulgar". De fato, seus floreios retóricos pontilham a peça e são reflexos da visão que Willy tem de si mesmo e de Biff, transcendendo suas condições para chegarem a algo mais refinado, mais chique, na vida, algo como a glória.

Tudo isso me recorda que, na China, a arte *significa* tradicionalmente estilo e não qualquer espécie de crua verossimilhança; ela sempre funcionou mais para transmudar do que para descrever a realidade visível e audível. O problema para os chineses, agora, é que, ao deixarem para trás o "naturalismo" ordenado de seu recente infantilismo imposto pelo regime e começarem a lidar com as complexidades da vida, tanto no teatro como nas outras artes, aparece um vazio em seu arsenal estilístico. Voltarei a escrever sobre isso mais tarde; vejo agora que as esperanças deles para *A Morte de um Caixeiro* baseiam-se largamente em explodirem o proscênio, através do fluxo da ação de um local para outro, e em subjugarem o tempo convencional ao mesmo tempo que mantêm ainda o espectador emocionalmente envolvido.

Insisto com Ying para que exponha suas idéias sobre a questão do êxito na psique chinesa, uma vez que Willy é tão fanático a esse respeito. Ele acredita que esse foi e continua sendo um problema universal para os jovens — como seus filhos — que desejam construir seu próprio caminho e chegar a ser alguma coisa no mundo. E quanto ao dinheiro como símbolo de êxito aqui?

— É claro que é — diz ele. — As pessoas mais altamente treinadas ganham mais dinheiro, ingressam nas categorias mais elevadas de classificação profissional. Todo o mundo respeita e celebra a classe trabalhadora mas ninguém é contra sair dela.

Não tenho tido tempo para incutir esse ponto de vista em Happy, não que isso possa ajudá-lo mas talvez sirva para me aproximar mais dele, e ele mais próximo da história de seu personagem. Qualquer coisa que desfaça a suavidade dele nessa primeira cena.

Em toda a produção, chega o momento em que termina a lua-de-mel e começa o casamento, do qual surgirá, assim se espera, mais um ser vivo e não um natimorto. Ainda não entendo uma palavra de chinês, é claro, e para ser franco comigo mesmo, registro no final de cada período de ensaios uma certa qualidade áspera no som geral, algo que Inge vigorosamente nega. Suponho que seja mais a minha frustração em tentar penetrar, hora após hora, num palavreado incompreensível, do que, na realidade, qualquer qualidade objetiva da própria linguagem. Em todo o caso, depois de assistir à leitura e interpretação do primeiro ato duas ou três vezes, dou-me conta de que penetrei, não na linguagem, mas em muitas das intenções dos atores e, algumas delas, penso agora, são piegas, inverídicas.

Linda, que no começo me parecia tão encantadoramente devotada a Willy mas, ao mesmo tempo, tão senhora de si, tão digna, tende a descambar para os gorjeios choramingas, sobretudo em sua ária de duas páginas, quando exorta os filhos a que ajudem a salvar Willy, que ela teme estar tentando matar-se. Suspendo a cena num ponto (e só então me pergunto se não estarei, talvez quebrando a etiqueta ao corrigi-la na presença dos outros) e, tão diplomaticamente quanto possível, lembro-lhe que não está falando a respeito de um marido morto, por quem ela tenha esses sentimentos retrospectivos, mas de um que ainda está vivo e passando por uma crise nesse preciso momento. Não há tempo para lamúrias numa tal situação de emergência; ela tem uma tarefa a cumprir nessa cena, que é convencer Biff a encontrar um emprego em Nova York e começar a salvar seu homem do suicídio certo.

Olhando bem nos olhos nela, sinto-me em casa, gratificado pelo fato de todos os atores serem feitos do mesmo estofo. Ela possui a chispa do reconhecimento, a argúcia, poderíamos chamar-lhe, do intérprete sensível, consciente, capaz de metamorfoses quase a seu bel-prazer. É uma atriz por demais experiente para não saber o que estava fazendo — atrair mais a simpatia do público do que representar com fidelidade a cena — e começo a temer que ela me passe a perna com a maior facilidade ou me vença pelo cansaço antes do fim. No entanto, ela recomeça e, desta vez, é muito mais simples, mais direta e quase, mas não inteiramente, livre de gorjeios plangentes. Sou informado de que ela, tal como o ator que faz Happy, pertence a uma tradição — no caso dela, a da Mãe, que, com efeito, é sempre uma carpideira. Nesta peça, porém, tal exploração da emotividade afundá-los-ia a todos num atoleiro de "sentimentalismo" desmiolado, o que, em última análise, não é sentimento mas um banho inespecífico de amor-próprio. Suponho ser inevitável que ela me recorde trechos do teatro iídiche que vi há anos em Nova York. Também aí a Mãe era uma inesgotável fonte lacrimosa; é para chorar que as Mães são feitas. Mas, refletindo sobre isso, concluo que não se trata de um monopólio dos judeus ou, no caso, dos chineses. Se recordamos os primeiros filmes, a maioria deles interpretados por artistas de ascendência irlandesa, a Mãe estava sempre à beira das lágrimas também. A lacrimosidade deve representar algum estágio na evolução da sociedade, tendo a nacionalidade muito pouco a ver com isso.

25 de março

A nossa conferência de imprensa. Tive que recorrer finalmente a essa entrevista coletiva, para não passar a maior parte do meu tempo dizendo as mesmas coisas aos repórteres estrangeiros e chineses que me solicitaram entrevistas. Num amplo salão do teatro, Ying e eu defrontamo-nos com umas 50 pessoas que se espremiam no espaço que lhes fora reservado, incluindo quatro ou cinco equipes de redes americanas e canadenses de TV, e uma dúzia de fotógrafos de várias nacionalidades.

A maioria das perguntas, caso raro, não é trivial nem idiota. Por que foi escolhida *A Morte de um Caixeiro Viajante?* Houve uma intenção de fazer propaganda contra o modo americano de vida? É realmente possível para os chineses sentirem alguma afinidade com uma típica situação americana e com o caráter de Willy Loman? Os atores chineses trabalham diferente dos americanos na criação de seus papéis? Será possível registrar o humor? Existem realmente quaisquer paralelos na sociedade chinesa? Será o espetáculo vedado ao grande público, permitindo-se que ele seja apenas visto por "certos estratos" (como, segundo parece, foi o caso com alguns espetáculos no passado)? Quanto custarão as entradas? As entradas vão ser vendidas a qualquer pessoa na bilheteria ou distribuídas para organizações?

Adoto uma postura positiva, pois apenas ensaiamos em dois dias completos e não conheço ainda todos os problemas. Digo-lhes que sinto estar aprendendo rapidamente como ler os atores; sinais; que, embora seja óbvio que os nossos semáforos culturais sejam imensamente diferentes, talvez eles estejam se referindo realmente à mesma informação básica no mais fundo de todos nós. Teorizo sobre a universalidade das emoções humanas; espero que a produção aqui dessa peça muito americana simplesmente corrobore a idéia, uma vez mais, de uma só humanidade.

Neste ponto, posso apenas dizer que os atores parecem não ter dificuldade em integrarem-se nos papéis; deve certamente haver alguns mistérios exóticos para eles nesta peça mas, no fim de contas, os chineses inventaram praticamente a família, que é o núcleo da peça, e as inter-relações sociais com a luta no seio da família tem sido uma parte da vida chinesa há muitíssimo tempo.

Quanto ao humor, pelo menos o elenco está rindo quando o riso é requerido, pelo que presumo que temos uma chance de fazer o mesmo com uma platéia. Existem paralelos na peça com a sociedade chinesa, tenho razões para pensar, supondo-se que as pessoas querem subir na vida em qualquer parte do mundo. E se ainda não existem caixeiros viajantes neste país, conjeturo que a idéia de tal homem é facilmente apreendida através do próprio texto. Em todo o caso, o motivo do caixeiro viajante é, em grande parte, metafórico; todos devemos vender-nos, convencer o mundo de uma persona que talvez seja apenas nosso desejo possuirmos realmente.

Ying Ruocheng recebe agora algumas perguntas sobre o teatro e a produção. Ele é, evidentemente, um astro na China, e todos os repórteres o conhecem e parecem confiar em sua franqueza. As entradas, informa ele, custarão um yuan (cerca de 50 cêntimos de dólar) e quem for à bilheteria poderá comprá-las, quantos mais melhor (um comentário em que pressinto um pouco mais de confiança do que ele realmente tem). O espetáculo estará em cartaz enquanto houver uma procura suficientemente forte por parte do público. Desaprova a prática de distribuir entradas através de sindicatos e outras organizações, a fim de coagir a presença de público. De fato, "esse gênero de coisa apenas demonstra que fracassamos".

A coisa começa a soar cada vez mais como Broadway, e um dos repórteres interrompe para me perguntar se eu fiz algum acordo sobre o tempo em que a peça ficará em cartaz. Não fiz acordo nenhum desse gênero, disse eu; espero que fique o tempo exigido pelo interesse do público em assisti-la mas, é claro, a 50 cêntimos a entrada, será certamente muito mais longo do que minhas peças ficaram, às vezes, em cartaz a preços americanos.

O que nos leva aos preços das entradas em Nova York, um problema que deixei para trás há alguns dias apenas, quando tentei conseguir uma redução na faixa de 18 a 32 dólares para uma reapresentação de *Uma Vista da Ponte* no Ambassador Theatre. Quando lhes disse qual era a faixa de preços em Nova York — a que Ying Ruocheng acrescenta ter pago 45 dólares para ver *Cats* — houve um sussurro de increduildade entre os repórteres chineses. Quarenta e cinco dólares é mais do que o salário de um mês para a grande maioria deles e o dobro para alguns, estando os intelectuais entre os indivíduos mais mal pagos na China.

Penso que a melhor parte da conferência é o modo como Ying conduziu a questão da propaganda.

— Quando foi anunciado que estávamos pensando neste projeto para o nosso teatro, houve uma porção de comentários na imprensa de Taiwan — começou ele, num tom triunfante. — Eles diziam, "Cao Yu e Ying Ruocheng devem estar loucos se pensam que lhes será permitido fazerem *A Morte de um Caixeiro Viajante* em Pequim, e muito menos consentido que Miller vá dirigir a peça". Como vêem — continuou Ying —, parece que algumas pessoas pensam diferente de outras sobre gêneros de propaganda. Mas, na realidade, o meu interesse pessoal na peça é basicamente estético. Penso que ela pode abrir novo território para os nossos próprios autores teatrais, uma vez que rompe com as convenções que, de um modo geral, frearam o nosso avanço. E, é claro, adoraria fazer Willy, como qualquer ator em qualquer parte do mundo.

É então a vez de Inge passar ao primeiro plano para explicar como aprendeu a falar e escrever chinês com tanta fluência. Ela diz que sempre tentou aprender a língua de um país em que pretende fotografar intensamente, acreditando que as imagens lingüísticas podem levá-la a mergulhar mais fundo no visual. Aprendeu russo antes de trabalhar na União Soviética pela mesma razão. O que ela não diz é que é ainda mais fluente em cinco outras línguas.

Como um meio termo, prometo aos repórteres da TV abrir o teatro para eles todos numa tarde de ensaio, o que elimina a alternativa de deixar entrar cada equipe separadamente, uma solicitação que seria desastrosamente consumidora de tempo. Escolherei alguma tarde de meados de abril. O problema com a filmagem de uma estréia, é claro, é que eu terei que simular que estou "dirigindo" ou a coisa não parecerá um ensaio. Na realidade, a minha interferência física no palco será muito rara.

26 de março

Depois do ensaio da tarde de ontem, Ying Ruocheng, com irritação francamente visível, pergunta-me se o deixaria ensaiar com o elenco na manhã seguinte. Eu não teria que estar presente, uma vez que isso envolveria apenas repetição de cor. Fiquei feliz por ouvir isso, porque cena após cena tinham sido arruinadas em virtude de eles terem de parar para recuperar frases perdidas. Ying conhece quase todo o seu texto e tem sido a pior vítima dos lapsos dos outros. Pedi-lhe que, ao mesmo tempo, incutisse em Linda a necessidade de concentrar sua mente em Willy e não nela própria, e de suprimir sua desagradável tendência para a choradeira. Também queria que ele falasse com Biff, pois penso que também ele está adotando a mesma sentimentalidade em certos pontos. Ying Ruocheng, que é senhor de uma fantástica energia e obstinação, recusando-se tanto a iludir-se quanto a desesperar, prometeu fazer tudo o que pudesse com ambos os artistas. Sabedor de que a presença de Zhu Lin na peça venderá mais entradas do que qualquer outro fator, sendo ela a maior estrela no elenco, estou grato por sua conduta disciplinada, não querendo tirar proveito dessa circunstância e mostrando-se sempre solícita em receber minhas instruções — as quais, é claro, nem sempre usa. Ela veste diariamente as mesmas calças marrons e o mesmo blusão acolchoado com enfeites, da cor das calças. Num certo sentido, alegra-me que eu e ela não possamos conversar, pois Zhu Lin teria, sem dúvida, muito a dizer-me acerca de suas razões para interpretar o papel do jeito que ela o faz. Assim, como dois mudos, eu digo o que tenho a dizer e ela só pode menear a cabeça gentilmente, muitas vezes com o que suponho ser um ar de agradável surpresa. Mas vou batalhar com ela até o fim. Zhu Lin é realmente uma atriz boa demais e uma mulher atraente demais para desperdiçar sua energia em lágrimas.

É agora revelado que o padrão de fala de Happy não foi, em absoluto, uma afetação adquirida, como Ying pensava, mas um modo de falar comum em sua terra natal, uma pequena cidade a uns 80 kms de Pequim. Essa informação encorajou-me a pará-lo em meio à primeira cena com Biff — quando ele, deleitado, lamenta seu êxito com mulheres e negócios. Ying Ruocheng insistira por diversas vezes comigo para que lhe desse uma linha de orientação simples, em vez de qualquer espécie de discussão sobre a natureza de Happy ou suas interações com Biff. Ocorreu-me de súbito que o que lhe faltava era a fruição de seu dilema. Gritei para o quarto de dormir em cima: "Você deve ser feliz, é tudo! O personagem é um homem muito feliz!" O seu sorriso foi de alívio. Voltou à cena, empertigou-se e disse o que lhe cabia dizer como se estivesse fazendo o papel há meses, a tensão dissipou-se e, com ela, uma certa capa de "escuridão trágica". Mas ainda não está no ponto, temperamentalmente.

O sentimentalismo de Biff desapareceu em grande parte. Numa dada altura, ele tem que apanhar seu velho capacete de futebol de uma arca ao lado de sua cama, contemplá-lo, e dizer: "Sempre pensei que não se deve desperdiçar um único momento da vida e, vê tu, cada vez que volto aqui descubro que não tenho feito outra coisa senão desperdiçar a vida." A autocomiseração nessa fala é difícil de acompanhar. Explico-lhe que se trata de um comentário irônico, mais uma observação passageira do que algo parecido a uma conclusão filosófica. Agora, ele repete a fala mas com uma expressão de quem zomba levemente de si mesmo, depois joga o capacete de novo na arca e saï. Foi realmente muito bom e dá força ao personagem. É extraordinário como eles podem rapidamente mudar assim. Mas também denota até que ponto é técnico o modo como abordam um papel. Pergunto a mim mesmo se o nosso conceito de vida interior de um ator terá alguma utilidade para eles, pelo menos nesta altura dos acontecimentos. Parece que a idéia toda de teatro está muito distante de uma reflexão sobre a vida real, muito mais perto de algo formal e ritualístico. Que ele, e Happy também, seja capaz de mudar tão depressa, deve significar que eles estão representando puramente de ouvido.

Devo começar a trabalhar no Segundo Ato na segunda-feira, de modo que chegou o momento de apertar alguns parafusos. Entro no palco e passo a dirigir a cena da briga em família, assinalando os momentos de clímax e fazendo-os repetir as deixas para mim, de modo que começamos obtendo algo que se avizinha dos ritmos rápidos requeridos. Como sou um palmo mais alto do que qualquer deles e minha voz é mais sonora, grito a exclamação de Willy, "Vamos, Biff, mostra o que sabes!", a reação furiosa de Biff e a intervenção de Happy, "Eh, esperem um minuto! Tenho uma boa idéia!", estendendo os meus braços e gritando a plenos pulmões. O espanto no rosto deles diz-me que jamais imaginaram que a cena pudesse transcorrer tão gritada e chegar tão longe, que o tom de ameaça em minha voz se aproximasse muito mais de uma verdadeira ameaça do que tinham sido capazes de prever. Não obstante, parecem ansiosos por repetir a cena e, desta vez, ela é tão veemente que os artistas que a presenciam começam fazendo barulho, entre sorrisos e gargalhadas, como se fossem uma torcida excitada, e Ying perde o fôlego e deixa passar *sua* fala na barafunda final. Mas parecem captar o clímax que a cena deve atingir e existe, finalmente, certa excitação autêntica.

E assim, ao término da primeira semana, penso que eles são capazes de criar um tipo americano de desempenho, o estilo direto de comportamento que a peça requer. Estou começando a sentir-me satisfeito com Linda; no final da tarde, ela estava sendo muito mais simples, muito mais a mulher em quem Willy confia do que o tipo que fica o tempo todo choramingando atrás dele. Suponho que minha esperança nela deriva de sua natureza inteligente, capaz de impor-se com nobreza, fora do palco. Isso culminará, penso eu, numa performance convincente, a melhor, sem dúvida, não só para a peça mas também para ela. No final dos ensaios, decido ser a ocasião apropriada para dizer-lhe especificamente que existe um único momento no Primeiro Ato em que ela pode realmente chorar, e é quando diz a frase: "A vida dele está em vossas mãos." Ela arregala os olhos ainda mais e parece surpreendida, mas abaixa a cabeça numa vênia profunda. Espero ter entendido o que esse gesto significa.

O desempenho de Ying Ruocheng já é uma alegria completa. Profissional autêntico, mas também um homem de grande inteligência e intuição, sempre disposto a experimentar e a tentar seja o que for. Ele tem mais ou menos a altura e a compleição física de James Cagney, equilibrado sobre pernas curtas, um homem compacto que é capaz de avançar, soberbo, até ao proscênio e simplesmente invocar os sentimentos e alegrias do seu grande momento, décadas atrás, quando através de Biff sentiu estar a um passo de alguma vitória imaginária sobre o nivelamento ignominioso da vida.

Ele parece ver Willy cada vez com maior acuidade, como um pequeno peso-galo com punhos rápidos e a exigência irredutível de que vida lhe dê significação e honra. Dei comigo de pé o outro dia e fazendo um discurso, para minha própria surpresa e de todos, e lamentando-o mesmo enquanto estava acontecendo. Mas pareceu-me, de súbito, que apesar de todo o progresso, eles ainda estavam sendo mais atores do que seres humanos que tinham o privilégio de expressar a visão poética subjacente na peça. Eles não estavam penetrando nessa visão. Permiti-me dizer que a única linha que ligava todos os integrantes da peça era o amor por Willy; não admiração, necessariamente, mas uma espécie de reconhecimento visceral de que, à sua maneira desajeitada e freqüentemente ridícula, ele está tentando erguer bem alto uma crença nas possibilidades imensas de redenção humana. As pessoas não o suportam, muitas vezes, fogem dele, mas sentem sua falta quando ele não está presente. Talvez seja porque Willy não tem um único osso cínico em seu corpo, é o crente andarilho, o portador de uma chama cuja extinção nos deixaria prostrados, vazios, meramente com o que o passado nos deu. Ele está permanentemente acenando para um futuro que não pode descrever nem viverá para ver, mas está apaixonado por ele, de qualquer modo.

Na realidade, *A Morte de um Caixeiro Viajante* é uma história de amor entre um homem e seu filho e, de um modo louco, entre ambos e a América.

Quando terminei, simplesmente temi que os tivesse confundido e desorientado. Mas dois dias depois, no carro à saída de uma recepção na embaixada americana para toda a companhia, Ying Ruocheng, à típica maneira chinesa, soltou simplesmente que estava tentando pôr meu discurso por escrito; segundo parece, ele afetara o elenco, se bem que, naquela altura, não tivesse havido em seus rostos qualquer reação visível. Isso pode deixar uma criatura louca mas é necessário, ainda assim, para afirmar simplesmente o que tem de ser afirmado e esperar que venha a ter algum efeito.

Existe um certo acanhamento sensível nos chineses que, confesso, nunca tinha realmente considerado antes. É difícil para eles se pôr em evidência, exceto depois de alguma luta. Ying Ruocheng, para citar um exemplo, nunca se oferece espontaneamente para contradizer uma informação errônea de um outro, contrária ao que ele sabe ser exato, enquanto não pedirem sua opinião. Deparamo-nos freqüentemente com discussões acaloradas nas ruas do bairro, mas suspeito de que é preciso muito para que seus sentimentos se sobreponham aos limites, se bem que, é claro, uma vez transpostos, eles se mostrem veementemente apaixonados. Concluo que devo persistir em arrancar as opiniões pessoais dos atores de um modo que não teria de fazer nos Estados Unidos, por exemplo. Pressenti ontem que Charley ainda estava tendo dúvidas sobre as razões de sua gentileza com Willy — posso agora ler nos olhos deles um pouco melhor, creio — e ele reconheceu, de um modo tocantemente hesitante, que assim era, de fato. Disse-lhe então o que me esquecera de lhe dizer em conversas anteriores: que Charley alimenta sentimentos profundos por Linda, a quem admira imenso. O rosto dele iluminou-se; podia trabalhar em cima disso. De uma maneira bastante paradoxal, ele também sente uma espécie de inveja pela fértil imaginação de Willy, os temperos com que ele borrifa sua vida, em contraste com a afabilidade da existência mais racional de Charley. Este pode zombar de Willy como um tolo mas junto dele nunca se sente entediado. Isto pareceu ajudar.

Ying Ruocheng sente que o acanhamento, ou a relutância dos chineses em darem nas vistas, é um legado do espírito de renúncia confuciano, ao qual se sobrepôs a supressão comunista da personalidade individual, o instinto de nivelamento; em ambos os sistemas as pessoas realmente existem para servir a ordem superior e não o inverso, como estabelece o esquema americano. Isso pode estar também na raíz do que os observadores de fora interpretam meramente como puritanismo sexual chinês. Mas Ying e outros negam igualmente que um medo puritano da sexualidade seja peculiarmente chinês; é, antes, o senso de forma que os leva a não ver com bons olhos a sua exibição pública. E, na verdade, eles tentam mostrar uma fachada fria em público, independentemente de matérias sexuais. Quanto mais desconcertante não é, pois, que uma monstruosidade como a Revolução Cultural possa ter varrido este país, se nos lembrarmos de que uma de suas características fundamentais era exigir declarações públicas de lealdade proletária e os mais exuberantes arrependimentos púbicos por pecados passados contra os supostos interesses dos trabalhadores. Isso resultou, na realidade, em arrebanhar dezenas de milhares de pessoas e reuni-las em estádios para presenciar e desfrutar da dolorosa humilhação de alguns de seus mais brilhantes intelectuais e líderes políticos. Ba Gin, um dos seus mais elogiados romancistas (e um importante talento, acredito), foi forçado a enfiar na cabeça um gorro de burro e a ajoelhar em cacos de vidro, diante de uma multidão ululante que enchia o estádio.

27 de março

No domingo, o nosso dia de folga, um almoço no apartamento do adido cultural americano, Leon Slowecki, para mim e os principais membros do elenco — Happy e Biff não foram incluídos, ignoro por quê. O apartamento do adido é num andar superior de um dos ultramodernos edifícios de apartamentos que formam o bloco conhecido como o "gueto dos estrangeiros", que é onde devem residir os jornalistas estrangeiros bem como os funcionários de todas as embaixadas exceto, é claro, os próprios embaixadores, que residem em suas respectiavs embaixadas. O apartamento lembrou-me o Watergate Hotel; tudo em seus lugares, a bonita vista de uma super-rodovia e a sensação inevitavelmente debilitante da impermanência dos moradores.

Alguns excelentes "Bloody Marys", salmão defumado, presunto polonês, galinha frita, pão fresco — ao que, para variar, os chineses não parecem ter dado muita importância. O subchefe da Missão, Charles W. Freeman, que dirige o departamento político da embaixada, pareceu-me historicamente muito instruído e tanto ele quanto o adido falam chinês com fluência. Ambos são jovens — por volta dos 40 anos. Aceito a avaliação atualizada deles da presente realidade chinesa e escondo meus próprios sentimentos desalentados quando Slowecki opina calmamente que o público chinês não entenderá patavina de *A Morte de um Caixeiro Viajante* sem as notas de um programa que descreva em linhas gerais a história e como ela deve ser interpretada. Ying Ruocheng, que antes disso estivera falando a respeito de escrever justamente um pequeno ensaio para o programa, parece — não estou certo de ter lido corretamente sua expressão, mas penso que sim — um tanto resistente à descrição do público como carente de refinamento, se não francamente primitivo.

Só comigo por um instante a um canto da sala, Slowecki diz que não se trata apenas da arregimentação comuniza do pensamento mas do modo como as coisas têm sido feitas aqui desde o começo dos tempos.

— Tudo na China — diz ele —, é metafórico, nada é o que pretende ser. Assim, você tem que interpretar a peça para eles ou tudo o que aceitarão é o que os jornais vão dizer-lhes que ela significa.

Suponho que ele está preocupado em que a peça se converta pura e simplesmente em propaganda anti-americana, uma coisa que também me preocupa. E, é claro, estou ciente de que eles interpretam tudo como metáfora, algo não particularmente chinês mas marxista, e não meramente marxista, se pensarmos bem, mas continental; a atitude anglo-saxônica em relação à arte, especialmente a teatro, é cheia de despreocupação quanto ao que se supõe significar; é simplesmente "acerca" de sua história, ação e personagens, deixando para os intelectuais e acadêmicos a discussão do tema interno e das implicações sociais. Assim, no final do almoço, estou um pouco preocupado e no elevador, enquanto descemos, peço a Ying Ruocheng que não deixe de escrever uma sinopse da peça para o programa, o que ele concorda em fazer brevemente.

Combinei com Alex North, compositor da música incidental original, mandar-me um *tape* que possamos usar, bem como uma partitura. Alex fê-lo imediatamente mas estava ansioso por vir ele mesmo e reger a orquestra de quatro elementos numa audição ao vivo para a estréia, a qual poderia então ser gravada de novo. Mas a despesa acabou por inviabilizar a viagem. No segundo ou terceiro dia de ensaios, pedi ao técnico de som que tocasse a música em seu gravador alemão oriental, modelo 1950; fico nervoso toda vez que olho para essa geringonça, com medo de que enguice durante o espetáculo. *A Morte de um Caixeiro* não pode ser representada sem um gravador que transmita sons vitalmente necessários, assim como música. Os sons sugerem freqüentemente a ação e as falas em momentos cruciais. Aqui, o gravador tem válvulas eletrônicas e pertence a um museu.

Ying Ruocheng e o elenco ficam quietos, escutando o pequeno amplificador de som colocado na parede e, quando se inicia o solo de flauta, senti uma vez mais sua evocação obcecante dos anseios de Willy. É ainda a melhor partitura que conheço para a peça e lançou Alex no caminho de Hollywood e de suas oito indicações para o Oscar da Academia nos 25 anos subseqüentes. Enquanto ouvia a música, recordei o dia em que ele se sentou ao piano vertical na sala do andar térreo da casa de Elia Kazan em Nova York, e a tocou pela primeira vez, o cigarro pendente de seus lábios, a fumaça espiralando em torno de seu enorme nariz e melancólicos olhos de "basset", e sua expressão cândida ao olhar para nós, indagando se tínhamos gostado.

Ouvi apenas os primeiros compassos e fiquei satisfeito mas, num ensaio ulterior, algo quase absurdo me pareceu soar, vindo do amplificador de som; finalmente, percebi que, além das passagens solo de flauta e violoncelo, uma grande orquestra sinfônica estava entrando também, e logo me dei conta de que aquilo era uma gravação da música para o filme de Frederich March. Era uma rematada tolice no palco — o pobre e solitário Willy, com seu pequeno chapéu *made in* Alemanha Oriental, sendo apoiado por quarenta instrumentos. Assim, Ying está tratando de gravar um novo *tape* baseado na partitura original que Alex North me enviou. Isso tem que ser feito na emissora de rádio de Pequim, a qual possui o único equipamento decente de gravação de alta fidelidade em toda a cidade. É difícil dar um passo, ao que parece, sem que alguma coisa nos recorde a pobreza deste país.

Essa irrupção sinfônica em nosso *tape* traz-me à lembrança o filme, que tanto me desagradou, embora Frederich March, que nele interpretou Willy, pudesse ter tido um desempenho soberbo e fosse, na realidade, a nossa primeira escolha para o papel no palco. Nunca pude estar com ele, em todos os anos que se seguiram, sem que, num dado momento, deixasse de ouvir de Freddy a história de como esse maldito filme o impedira de comparecer na data fixada para os nossos ensaios. Havia sempre um lampejo de culpa em seus olhos quando me contava isso, mas penso que a verdade era outra: ele nunca entendeu os avanços e recuos no tempo, ao longo da peça, e acabara por temer um fracasso rotundo.

Quanto ao filme, foi o conceito hermético de Willy que o derrotou, penso eu; fizeram dele simplesmente um caso mental e desconfiei na época — o começo da década de 1950 — de que essa conveniente distorção resultou de um temor político de condenação da sociedade americana, algo que teria sido deveras perigoso nesses anos.

Depois do filme ter sido concluído, fui convidado pela Columbia Pictures a comparecer a uma projeção de um *trailer* que tinha sido feito para preceder a exibição de *A Morte de um Caixeiro Viajante* em todos os cinemas. Isso serviu de oportunidade para conferências por professores do *City College* da *School of Business* de Nova York, com a finalidade de demonstrar que Willy Loman era simplesmente um vendedor ineficiente, que a própria profissão era sólida e respeitável, e que a história toda era meramente idiota. No final da projeção, os executivos da Columbia, que devem ter gasto meio milhão de dólares nessa espantosa peça de propaganda, perguntaram o que eu pensava, e respondi que os processaria, se possível, que me tinham atacado através do *trailer* e que o que eles estavam querendo era escândalo. O *trailer* nunca foi exibido mas, pouco depois, o departamento de publicidade da Columbia perguntou-me se eu teria a amabilidade de assinar uma declaração anticomunista para a Legião Americana antes do filme estrear, no temor de que piquetes de patriotas se manifestassem na porta dos cinemas, o que, evidentemente, me recusei a fazer. Suponho que tais experiências — houve muitas outras nesse período — ajudaram a preparar-me para compreender uma parte daquilo por que os artistas tiveram de passar na China, e é simultaneamente estranho e lógico que eu esteja dirigindo essa mesma peça numa sala onde mais de uma centena de atores passaram anos matando ociosamente o tempo enquanto estiveram na lista negra.

Meu estado de espírito ora sobe ora declina e, quando assoma a minha segunda semana de ensaios, dou comigo perguntando que bicho me mordeu para tentar isto, uma peça difícil, psicologicamente complexa, com atores com quem não posso sequer comunicar, exceto em amplas pinceladas de interpretação superenfática. Ou que assim me parece, com freqüência. Ignoro se penetrei esses seres humanos, cujas faces, com uma ou duas exceções, refletem muito pouco de seus sentimentos. No entanto, em momentâneos lampejos de otimismo, pergunto-me se é ilusão minha que, à medida que os dias passam, ou eles estão expressando mais em seus olhos ou eu estou captando mais neles. De qualquer modo, está mais claro agora por que a China foi um espelho para refletir o que quer que o Ocidente deseje projetar nele. Penso especialmente em nossas ilusões sobre o homem socialmente integrado, regido do berço à sepultura por regras basicamente amistosas, criadas por imperadores-filósofos ou líderes como Mao. Essas pessoas são todas as coisas para nós, nossos sábios guias e, ao mesmo tempo, nossas desamparadas e esperançosamente puras crianças.

Entrei na minha segunda semana sem saber nada e firme em meu entendimento de que nada sei. Essa bem merecida modéstia reconforta-me.

A maior preocupação de Ying Ruocheng é, agora, que o público não compreenda como funciona um seguro de vida e, por conseguinte, o suicídio de Willy para legar dinheiro a Biff. Não há nada que se pareça com um seguro de vida neste país, pelo menos nunca houve até hoje. Mas acabo justamente de ler no *China Daily* de hoje que foi organizada uma companhia em 1980, a Companhia de Seguros do Povo da China, que está fazendo um negócio fabuloso segurando propriedades e veículos, assim como safras em trânsito. Numa base experimental, estão oferecendo agora uma apólice para a criação de pombos e começaram testando, inclusive, o seguro de vida em numerosas províncias. A noção ocidental de um sistema de seguro social satisfatoriamente abrangente resulta muito distante dos fatos. Os cidadãos mais velhos estão, com freqüência, em grande penúria, mesmo pelos padrões chineses. Ying fica surpreendido e contente ao tomar conhecimento da existência de seguro mas, assim mesmo, pretende explicar como ele funciona nas notas do programa. Essas notas, tal como nos teatros alemães, são cuidadosamente lidas e, com freqüência, constituem elaborados ensaios sobre a peça. Mas a atividade de vendedor e o seguro estão no âmago da situação de Willy; como pode uma platéia penetrar na peça sem saber nada sobre isso?

28 de março

Esta manhã marquei o Segundo Ato até à entrada de Willy no escritório de Charley, onde ele encontra Bernard, agora um jovem e bem sucedido advogado. Estou mais preocupado com o fato do cenário estar colocado em segundo plano no palco, demasiado distante do público. Há um proscênio fundo, construído em dois níveis descendentes, e, com uma casa para 1.300 lugares sentados, a peça pode simplesmente perder-se.

O controle desse teatro, construído no início da década de 1950, foi inicialmente contestado pela Companhia de Ópera de Pequim, que, de fato, aí encontraria amplo espaço para as suas maiores produções. Mas Ying Ruocheng e Cao Yu, e o resto da liderança do Teatro de Arte do Povo, que estava patrocinando a minha peça, quis conservá-lo para teatro declamado. Chu En-lai resolveu o assunto oferecendo o teatro ao grupo que garantisse o seu funcionamento 365 dias por ano. A Ópera, é claro, jamais poderia esperar montar tantas produções e perdeu a batalha.

Há fotos ampliadas no saguão mostrando Chu En-lai com grupos de atores, alguns dos quais reconheço como pertencentes a esta companhia. Ele era um observador atento do progresso deles — com efeito, o seu patrono. Não se fala usualmente muito nisso, mas Chu En-lai e Cao Yu desempenharam papéis femininos em T'ien-tsin, a cidade natal de ambos; e diz-se que Chu tinha talento e beleza nesses papéis.

* * *

O nosso primeiro conflito entre os atores esta manhã. Na cena que antecede eles correrem todos para o jogo de futebol no campo do Ebbets, Bernard importuna Biff para deixá-lo levar as ombreiras protetoras para os vestiários e Biff finalmente acede, deixando o capacete com um Happy mal-humorado. Eu estava absorto no estudo do meu *script,* por um momento, quando a gritaria explodiu atrás de mim; voltei-me e vi Ying tentando, ao que me pareceu, mediar entre Happy e Bernard. Passados alguns minutos, Happy aparentemente cedeu, ainda com expressão sombria, e Ying explicou-me o incidente, esforçando-se ao mesmo tempo por manter-se sério:

— Happy está contrariado porque acha que os protetores de ombros são uma peça muito mais importante do equipamento do que o capacete e que, como irmão de Biff, deveria ser ele quem os levava.

O ator que faz Bernard aproxima-se agora e, defendendo a integridade do *script,* exige que lhe sejam entregues as ombreiras, conforme as instruções do contra-regra. Eu não pude deixar de concordar mas chamei Happy e expliquei-lhe através de Ying que, por muito simples que um capacete pudesse parecer, era uma peça vitalmente importante do equipamento, talvez até mais do que os protetores de ombros. Ele abandonou a discussão e, vendo que os atores mais velhos observavam a cena fazendo força para não rir, esboçou um sorriso e deu meia volta, lamentando o ridículo da coisa toda. A propósito, sua irmã é garçonete no melhor restaurante de Pequim, o qual também é, diz ele, muito barato, e pediu a Happy que nos convidasse a ir lá.

Fomos tranferidos para o Bamboo Gardens Hotel, onde estaremos mais confortáveis, dizem eles. Temos dois quartos no extremo de um corredor, um em frente do outro; ambos são também muito pequenos mas a atmosfera deste lugar é deveras encantadora. Foi antes a residência do chefe da polícia secreta de Mao, Wang Dong-ching, que, felizmente para ele, morreu um pouco antes de uma de suas principais vítimas, o Premier Teng Hsiao-ping, subir ao poder. Tal como Chiang Ching, a principal niveladora, esse camarada sabia como viver, e o prazer de Teng foi converter esse primoroso e belo palácio num hotel para hóspedes estrangeiros. Consta que o restaurante é de primeira categoria. O lugar está cercado de muros — como todos os edifícios importantes na China —, tem dois andares, é de tijolo cinza e estuque, e tem alamedas cobertas cujas colunas são em vermelho envernizado, à maneira chinesa. Existem algumas espaçosas e caras suítes no andar térreo mas não, evidentemente, para nós. A minha compensação para todo este trabalho é cama, mesa e transporte gratuito enquanto estiver na China, de modo que suponho dever contentar-me com os nossos espaços miniaturais. De qualquer modo, raramente estamos nesses quartos, salvo para dormir, pelo que presumo que qualquer queixa seja algo ilógico e arrogante. Ouvi dizer que Wang Dong-ching torturou os inimigos de Mao em algum porão secreto no interior destes muros. Os telhados ondulantes que se vêem de nossas janelas são especialmente intrigantes, com suas linhas côncavas e ascendentes, lembrando tendas. Há um frondoso salgueiro em frente da nossa janela, mas ainda não tem folhas, e um par de sóforas aparadas no formato de dragões. Naturalmente, existe uma pesada porta de aço no muro que dá para a rua, através da qual se entra no *hutong,* e não posso cruzar essa porta sem pensar naqueles que chegaram em carros, algemados e amordaçados, e nunca mais saíram daqui vivos. Seria possível ouvir os gritos desde o nosso quarto?

Nessa tarde-noite, voltando de um passeio pelas redondezas, conversei com três americanos cuja presença notara no restaurante durante o almoço. Eles tinham acabado de estar na Rússia e no Japão, onde, como aqui, vendem e supervisionam a instalação de máquinas para fabricação de engrenagens projetadas na fábrica deles em Rochester, Nova York. Fiquei agradavelmente surpreendido ao saber que ainda conseguimos vender alguma coisa aos japoneses mas parece que é mais barato para eles não tentarem dominar a tecnologia muito complicada nessa área. Os chineses, acreditam esses americanos, tornar-se-ão em curto prazo de tempo uma importante força concorrente. Eles são meticulosos, indagadores e inteligentes. Em comparação com eles, os russos são conservadores, formalistas e não se aventuram além daqueles métodos que lhes foram transmitidos. Quiseram saber que negócio eu estava fazendo aqui e disse-lhes. Estou dirigindo *A Morte de um Caixeiro Viajante*. Conheciam muito bem a peça e o nome de Willy Loman, mas não se lembravam de quem era o autor. Isso me agradou, como uma promessa de vida após a morte.

Estou percebendo cada vez mais uma tendência para a sobreatuação, o que, vejo agora, é geral no elenco. Coloco-me a certa distância do palco para ter uma visão de conjunto e observo uma chocante abundância de gesticulação, risadas mais estrepitosas do que o necessário, carrancas exageradas de cólera e tapas nos ombros uns dos outros para maior ênfase. É uma atuação ao ar livre, suponho eu, e recordou-me em dado momento, esta manhã, que o adido cultural na embaixada americana me dissera ser o público teatral apenas um pouco mais sofisticado do que a população em geral. Descubro, porém, que se digo simplesmente a um ator para não apontar, gesticular, bater ou franzir o cenho com tanta ênfase e assiduidade, ele desiste de imediato e sem qualquer evidência de se sentir constrangido; de fato, eles parecem concordar instantaneamente, como se percebessem que isso é um hábito grosseiro. Mas, é claro, não disponho de um modo real de corroborar a minha interpretação.

Tenho ligado a televisão à noite em nosso quarto, movido por curiosidade sociológica, e concluo ser endêmica a mesma representação superenfática. Isso parece-me ainda mais estranho quando, nas ruas, os chineses parecem comportar-se e conversar com uma reserva perfeitamente britânica. Uma exceção é o hábito deles de olhar por cima do ombro de alguém que eles vejam escrevendo. Durante um passeio, tirei do bolso o meu caderninho de notas a fim de escrever o nome da minha rua para a eventualidade de me perder, e dei com dois homens de pé atrás de mim, espreitando por cima do meu ombro sem o menor constrangimento; quando me voltei para olhá-los, eles saudaram-me afavelmente e onde estavam aí ficaram, aguardando que eu continuasse a escrever. Até mesmo no restaurante do hoel, onde já comi uma dúzia de vezes, as garçonetes sempre se dobram para ver de perto eu assinar o cheque. O simples ato de colocar a caneta no papel é algo que os fascina.

Há um enorme espelho de corpo inteiro numa das extremidades do espaço de ensaios. Ontem, quando cheguei, vi o nosso corpulento Charley, enfiado num quimono listrado de azul e prata de cetim que lhe chegava até aos tornozelos, esticando seus longos braços para os lados e erguendo uma perna numa longa e graciosamente curva passada, depois rodando suavemente, e repetindo o movimento. Está se exercitando para uma apresentação de uma peça tradicional. Depois, colocou sua indumentária numa caixa e veio para o palco com seu baralho de cartas, pronto para a sua cena com Willy, um intervalo de séculos.

Numa breve pausa enquanto eu tentava localizar uma fala em meu *script* e o elenco esperava que eu o encontrasse, risadas percorreram a sala e ergui os olhos e vi Linda, vestida como de costume com suas calças marrons e jaqueta bordada, descendo do cenário e rindo com certo embaraço. Perguntei o que estava acontecendo: ela tinha feito uma imitação do Presidente Reagan num palanque. Ela encabulou quando lhe pedi que repetisse mas finalmente acedeu. Ela é uma mulher de compleição sólida mas nada parecida com o físico de Reagan; no entanto, ela adota agora uma postura surpreendentemente sugestiva da dele — os ombros reforçados, as costas rígidas e o pescoço duro — depois atravessa o proscênio e, então, com um pulinho, salta para o estrado de 15 cms de altura e mantém uma pose com um pé alegremente erguido à altura da barriga da perna, enquanto se volta para nós com seu sorriso satisfeito e autocongratulatório. O soerguimento daquele pé como um boneco articulado tinha em si toda a pretensão transparentemente calculada à eterna juventude que é a marca registrada de Reagan, mas foi tudo feito sem malícia, até com certa pena dele, mais outro ser humano irremediavelmente insensato entre tantos.

Estávamos trabalhando a cena do restaurante: Willy chega para receber aí o que ele desesperadamente espera que sejam as boas notícias sobre a entrevista de Biff com Bill Oliver, de quem ele quer dinheiro emprestado para iniciar um novo negócio. Willy senta-se numa mesa com seus dois filhos, e Biff diz-lhe que, é claro, a idéia de que um importante homem de negócios lhe empreste dinheiro é absurda. Willy fica surdo para essas notícias negativas, com efeito, e aproveitando o mero fato de que Biff tentou ver seu ex-patrão, começa arquitetando uma entrevista verdadeiramente bem sucedida entre Bill Oliver e o filho. Insisto com Ying Ruocheng para ser mais agressivo em sua tentativa de exagerar o pouco que havia de aproveitável na história de Biff e, finalmente, ele disse:

— Tenho dificuldade com esse momento. Quero dizer, o meu tipo de pessoa encontraria dificuldade em ignorar tão completamente as más notícias que Biff está me dando.

Ponderei rapidamente sua história, pelo menos no sentido em que a entendi através do que ele próprio me contara.

— Bem, consideremos a época da Revolução Cultural. Você pôde ver com seus próprios olhos a catástrofe à sua volta, a desgraça do povo, a ruína das instituições... Mas, ao mesmo tempo, você não continuou tentando sobrepor-se a tudo isso?

— Sim, é isso mesmo! Isso foi muito útil.

E, excitadamente, ele foi explicar o que eu dissera aos outros atores, ao diretor de cena e a todos os outros que estavam na sala, e todos eles começaram rindo e meneando a cabeça numa concordância profundamente compartilhada.

— Isso é cem por cento chinês — comentava ele agora rindo —, estamos sempre fazendo isso... descobrindo alguma esperança onde realmente não existe nenhuma. Essa é toda a nossa história.

E voltando a pôr na cabeça seu chapéu "diplomata", Willy Loman reatou o bate-boca com os filhos. O chapéu, um feltro verde de aba estreita, é proveniente da Alemanha Oriental e só Deus sabe como veio aterrissar no guarda-roupa da companhia.

29 de março

Ao que parece, os atores esperam distribuir-se no palco sem muita ajuda do diretor. E fazem-no extraordinariamente bem, com lógica, mas uma vez por outra acabam emaranhados e tenho que corrigir isso. Penso que eles são treinados para dominar um papel mecanicamente — sorrir, franzir o cenho, rir, conforme for requerido — mas há pouca vida interior — ou assim me parece. Entretanto, receio sobrecarregá-los nesta altura com instruções psicológicas; deixá-los-ei primeiro fazerem o que sabem como fazer — aprenderem os movimentos, as palavras e as "expressões" requeridas e espero, com o passar dos dias, injetar motivos e sentimentos específicos para ampliar neles uma percepção consciente e, finalmente, fazer com que relaxem em seus papéis. Não quero que nada enfraqueça a confiança em que podem fazer essa estranha e difícil peça. De momento, a peça é para eles uma camisa de força, quando deveria converter-se, em última análise, numa excitante libertação de suas imaginações. Excetuando alguns momentos com Ying Ruocheng e Biff, a imaginação ainda não corre solta por este palco. Mas estou impaciente. Afinal, mal completamos ainda dez dias de ensaios.

Teremos que contrabandear uma orquestra de quatro elementos da Filarmônica de Pequim para gravar a música, mas não devemos registrar os músicos como pertencentes à orquestra ou o teatro terá que pagar por eles os olhos da cara. É um teatro pobre, muito pobre. Devo averiguar que parcela de seus custos é coberta pela bilheteria. Bem grande, desconfio, com muito pouco subsídio oficial.

Às vezes, quando os observo gesticulando e superenfatizando, pergunto-me se isso não será simplesmente um reflexo da falta de refinamento de seu público, mas o refinamento é um conceito escorregadio, difícil de apreender. O *Napoleão,* de Abel Gance, *O Nascimento de uma Nação,* de Grifith, e seus outros filmes, todo o cânone de Chaplin, estão repletos de sobreatuação pelos padrões cosmopolitas contemporâneos e, no entanto, ninguém pode dizer que esses artistas não são refinados. Bernhardt, em seu filme sobre a rainha Elizabeth, está prestes a morrer; vemo-la de pé, levando a costa da mão à testa, depois unindo as duas mãos sobre o coração, apertando-as contra as faces... enquanto as camareiras trazem rapidamente dúzias de almofadas que espalham em torno dela e, quando tudo está arrumado, ela simplesmente despenca e morre de supetão.

Inge e Rebeca acabam de regressar de uma viagem de três dias a Luoyang onde escalaram a montanha sagrada e passaram a noite tentando defender-se da congelação num hotel supostamente de luxo, descobrindo finalmente uma garrafa de vinho para bebericar e um maço de cigarros para conservarem o nariz quente. Nenhuma delas é fumante. Escalaram sete mil degraus de pedra para atingir o cume. Pessoas fazem oferendas a pequenas estátuas de deuses enquanto sobem, e o grande momento é ver o sol nascer desde o pico, mas ele raramente pode ser visto por causa das nuvens. Penso que os chineses ainda estão perto de sua poesia; quando me referi à *Morte de um Caixeiro* como sendo essencialmente um poema, os atores ficaram silenciosos e, quando desenvolvi esse conceito, sublinhando a integração das partes numa única linha sinfônica, eles penetraram fácil e profundamente nesse modo de pensar, e ofereceram exemplos pessoais, vendo seu próprio papel como parte do de outros. O realismo — o gênero naturalista — chegou tardiamente para eles e já está de saída.

Ying Ruocheng disse que o teatro chinês contém todas as formas do inglês, incluindo tragédia, comédia, ópera e canto, e conjeturei que isso deve indicar um mecanismo humano comum que cria essas formas por toda a parte. Ele viu isso, antes, como um desenvolvimento social paralelo mas com uma diferença vital: o feudalismo na Inglaterra e no continente europeu foi irregular, e na maioria dos lugares nunca chegou a ser um sistema nacional e duradouro, ao passo que na China logrou criar um forte governo nacional com uma só linguagem e filosofia. A revolução burguesa não tinha chance alguma contra ele quando tentou implantar-se e, assim, a era moderna de pensamento científico e democracia popular nunca se desenvolveu. O país ainda se vê debatendo-se com sua herança feudal; ouve-se isso por toda a parte. Eu vejo-o no ator que está fazendo Happy. Um jovem algo leve mas de boa compleição física, ele não pode dominar a maneira desenvolta, um tanto atrevida, de um jovem americano mas até de muitos chineses nos dias de hoje. Ele caminha com as mãos aos lados, volta a cabeça com o que parece ser suavidade, como se estivesse sob a pressão de sentimentos profundos, quando desconfio de que ele é meramente um camarada tímido tentando desempenhar um papel muito extrovertido. Biff, por outro lado, é o autêntico espalha-brasas. Tem um rosto vibrante, expansivo, que adquire uma expressão diabólica quando ele fica encolerizado, as sobrancelhas enviesadas e as pálpebras apertadas ameaçadoramente. O problema dele é o oposto do de Happy: ele segue suas emoções impetuosamente e esquece do que trata a cena, ficando amiúde sem fôlego para prosseguir. Mas será mais fácil modelar seu desempenho do que o de Happy, que pouco mais possui do que uma competente qualidade mecânica.

O diretor de cena chegou de súbito com uma peruca marrom ondulada para Ying Ruocheng, destinada a fazê-lo parecer ocidental. Disse-lhe que ela me parecia suscetível de causar confusão, de fato, absurda. O problema, que o diretor de cena demonstrou em seu próprio cabelo, é que o cabelo chinês não absorve tinturas cinzentas que lhe dêem o aspecto de grisalho e acaba parecendo palha seca. Devemos chegar a uma conclusão do princípio que adotaremos a esse respeito. Continuarei tentando persuadi-los a que deixem tranqüilos os cabelos mas, neste ponto, surge de novo uma questão cultura: como o público reagirá, sendo eles chineses nessa peça tão americana? Estou apenas certo de que eles não devem tentar disfarçar-se de ocidentais. Tenho que apurar como é que interpretam Shakespeare. Provavemente com os rostos pintados de branco. É sobre isso que eu gostaria de poder entrar no íntimo deles e olhar para fora. Dou-me conta de que admiti algumas de suas reticências chinesas, fingindo não notar que, apesar do meu grande discurso contra as perucas, eles continuam experimentando-as, mas encontrarei logo um jeito de parar com esse negócio.

Uma das melhores recompensas para mim neste projeto é ter a oportunidade de conhecer melhor Ying Ruocheng. Em vez de menos, torna-se cada vez mais incrível que ele e sua mulher tenham sido mantidos num campo de quadros — no exílio, muito simplesmente — durante mais de três anos e meio, desperdiçando suas vidas. Há algo de medieval em toda a concepção essa espécie de ostracismo, longe da sociedade, mas que, ao mesmo tempo, não é uma situação de campo de concentração. Esse tipo de punição parece mais moderno, até mais racional, numa acepção sinistra. A idéia consistia em remodelar, em "reeducar" o intelectual, mas, na realidade, redundou em puni-lo por ser um intelectual e não um trabalhador manual.

A coisa toda resumia-se a uma guerra contra o espírito, contra o próprio pensamento. E isso ainda é aqui um forte motivo: muitos engenheiros e outras pessoas altamente habilitadas estão deixando a China por causa das humilhações em fábricas às mãos de tipos que se dizem proletários e puderam pendurar-se em cargos importantes de que não querem abdicar. Torna-se mais claro que parte da insistência em trazer *A Morte de um Caixeiro Viajante* aqui, e ter-me na direção da peça, foi mostrar no palco uma situação ambígüa, na qual o público se sinta compreendendo e até simpatizando com um homem que não é particularmente "Bom" ou moral. Em suma, deixar o mundo real penetrar na arte chinesa. E, independentemente do fato de eu estar mais capacitado para conduzi-los ao longo da peça do que um chinês poderia fazê-lo, penso que o ser eu estrangeiro é importante como sinal de que o isolamento deles está, e deve estar liquidado.

Passeando esta tarde pelas vizinhanças com Inge, fez-me lembrar de novo a Europa do pós-guerra. Quase tudo é escasso e os alimentos vitais estão racionados. É um país saindo de uma guerra mas, na realidade, uma guerra civil.

Sem algum senso histórico, é fácil interpretar tudo erroneamente aqui. As ruas são muito mais limpas do que na maioria das cidades americanas mas existem latrinas públicas em cada quarteirão e um homem pode encontrar seu caminho até uma delas na mais absoluta escuridão orientando-se pelo olfato. É um odor acre, amoniacal, a que, por estranho que pareça, a gente quase se habitua. Mas é necessário imaginar como isto deve ter sido aqui antes de tais latrinas terem sido construídas, quando as ruas — tal como no sul da Itália depois da guerra — eram rios de dejetos onde as crianças brincavam. Ao mesmo tempo, também é necessário não desculpar tudo com razões históricas; de fato, os funcionários mais enérgicos aqui mostram-se impacientes com esse gênero de condescendência. As autoridades de Pequim pretendem construir esgotos e levar até às casas gás de cozinha o mais depressa possível, com história ou sem história.

O modo como as pessoas nos bairros usam as ruas lembra-me Coney Island na década de 1930 — não o parque de diversões mas as ruas adjacentes onde eu costumava ter amigos e onde estava localizada a minha escola, a Abraham Lincoln. Com sua proximidade do oceano, a área atraía milhares de inquilinos que se contentavam com qualquer espécie de teto, desde que pudessem descer para a praia ali perto. A superlotação era incrível, com os quartos maiores divididos e subdivididos por tabiques até mal haver lugar para uma cama, num aglomerado gigantesco de cabeças-de-porco. Os bairros de Pequim estão congestionados de um modo muito parecido. E hoje em dia, tal como em Coney Island, as pessoas estão ampliando a fachada de suas casas mediante a simples invasão dos passeios, a fim de criarem mais um quarto minúsculo.

Enquanto caminhávamos, frases formavam-se em minha cabeça a respeito de Mao: "Depois de tamanha luta para quebrar o domínio do passado sobre eles, saberia Mao, jazendo em seu leito de morte, que o passado era ele?" Tinha acabado de ver um homem enchendo seu pequeno balde na torneira comum de água fria em seu pátio. Mas tudo isso está começando a morrer; por quase toda a parte é possível erguer os olhos e ver um anônimo edifício de apartamentos sendo construído.

Sugeri a Ying Ruocheng a idéia de que usasse uma peruca que simplesmente se parecesse com o seu próprio cabelo mas grisalho. Nas ruas, eu ficava procurando com os olhos homens dos seus 60 anos, de cabeça grisalha, e descobri muitos com cabeleira abundante, como a de Ying, mas cujos fios prateados lhes dava um belo aspecto. Dei-lhe parte de minhas observações mas ele ainda está hesitante; a convenção deve ser estupendamente poderosa para exigir cabelo ocidental ondulado e a maquilagem branca que eu acho tão medonha, em sua palidez cadavérica. Mas, pelo menos, ele está agora falando a respeito de usar, talvez, uma peruca com entradas bem definidas. Mas que cor tem ele em mente? E será ondulado? Aguardo surpresas.

30 de março

Após muita hesitação, inicio o ensaio da tarde com um discurso. O único diretor que conheci cujas alocuções pareciam incutir energia e excitação aos atores, em vez de os confundir, foi Harold Clurman. Ele podia colocar-se de pé diante do elenco, esfregando as mãos como um avarento, a falar sobre qualquer coisa que lhe vinha a cabeça, e acabava por fazer com que a peça parecesse o mais importante empreendimento jamais registrado na história do mundo. Entretanto, pensei que este elenco precisava de uma avaliação geral do ponto em que se encontravam, no final do décimo dia de ensaios, e até onde teriam ainda que avançar.

Tendo feito agora a marcação da peça inteira, digo que temos agora os contornos exteriores de um corpo mas que não se pode confundir isso com sua alma. A fim de abordar o espírito da peça, cada ator deve começar realmente a escutar o que o outro esteve dizendo e começar ficando insatisfeito por comportar-se de um modo geralmente adequado. Não tendo captado o menor sinal de treinamento Stanislavski em seus métodos de trabalho, com exceção de Ying e Charley, decidi não sugerir qualquer de suas técnicas para obter a indispensável soltura, descontração, mas simplesmente insuflar neles a vida psicológica da peça, levando cada ator o mais perto que puder de um novo e estimulante confronto com o seu papel. Meu olhar caiu, por acaso, no pobre Happy, que, receio muito agora, está irremediavelmente desajustado no elenco e pode afundar-nos a todos. Pergunto-lhe se ele se sente, talvez, demasiado tímido por natureza para interpretar facilmente um camarada extrovertido como Happy, pois se for esse o caso é preferível enfrentá-lo agora e ver o que pode ser feito.

Parecendo um pouco tenso e embaraçado, ele digladia-se por longos momentos com seus próprios pensamentos e finalmente diz:

— Não, eu não sou normalmente tímido. Só nos ensaios.

— Bem, então, nesse caso o seu trabalho pode ser mais fácil, não acha?

Ele esboça um sorriso pálido, enquanto seus grandes olhos abrem e fecham suavemente, aguardando que eu prossiga. Como o ator mais jovem do elenco, ele provavelmente sente que foi jogado no meio de alguns craques e não quer dizer a coisa errada na presença deles. Tudo o que me encoraja, embora levemente, é pensar que no outro dia ele relaxou depois que lhe disse que o personagem tem que ser feliz e jovial. Mas seu ar de constrangimento e cautela voltou — ele ajustar-se-ia como uma luva no papel de um homem do Foreign Office. Insisto com ele, tentando romper sua formidável compostura, que também acho um tanto patética.

— Você pensa que o caráter de Happy podia concebivelmente ocorrer num jovem chinês?

Ele medita sobre isso com obstinada concentração. A companhia observa com imperturbável compostura. Finalmente, Happy anui:

— Sim, um chinês pode ter seu caráter, mas não o seu comportamento.

— Ah! Então talvez você tenha que vê-lo como um chinês, mas o primeiro da sua espécie em toda a história da China!

Todos riem, e o ator com os demais.

— Digo isso porque ainda penso — prossigo eu — que você sente que deve ser americano. Mas acontece que você não conhece realmente quaisquer americanos, de modo que tudo o que poderá esperar conseguir é um maneirismo americano. É como os americanos julgam estar representando orientais enfiando as mãos nas mangas do quimono, encolhendo os ombros e caminhando em passos miudinhos.

Paro aqui. Por enquanto.

À Biff, que está muito bem no papel, ou poderá estar na altura da estréia, conto uma outra história.

— Você não deve sentir que toda vez que ensaiamos tem de atingir um nível de representação para o público. Você deixa-se conduzir por suas emoções, joga-se todo nisso e esquece, por vezes, do que trata a cena e o que está fazendo nela. Primeiro, deixe que sua sensibilidade capte a estrutura do que está acontecendo em você e nos outros; descobrirá então que é mais fácil unificar sua vida emocional.

À Linda só posso diplomaticamente repetir a velha advertência, mas de uma forma generosamente — assim espero — diferente.

— Ela não é uma mulher que siga docilmente atrás do marido, apagando-se diante dele. Linda tem força; ela manteve sua família coesa e sabe isso muito bem. Possui inteligência bastante para dirigir um grande escritório, se esse fosse o seu destino. Conhece a contribuição que está dando... etc. — Em suma, não é uma carpideira, desfazendo-se em lamentações, mas enfrenta os problemas de pé. — Afinal, é ela quem faz as contas, quem controla as despesas e está organizando as forças, sejam elas quais forem, que poderiam salvar Willy. — Conto como Linda acompanhou Willy, em algumas de suas viagens no inverno, sentada ao lado dele no pequeno automóvel, para fazer-lhe companhia. Como ela palmilhou quilômetros para pagar as contas do gás e da eletricidade, e economizar no dinheiro dos selos. E concluo: — Ela é determinada, não pusilânime.

Linda move afirmativamente a cabeça, os olhos muito abertos. Não estou certo de ter chegado aonde quero. Ela toma notas.

Alguma pergunta? Ninguém, com exceção de Ying e do nosso Charley, é claro, me fez qualquer pergunta até agora — um mau sinal. Bernard, para minha surpresa, levanta a mão. Ele e Biff movimentam-se de um modo muito parecido com o dos americanos, andam com desenvoltura, em passadas soltas, mas Bernard é mais baixo e dez anos mais moço do que Biff, uma expressão ágil e jovial, olhos inteligentes.

— Na minha cena com Willy no escritório do meu pai, quando estou mais velho e bem sucedido na vida, noto que ele está profundamente transtornado? E, nesse caso, por que desenterrar aquela história a respeito de Biff ter voltado de sua viagem a Boston um rapaz completamente mudado, depois que levou pau em Matemática? Eu não deveria poupar isso a Willy?

— Foi a isso que me referi há pouco... Você deve estudar o que o *script* lhe está dizendo e ouvir o que o seu parceiro, nesse caso Willy, lhe está dizendo. Ele tem várias falas insistindo para que você lhe diga o que sabe a respeito de Biff ter-se tornado pessimista e desencorajado. E leia as suas próprias falas, como aquela em que você revela sua curiosidade a respeito da súbita mudança de Biff... "'E quando ele voltou... nunca mais posso esquecer disso, fez-me sempre muita confusão aquela atitude estranha do Biff."... Mas a pressão parte principalmente de Willy; seria muito difícil repeli-lo. Além disso, poderia ajudar você a ficar sabendo o que queria saber.

Ele fica surpreendido pelo fato da resposta à sua pregunta estar no *script* e imediatamente o abre e começa lendo para si.

Biff tem agora uma pergunta.

— Se eu digo que gosto tanto de trabalhar no Oeste com cavalos, por que é que acabo dizendo que não sei o que quero?

— Você não está lendo o *script*. Você esteve dizendo a fala correta faz dias mas não está sequer ouvindo-se a si mesmo. Biff não diz, "Eu não sei o que quero" mas "Não sei o que devo querer", e isso é uma idéia fundamental. Biff sabe muito bem o que quer, mas Willy e sua idéia de sucesso reprova o que o filho quer — e essa é a razão básica porque ele volta à casa, para resolver de algum modo seu conflito com o pai, obter sua benção, poder rechaçar seu domínio sufocante e libertar-se. Do ponto de vista de Biff, a peça toda é acerca de como voltou à casa para tentar resolver seu conflito com o pai e com os valores tortuosos, confusos, do pai.

Como sempre, o elenco está sentado mais ou menos em fila, atrás das mesas fronteiras ao cenário, nesse espaço triste, do tamanho de um salão de baile. Ying interpreta todas as minhas instruções para que todos as ouçam, mesmo aquelas que se referem apenas ao seu próprio papel. Se eu lhe digo que está sendo excessivamente veemente em algum ponto, ele pára, dirige-se aos que o rodeiam e traduz: — Ele está me dizendo para eu não ser demasiado veemente. — Agora, depois das críticas aos desempenhos de Biff e Happy, Charley, suas compridas pernas cruzadas sob o quimono listrado de azul e prata que está ainda usando após alguns exercícios para seu papel numa peça tradicional, oferece a Biff alguns conselhos. Ele sente que Biff está à beira da autocomiseração em seu ataque contra Willy, na última grande cena do Segundo Ato, quando ele deveria estar totalmente preocupado com a salvação de Willy e não com sua própria mágoa. É uma bela cena e Biff aprecia rapidamente a crítica direta do ator mais velho. De fato, enquanto Charley fala, o técnico de iluminação, o diretor de cena, o contra-regra e um dos encarregados do guarda-roupa apoiam barulhentamente o que ele diz. A par do próprio ego do ator há a identidade comum da companhia a levar em conta; todos eles estão envolvidos. A última vez que senti essa unidade solícita entre atores e técnicos, gente dos bastidores e gente do palco, foi em Londres, em meados da década de 1950, quando um ensaio geral foi especialmente realizado da produção de Peter Brook de *Uma Vista da Ponte* e dedicado aos carpinteiros e demais pessoal do teatro e suas famílias. Depois, as mulheres e a garotada foram ver de perto os cenários, com seus pais carpinteiros e pintores apontando os detalhes mais interessantes. Isso é algo inconcebível em Nova York, onde qualquer demonstração de sentimentos por parte do pessoal pareceria ameaçar a concentração dele na escala de pagamentos.

31 de março

Ao chegar esta manhã, descobri mais ou menos uma dúzia de porta-perucas enfileiradas em algumas mesas que haviam sido encostadas umas às outras; o elenco estava experimentando as perucas com o fervoroso parecer e ajuda de quatro ou cinco mulheres e um homem da própria peruqueria do teatro. Esses especialistas estão todos, é claro, vestidos com as jaquetas e calças azuis padronizadas, tendo o homem ainda seu boné azul, como convém aos peruqueiros num teatro para trabalhadores. Ying está experimentando uma áspera peruca cor de rato, com a linha do cabelo bem recuada, ampliando-lhe a testa para o alto; um penteado como esse faria qualquer pessoa ser demitida de seu emprego por desmazelo. Para meu espanto, ele está se estudando a um espelho com séria deliberação. Pior ainda, vislumbro duas perucas louras platinadas que são indubitavelmente destinadas às duas mulheres com quem Willy acamarada-se na cena do restaurante. Por outras palavras, eles pretendem "embranquecê-las" para a peça, apesar de eu ter declarado em minha alocução lobotomizada do primeiro dia, sem qualquer hesitação, o princípio de não tentarem imitar americanos mas representar como chineses que fazem uma peça americana. Isso coloca-os, reconhecidamente, numa terra imaginária, etnicamente falando, mas, no mínimo, é uma paisagem mais bela do que ver chineses com cabeleiras louras, algo que só poderá convencer uma platéia de que um ator é um indivíduo capaz de usar peruca. É claro, estou deixando de lado suas convenções, mas faço-o deliberadamente, uma vez que não posso honestamente julgar com base num gosto de que não compartilho nem sequer entendo. Seja como for, tenho uma convicção íntima de que ocidentalizar o elenco viciará toda a produção.

Ying pede a minha opinião sobre a peruca e digo-lhe que está tudo errado, e ele é facilmente convencido. No seu caso, uma peruca é necessária para ajudar a envelhecê-lo e isso é tudo. Mas ele deve ter um aspecto pré-Beatles, ao invés dos longos cabelos que esteve experimentando. Deve ser algo que lembre os homens de negócios de cabelo bem aparado das décadas de 50, 40 e antes. Se um caixeiro viajante pode ser arruinado, como diz Charley no Réquiem, por um par de nódoas no chapéu, um corte de cabelo em desalinho afundá-lo-ia sem deixar vestígios.

Não se sabe donde — somos agora uma pequena e azafamada multidão de atores, peruqueiros, técnicos com opiniões, o doce e envelhecido porteiro com seus pontos de vista, e eu no meio com o emperucado Ying andando de um lado para o outro e com um ar de quem pode espantar morcegos — surgiu uma mulher pequenina, outra peruqueira, com um gordo livro ilustrado de Grandes Filmes, que eu abro numa foto de Jimmy Stewart em *O Galante Mr. Deeds*. Stewart tem o corte de cabelo tipicamente americano do período.

— É isso aí! — gritei.

Vejo-me logo diante de um homenzarrão gorducho, bochechas cor de cereja, expressão bonachona — um peruqueiro — rondando a casa dos 60, que está nesse instante tirando o seu boné azul para coçar a cabeça.

— *Esse* é o seu cabelo, Ying! — digo e, num relance, Ying fica fascinado com ele: cabelo denso, branco prateado, aparado curto mas com um aspecto distinto e eficiente que não é inteiramente convencional, no entanto, poderia ser. É claro, toda a turma de peruqueiros objeta de imediato que esse corte é demasiado curto para "Weelee". É a velha história — se for preciso fazer uma peruca, então que seja bem grande, algo que *se veja* que é uma peruca, pois caso contrário para que tanto trabalho? E assim, devo rechaçar perucas para Biff e Happy, cujos cortes de cabelo são perfeitos, com o cabelo curto de Biff muito adequado para um atleta e o de Happy mais ou menos no estilo de Adolphe Menjou, muito preto, cuidadosamente alinhado. A minha sugestão de que Biff encurtasse o comprimento de suas costeletas, que chegam a meio caminho do queixo, provoca sua pronta indignação defensiva:

— Tenho o rosto tão largo que devo usar estas costeletas para adelgaçá-lo!

Desisto imediatamente sem discutir. E reconheço que, de fato, o rosto dele tende a alargar na direção das articulações dos maxilares dando-lhe uma forma de pêra invertida ou de *punching-bag*.

E falando nisso, quando finalmente nos preparamos para ensaiar uma cena, e todos estão voltando para o seu chá ou tomando posição no palco, as enormes portas que dão para o corredor de fora escancaram-se e uma forma monstruosa começa adentrando a sala, seus movimentos arrastados, avançando alguns centímetros cada vez que lhe aplicam um empurrão por detrás. Todo o elenco se volta, como eu, petrificado com semelhante aparição. Parece ser de couro marrom, cerca de dois metros de altura e um diâmetro tão grande quanto o de uma manilha, dessas usadas no saneamento urbano, com ilhós de latão em redor do topo aberto, através das quais poderiam ter passado grossos cabos, antes dessa avantesma ter se separado do que poderia ter sido seu domicílio normal. Foi com o coração deprimido que lentamente me apercebi de que aquilo pretenda ser a *punching-bag* que Willy comprou para seus filhos em Boston e trouxe para casa, como surpresa, no porta-malas de seu pequeno Chevrolet.

A coisa pára agora de se arrastar pela sala e surge detrás dela um homenzinho vestido do usual azul, seu boné e ombro esbranquiçados com a poeira do saco que ele, incrivelmente, veio empurrando sozinho, Deus sabe de que distância e cruzando que avenidas e até montanhas.

— Penso que é a *punching-bag* — diz Ying, com típico laconismo manchu, pregando os olhos em mim por trás de suas grossas lentes, indubitavelmente cônscio — no mínimo — de um leve embaraço em minha próxima tentativa de encenar o momento em que Happy se precipitará palco adentro carregando esse objeto numa das mãos. O homem avança agora para nós, suponho que para reclamar seus créditos do grande astro e do Especialista Estrangeiro por ter realizado o impossível. Recuso-me sequer a imaginar pelo que terão passado até para localizar aquela coisa em Pequim. Uma *punching-bag* comum, é claro, tem mais ou menos o tamanho de uma bola de basquete, e um saco de areia tem quando muito um metro de altura e talvez uns 30 cms de diâmetro. Mas aquele troço só podia ter sido fabricado em tempos pré-revolucionários, provavelmente com base na descrição de uma *punching-bag* vista num ginásio de Nova York ou de Londres por um comerciante chinês que era extremamente baixo.

Mas eu sei que os chineses são duros em face do desencorajamento — se assim não fosse, como poderiam ter suportado sua longa história de sofrimentos?

— Esta não é a *punching-bag* certa — digo ao homem, tão calma e objetivamente quanto possível, e faço-lhe um desenho de um saco leve suspenso de uma tábua redonda, O diretor de cena reconhece de súbito esse objetivo e explica-o ao homem, acompanhando as palavras com os gestos de um pugilista em treinamento. O homem, parecendo desconcertado, meneia vagamente a cabeça enquanto é levado da sala para o corredor. Mais um dia, mais um dólar, como diria meu pai.

Durante um dos nossos intervalos de dez minutos para o chá e o xixi, Ying Ruocheng aproxima-se com um surpreendente pedido. O teatro quer que eu escreva uma "tabela de ensaios", especificando as horas em que necessitarei de usar o teatro nos dias anteriores à estréia. Quando não pretendermos utilizar um dos "três períodos, manhã, tarde ou noite", eles tencionam alugar as instalações para outros usos, como a organização de reuniões ou a exibição de filmes. Sendo o palco muito profundo e estando o cenário colocado bem atrás da linha das cortinas, eles podem facilmente descer uma cortina para ocultá-lo.

Não faço a mínima idéia dos períodos de tempo em que precisarei ou não do teatro, tão perto da nossa estréia. Digo a Ying Ruocheng que nunca tive notícia de uma companhia que não disponha do uso do teatro em tempo integral por, no mínimo, uma semana antes da estréia. Ele próprio não se mostra satisfeito com esse arranjo mas não é capaz de reunir coragem para confessá-lo, pois é tanta a pobreza do país que, literalmente até à antevéspera da estréia, o teatro continuará sendo usado para outros propósitos, a fim de amealhar mais alguns yuan. Suponho que a persistência deles em terem um teatro, mesmo em tais circunstâncias, é algo que merece louvor. Não faço idéia de como resolver o problema e deixo-o simplesmente nesse pé.

Agora, em cima dessa notícia, o velho Feng, o técnico de iluminação, um sujeito baixote e de atitudes resolutas, o cabelo rente à moda de 1950, pediu que me sentasse e fez uma recapitulação de todas as cenas do espetáculo a fim de descrever seu esquema de luzes, após o que me informa polidamente que o equipamento deles não pode comportar mais de dezoito variações de efeitos luminosos em sucessão sem proceder a reconexões. Para religar o quadro, terão que fazer um *black-out,* quando absolutamente nada fica iluminado, após o que podem recomeçar, entre 15 a 20 segundos depois. Isso é como conduzir um carro a 90 kms por hora e sair engatinhando por um pára-lamas para mudar as velas de ignição sem parar o carro. Outro problema sobre o qual me recuso simplesmente a pensar e deixo no ponto em que está.

Para escapar de todas essas boas notícias, encaminho-me para onde está Charley, que faz seus solitários exercícios de tai chi, e imito o que ele está fazendo, para seu visível deleite e divertimento de todos os demais. Ereto, os pés afastados mais ou menos a mesma largura dos meus ombros, ergo ambos os braços lentamente para diante como se fossem as minhas mangas que fizessem o içamento, os braços relaxados e os pulsos pendentes.

— Você começará sentindo as pontas dos dedos inchando, porque todo o ar dentro do seu corpo está fluindo para eles.

Assim faço. Eles incham. É espantoso. Depois, ele conduz-me através de um par de exercícios de pressão; as mãos espalmadas são empurradas contra coisa nenhuma, como se quisessem comprimir o ar à frente delas. E ocorre uma surpreendente flexão de todo o corpo, como se um obstáculo estivesse realmente sendo empurrado.

Momentos de autêntico sentimento e pungência estão começando a acontecer nas cenas, mas estas são eternamente interrompidas porque alguém esqueceu sua fala no momento de entrar. Isso agrava-se especialmente nas passagens com muitas falas curtas, onde não é possível manter a estrutura dos diálogos sem fluência. Por isso sento todo mundo durante meia hora e faço-os repetirem uma e outra vez suas falas. Eles estão melhorando mas as passagens mais serenas ainda são proferidas com falhas. Ben está ocupado em ser de novo um fantasma, penso eu, e esquece amiúde o que tem a dizer. Estou disposto a concentrar-me nele mas há outras coisas a fazer primeiro. Talvez o problema esteja no fato de eu os pressionar para que falem mais rapidamente do que é costume, mas estou convencido de que é necessário.

De súbito, no final do ensaio de ontem, quando a língua chinesa começou soando como cinco gatos numa barrica, rolando numa estrada de cascalho, algo maravilhoso aconteceu. Eu vinha insistindo diariamente com Linda para que eliminasse os remanescentes de pieguice, se aprumasse e interpretasse seu papel com certo vigor. Ela está politicamente interessada em mulheres, deve ter algumas convicções feministas, ao que me parece. Subitamente, falando com Willy na primeira cena da peça — onde ela lhe diz que ele deve falar com seu jovem patrão, Howard, e pedir-lhe que, em vez de ficar viajando o tempo todo, lhe arrume um lugar na filial da firma em Nova York — Linda soou como uma mulher que incentiva e reconforta seu homem, em vez de lhe implorar; uma mulher, além disso, que reflete seu profundo amor por ele, precisamente porque está sendo forte com ele. A mudança foi surpreendente. E lembrou-me que eu tinha completamente esquecido de dizer a Willy e Linda como eles realmente se amam e sempre se amarão. E, mais tarde, quando acabei de dirigir a última cena da briga na cozinha, o suicídio e o Réquiem, e Linda desce vagarosamente o palco até à sepultura de Willy, amparada por Happy e Biff, sentando-se no degrau que neste teatro separa o proscênio, ela de novo me comoveu até às lágrimas, bem como à minha mulher e filha, sentadas a meu lado. Que soberbo espetáculo poderá ser este! Linda só chorou nas últimas palavras, "Estamos livres. . . estamos livres" e, mesmo aí, ela pareceu insinuar um fio de ironia em sua angústia. Se ela se mantiver assim! Dou-lhe um beijo. Estou muito comovido. Ela parecia insegura sobre como explorar a cena. Mas acho que ela sabe muito bem.

Tenho agora tempo para trabalhar um pouco a cena inicial no quarto de dormir e explico a Linda e Willy que eles estão envolvidos numa competição de amor. Ying traduz tudo isso com solícito entusiasmo: que a família dela desaprovava o casamento com Willy, por ser um sujeito sem dinheiro nem perspectiva, e que ela, de fato, tinha fugido de casa com ele. Ying e Linda ouvem isso como uma grande notícia: que eles ainda se amam fisicamente e ela fala sério quando mais adiante lhe diz: "Willy, querido, você é o homem mais bonito do mundo." Ao ouvir isso, ela ergue suas sobrancelhas muito móveis com uma grande surpresa: ela pode fazer isso. Hoje, Linda está usando roupas definitivamente melhor confeccionadas, um casaquinho de estambre cor de vinho sobre um vestido a combinar e sapatilhas de veludo marrom. Um sinal de otimismo?

Mas no final desse período a grande cena da briga no Segundo Ato desintegrou-se de novo. Todos estão queimando frases. Saio para o almoço com uma última olhada para o gigantesco saco de couro ainda de pé junto à porta como um urso perdido.

Dois desenvolvimentos tremendamente encorajadores esta tarde e um desconcertante.

Tínhamos dirigido a última cena de briga na cozinha. Usualmente, até esse ponto, eu tenho parado e voltado a trabalhar outras cenas, evitando o Réquiem, pois me desagrada muito vê-lo interpretado de maneira mecânica. A minha esperança tem sido que, um dia, eles desempenhem sinceramente a batalha final com a noção exata de seu clímax e, quando isso acontecer, deixá-los-ei então entrar no Réquiem, cheios de suas verdades, mas não antes. Fi-los dizerem o Réquiem duas ou três vezes apenas para fins de marcação, mas isso, por assim dizer, é o final serenamente santificado do cântico, onde uma voz falsa torna-se dolorosamente óbvia ao extremo. Desta vez, tendo o clímax atingido certa validade na cena da cozinha, eu deixei-os avançarem para o Réquiem.

Linda é milagrosa. Sento-me numa poltrona a menos de três metros defronte deles — Bernard, Happy, Linda, Biff e Charley junto à sepultura; percebo imediatamente que Willy está "morto", ele nunca mais estará presente na vida deles. Sinto a sua falta! Tem que significar que algo muito real aconteceu. Linda senta-se e diz, "Ajuda-me, Willy, que não consigo chorar. . ." O recato, a pureza do seu conceito de mulher, a coragem de Linda e sua angústia — tudo se conjuga tão simplesmente, num lirismo elegíaco tão compungente, tão contido, que não consigo resistir e choro. Depois dou-lhe um afetuoso abraço e um beijo. Linda deixou de ser choramingas. Ela está agora inteiramente na pele de sua personagem. Penso que ela pode dar um "show", no fim de contas. E o melhor de tudo, acredito que os outros captaram a força do sentimento dela; isso, mais do que qualquer outra coisa que eu possa dizer-lhes, deve ajudá-los a aferir a distância da realidade em seus próprios papéis.

A segunda das boas notícias é que Biff, após o que para os atores chineses é um período muito curto de ensaios, diz que particularizou, estreitou a área de mistério em seu relacionamento com Willy; isso reduz-se à questão de saber por que sente que tem de voltar à casa, quando tem a certeza de que será muito duro conviver com o pai. Qual é a necessidade de Biff, qual é o fardo que somente seu pai poderá ajudá-lo a aliviar? (Como assinalei, eu tinha insistido com todos eles para que começassem se desfazendo do comportamento "generalizado".)

Expliquei uma vez mais que se trata de uma história de amor; que, longe de casa, ele sente por vezes um amor dolorosamente não retribuído pelo pai, uma sensação de algo inacabado entre eles que o domina e gera sentimentos de culpa.

O ator diz que compreende isso, que isso é muito chinês.

— Mas por que se sente culpado, pode-me dizer? — indago eu.

— Porque eu condenei Willy. Repudiei o meu pai — traduz Ying.

— É isso mesmo. Está estupendo. E que mais?

O ator abana a cabeça, diz algo a Ying Ruocheng, que o passa a mim:

— Ele não sabe.

— É como precisar da bênção de alguém antes de você poder fazer uma certa coisa. Você quer que Willy diga, "Sim, você devia viver no Oeste, não devia ter que andar catando um dólar, devia viver a sua própria vida." Por outras palavras, o seu amor por ele escraviza-o; mas quer que esse mesmo amor o liberte para ser senhor de si mesmo. No entanto, Willy teria que abdicar de seus próprios valores, não é, para lhe dar essa bênção?

Ele faz um sinal de anuência, diz que entende isso e parece excitado com isso, mas eu sei que há algo mais a ser dito, algo que o encha daquela ira de que precisa nos momentos de clímax. Necessito de algo pessoal, íntimo, algo chinês, que ele aprenda e use. O elenco, como de costume, está observando e ouvindo; ocorre-me que, uma vez mais, a Revolução Cultural seria uma analogia adequada.

— É como o dilema da Revolução Cultural — digo. — A liderança de Chiang Ching também estava cheia de exigências que eram fruto de falsas crenças, não é verdade?

Todos eles ficaram alertas enquanto Ying traduzia.

— Ela também proclamou estar agindo por devoção à China — prossegui —e é possível que fosse isso o que ela sentia, apesar de tudo o que sabemos. Tal como Willy, que acredita estar tentando ajudar você, não a si mesmo. Mas, não importa até que ponto você tentasse obedecer a ela e corresponder às expectativas do regime, você não podia deixar de ver objetivamente que a economia da China estava se despedaçando, suas artes, comércio, toda a civilização chinesa estavam entrando por um cano. E o vosso pai, Mao, parecia estar apoiando-a, não é verdade? O ponto é o seguinte: você sentia uma poderosa frustração, uma ira por ninguém ser capaz de rasgar esse complexo de meias verdades e imposturas, para erguer a verdade perante os olhos do povo — perante o próprio Mao! —, os fatos da destruição que seguia seu curso. E talvez seja por isso que Teng Hsiao-ping está usando o slogan "Verdade com base nos Fatos" e não com base na ideologia. — Risos de aprovação percorreram a fileira de cadeiras. — Biff está tentando fazer algo muito semelhante — arrancar Willy de sua ideologia para que se enfrente a si mesmo e a você em detalhe, como um indivíduo real que está num certo momento de sua vida. Você pode usar a mesma frustração que sentiu na Revolução Cultural, esse sentimento de ira e violência em seu íntimo, nesse papel. O mesmo amor contrariado. — Biff parece impressionado. — Eu entendo essa frustração.

Há um zum-zum de conversas à nossa volta. Eles são profundamente politizados e vêem-se como partes de uma sociedade; em isolamento, não podem sequer, penso eu, estudar-se a si mesmos e muito menos imaginar a resolução de conflitos. Ao politizar o conflito Willy-Biff, creio ter colocado a peça nos termos deles e tornado-a mais familiar, talvez mais chinesa.

Às 10 horas, fim dos ensaios. Saio do teatro para uma ampla avenida adjacente e vejo Charley, Willy, Biff e Happy, a Mulher de Boston, Bernard e alguns dos técnicos montando em suas bicicletas e pedalando silenciosamente, até desaparecerem na noite de Pequim. Como ciclista, sinto inveja deles mas, por vezes, devem também pedalar sob chuva e neve e o atroador vento que carrega as areias do Gobi, e isso traz-me à idéia seus salários. Os dois filhos dos Lomans, os membros mais jovens da companhia, estão ganhando cerca de 20 dólares por mês, os mais antigos 80 dólares. Ying Ruocheng consegue às vezes muito mais trabalhando no estrangeiro, no cinema e na televisão, mas é um caso excepcional. Mesmo assim, tal renda é tributada em noventa por cento, o que não seria inteiramente inadmissível se parte dos impostos fosse aplicada para apoiar o teatro em suas extremas necessidades. Eles estão explorando os artistas que são praticamente o único apoio do teatro. Tampouco se pode aceitar facilmente essa escala de pagamento como sendo inteiramente devida à pobreza do país. Será também, ou mesmo primordialmente, um modo de manter esses "intelectuais" em seus lugares? No fim de contas, alguns deles passaram uma vida inteira aprendendo sua arte e acabam ganhando menos dinheiro do que trabalhadores fabris recém-admitidos.

Mas não estou certo de que o dinheiro não tem para eles um significado algo diferente do que para nós. A vida é espartana mas também muitíssimo menos cara. Um par de bons jeans sai por uns três dólares, a comida é barata, as passagens de ônibus três cêntimos de dólares uma viagem. Tudo isso está fadado a mudar, penso eu, à medida que a nova política econômica eleva as rendas e começa empurrando os preços do mercado para cima. Quando não havia muita coisa para comprar, o dinheiro tinha pouca importância.

Certos artigos de maior peso no orçamento familiar, como geladeiras, são vendidos a prazo. Eles entenderão esse elemento na peça, pelo menos.

A guerra da China contra os seus intelectuais — significando qualquer um com qualificações aprendidas em livros — parece não ter ainda terminado no seio do povo, mesmo que um armistício tenha sido oficialmente declarado. No *China Daily* de ontem era noticiado que, em 1980, o hospital Huashan, em Xangai, conseguiu finalmente abrir uma cantina para servir refeições quentes aos médicos, depois de realizarem uma cirurgia. Na época, isso foi uma grande notícia porque na Revolução Cultural — e desde então — só lhes eram fornecidas refeições frias. Ainda neste último fevereiro, uma médica de meia idade no hospital Ruijin realizou uma operação numa paciente de câncer, desde as 8:30 da manhã até às 3 da tarde, após o que ela teria de cozinhar para si mesma ou comer uma refeição fria no refeitório, porque a cozinha já fechara há horas, ou então satisfazer-se com um naco de pão requentado e água.

"Ano após ano," concluía a reportagem, "são noticiadas histórias a respeito de refeições quentes para os médicos. Isso, em certa medida, reflete a dificuldade em reformar o estilo de trabalho dos líderes e em implementar a política do Partido em relação aos intelectuais, em algumas unidades. Os diretores dos hospitais deveriam sentir vergonha se histórias como essas continuam sendo notícia."

Por vezes, enquanto o meu elenco interpreta suas cenas, vejo-me refletindo sobre o que eles têm visto em suas vidas que pessoas de fora, como nós, jamais poderão sequer imaginar. Numa manhã daquela absurda e violenta década de 1960, Charley e Willy, com uma companhia inteira de mais de uma centena de artistas, defrontaram-se com um Destacamento Educacional do Exército Vermelho, que simplesmente se instalou neste teatro para supervisar a reeducação deles. O problema era que o Destacamento mal sabia ler e escrever. Charley e Willy, entre outros, foram prontamente destacados para a casa das caldeiras do teatro, onde os "trabalhadores honestos" os encontraram adquirindo prática e finalmente lhes pediram, por serem letrados, que escrevessem alguma espécie de relatório sobre si mesmos, já que o Partido exigira que isso fosse feito e no Destacamento ninguém saberia redigi-lo. Essa espécie de burlesco desperdício de capacidade intelectual foi devastadora e continuou por toda uma década.

Na hora do almoço, no restaurante do nosso hotel, o presidente aposentado da universidade Cornell, Dale R. Corson, parou em nossa mesa. Tínhamo-nos conhecido no começo da década de 1960. Agora, ele é o presidente do Painel de Assessores Internacionais do Projeto de Desenvolvimento da Universidade Chinesa. Com um subsídio de 200 milhões de dólares do Banco Mundial, o seu grupo está tentando, como ele disse, "iniciar a reconstrução de um sistema de educação superior neste país". A mesma história — "Eles têm um muito longo caminho a percorrer, a destruição foi completa até daquilo que eles já possuíam". Não se pode deixar de ver nisso uma sombria comédia. Acontece que eu estava em Paris, em 1968, quando os estudantes franceses explodiram nas ruas em massa, derrubaram castanheiros centenários, arrancaram o empedrado das ruas e investiram contra fileiras de policiais armados de cassetetes — tudo para condenar o sistema burguês que desvalorizara os seres humanos. E o nome de Mao andava na boca de muitos desses jovens. A suposta simplicidade da China, a participação de todos na vida comunitária, ainda é atraente, de fato, para visitantes a quem sua alienação de suas próprias e tão complicadas sociedades ocidentais ressecou até à medula.

Quase ao mesmo tempo que esses parisienses estavam arremessando pedras, entretanto, os atores neste teatro de Pequim estavam indo para as ruas com martelos e picaretas para destruir as sentenças de Mao, que tinham sido pintadas em enormes letras em faixas atravessadas sobre o pórtico do teatro. Pois o Grande Timoneiro opinara certo dia que se opunha realmente a que o povo tentasse fazer dele uma espécie de deus. Interpretando essas palavras como uma autorização, os atores começaram imediatamente a demolição. A superfície esburacada da parede ainda pode ser vista.

Ao discutir esse estranho evento com os atores aqui, concluo que, sem exceção, eles pensam que uma peça sobre tal assunto teria que ser uma comédia. É claro, em certas épocas e em certos lugares, uma pessoa também pode ser morta por uma comédia.

1.º de abril

Quando chego esta manhã encontro Ying Ruocheng sentado na mesa da cozinha da maqueta de cenário com os atores olhando-o sombriamente desde a fileira de mesas e cadeiras estendidas ao longo da parede. Ele está com seu chapéu de feltro alemão oriental na cabeça e um colete de malha sob a jaqueta. Ao aproximar-me dele, noto-lhe os ombros descaídos e parece suspirar quando diz:

— Tenho más notícias. O nosso Happy está hospitalizado com uma febre de 39º que ninguém conseguiu ainda diagnosticar.

Noto, com certo remorso, a ausência de alarme em meu coração em face dessa notícia. Outros atores asseguram-me que ele estará de volta ao trabalho na segunda-feira, dia 4 — algo em que não acredito, não com esse tipo de temperatura. Como não há absolutamente nada que eu possa fazer a respeito do problema, decido ensaiar as cenas em que ele não participa, o que me dá suficiente trabalho para o dia.

2 de abril

Ying, o mágico, apresenta um outro Happy, a quem retirou de uma outra peça em ensaios. Esse homem, fiquei sabendo agora, era a sua escolha original mas ele estivera comprometido num filme quando os nossos ensaios principiaram. O melhor de tudo é que ele é, obviamente, um amigo íntimo do nosso Biff, que agora está onde o outro for, conversam ruidosamente em meio a freqüentes gargalhadas e, de um modo geral, comporta-se como Biff com seu irmão Happy.

É maravilhoso ser uma vez mais lembrado de que instrumentos diferentes os atores são. Este novo Happy leu a peça uma única vez, numa outra tradução, algum tempo atrás, e, às sete horas desta manhã, deu uma olhada geral pelas partes em que contracena com Biff; mas quando os coloquei a ambos nas camas gêmeas no andar de cima para dirigir a primeira cena deles, Happy já pôde dizer toda a sua série de falas quase sem olhar o *script*. Mais estranho ainda, sua voz e maneiras assemelham-se imenso às de Cameron Mitchell, o Happy Loman original de 1949. Ele é, claramente, um adorável tratante, sincero em tudo o que diz ou faz e renitente a todo e qualquer compromisso com quem quer que seja exceto, possivelmente, sua mãe. É corpulento, um rosto cheio e redondo de querubim, e diabólicos olhos negros que parecem estar sempre à beira do riso — mesmo quando está fazendo seriamente suas mais terríveis confissões de conflito moral. Posso ver muitos jovens como ele perambulando pela praia de Brighton, uma garota pendurada em cada braço e fazendo ambas tão felizes quanto mexilhões agarrados à rocha. Sinto intimamente que o negócio agora é para valer. A única nota realmente dissonante que eu não tinha muitas esperanças de conseguir esconder inteiramente, tinha ido embora. Contudo, Ying tomara providências para que o primeiro Happy continuasse estudando o papel a fim de servir de substituto eventual quando se sentisse melhor.

Com o nosso novo Happy, repasso toda a peça desde o começo a fim de o situar em suas marcações, mas quase não preciso abrir a boca; os outros atores movimentam-no com um gesto, conforme requerido, ou ele próprio intui onde deve estar posicionado. Essa é uma parte do treinamento dos atores chineses que eu aprecio muito: cada um deles pressupõe ser responsável, desde que o diretor concorde, por seu posicionamento lógico no palco. Jamais vira isso ser feito com tanta desenvoltura e precisão, embora eu mude a movimentação deles quase metade do tempo. Mas eram apenas pequenos ajustamentos para se conseguir uma clareza mais apurada de significado ou maior ênfase num *script* que, no fim de contas, ainda é sobre uma outra civilização. Numa peça chinesa, duvido que lhes tenha de ser dito muita coisa a respeito de marcações. No final da primeira sessão de três horas, Happy tornara-se parte do todo, embora, é claro, ainda com o *script* na mão. Ele estudará todo o dia de amanhã, domingo, e espero que se apresente com todo o seu papel na ponta da língua na segunda-feira. Não me canso de me maravilhar, quando, além disso, é tudo em chinês! Isto não é mero trocadilho — pois deve ser um processo penosamente incerto para esses atores meterem-se não só na pele de personagens alienígenas mas, ademais, integrarem-se num modo de vida exótico sobre o qual não sabem praticamente nada. Por exemplo, Willy está desesperado e, no entanto, é dono de uma geladeira, de um carro, de sua própria casa e está disposto a aceitar um emprego "nem que seja" por 60 dólares *semanais!* E esses eram dólares gordos de décadas atrás. Isso, na China é pura fantasia. Diga-se de passagem que é por esse tipo de razões que Ying, respondendo a uma pergunta em nossa conferência de imprensa, disse que a peça oferece dois aspectos como propaganda, pois se um homem pode atingir o padrão de vida de Willy e sentir-se ainda em grandes apuros, o sistema não pode ser tão ruim quanto, por vezes, se divulga.

Mas, é claro, tais números têm pouco peso quando se trata de compor um quadro de qualquer realidade aqui. Os estrangeiros ainda se fascinam com as cidades chinesas em que a maioria dos habitantes se banha graças a uma única torneira de água fria num pátio e tem que usar uma latrina pública cujos odores dela provenientes dariam para fazer flutuar o Graf Zeppelin. Se um forasteiro fica encantado ao ver uma dona de casa esvaziando cuidadosamente um alguidar de água suja na rua, talvez convenha lembrar-lhe que ela está fazendo isso porque não tem encanamentos de espécie alguma em sua casa. E os que caminham pelas ruas de Pequim, depois da hora de jantar, podem achar tocante ver jovens pais cuidando pacientemente de seus pequenos e barulhentos filhos diante de suas casas; mas o objetivo deles é levar os garotos a defecar ou urinar em campo aberto, antes de metê-los na cama. Mas eles são, de fato, pacientes e carinhosos, embora não se duvide de que prefeririam mil vezes ter seus próprios banheiros em casa.

O que está ficando universal — a menos que seja brutalmente decepcionado na noite de estréia — é mais a emoção do que os "fatos". Linda, por exemplo, está agora inteiramente integrada ao seu papel, não sendo mais a sombra lamurienta de Willy. Ela disse-me que, no início, fizera uma idéia errada da mulher. Em vez disso, tornou-se, como ele lhe chama, "o meu alicerce e apoio", que está desde o começo lutando denodadamente contra a morte do marido, a única pessoa sabedora de que ele tentou o suicídio e ligou um dispositivo ao aquecedor de gás que, se o desespero o dominasse completamente, poderia usar. O papel de Linda tem sido freqüentemente interpretado de um modo algo apagado, mas isso é muito improvável que aconteça quando a atriz se mantém consciente de que o *script* lhe disse o que ela já conhece. O "fato", neste caso, é um aquecedor de gás completamente exótico para água, algo que esses chineses jamais viram (e que, provavelmente, já deixou de existir nos Estados Unidos) mas que eles facilmente entendem, depois que descrevi seu mecanismo e funcionamento. Em todo o caso, a estranheza do aparelho não interfere, nem por um instante, com a compreensão final da nossa Linda chinesa do tipo de mulher que ela tem que interpretar — o tipo que é forte escondendo sua fortitude. Talvez superestimemos convencionalmente a profundidade do impacto da tecnologia em nossas vidas.

Choveu o dia todo e, à noite, levamos Linda em nosso carro, em vez de a deixar ir pegar um dos últimos ônibus para casa. Pelo caminho, ela no assento traseiro com Inge, que a interpretava para mim, falou do tempo em que, na década de 1940, os japoneses estavam assolando Pequim e ela teve que esconder sua filha pequena sob uma manta para impedir que a menina fosse apanhada e assassinada pelos soldados.

— A manta foi-me subitamente dada por um americano — diz Linda. — Ele ficou perto de mim até que as tropas foram embora. Recusou-se a aceitar a manta de volta. Nunca o esquecerei.

Isso foi há 40 anos. Quantos horrores — casas incendiadas, estupros, espancamentos — ela presenciara, essa grande dama que freqüentemente interpreta papéis majestosos à suntuosa maneira chinesa, com quimonos refulgentes, coroas douradas e dedos cobertos de anéis, e agora a Linda Loman em sua pequena casa do Brooklyn — quantas mulheres existem nela? Não admira que ela mal reagisse quando a beijei no rosto, após sua tão comovente interpretação no ensaio do Réquiem — o que era, afinal, essa performance comparada com alguns dramas *reais* por que passara na vida e a que sobrevivera? Mas — estou ficando agora acostumado a isso — os chineses simplesmente não reagem aos elogios de qualquer modo aberto, embora os adorem como todo o mundo. Inge, de fato, pensa que os americanos são os únicos que respondem a um "muito obrigado", aparentando todas as outras pessoas rebaixarem suas realizações com um "afinal não fiz nada de extraordinário", em vez de agradecerem abertamente os louvores — numa exibição de mau gosto.

Ensinei a Biff, que jamais pusera antes os olhos numa bola de futebol americano, a lançar um tolerável passe em espiral para Happy — uma coisa que quero que eles façam na cena do regresso de Willy à casa, no Primeiro Ato. Lamentavelmente, sua pontaria não é lá grande coisa e, esta tarde, enquanto eu estudava um diagrama da iluminação, ele jogou a bola que, atravessando o palco, foi atingir em cheio Linda no queixo. Ela recusou não só qualquer auxílio mas até as nossas tentativas para reconfortá-la, embora o chute deva ter-lhe doído. Biff, que tem uma natureza estóica e viril, dirigiu-se a ela num passo deliberadamente rápido, mas sem correr, e pediu-lhe desculpa. Pensei em desanuviar o momento dizendo que Linda era, afinal, quem deveria usar o capacete que eu trouxera dos Estados Unidos e que ficaria registrada como a primeira vítima do futebol americano em toda a história da China. Ela é uma grande dama que pôde rir do meu comentário e nunca houve um lampejo sequer de ressentimento contra Biff por causa do acidente. A bola, por minha lamentável instrução, estava bem cheia e dura.

Foi agora instalado em Pequim um Departamento de Virtude Cívica, com escritórios e numeroso pessoal, a fim de promover o fim do hábito de cuspir nas ruas, progressos na conduta dos ciclistas (há três milhões e meio de bicicletas só nesta cidade), polidez pública, a indicação de pesos corretos pelos açougueiros e vendedores de outros produtos que parece terem o condenável hábito de viciarem as balanças, etc. Hoje em dia, numerosos artigos são vendidos por empresários privados que, de um modo consagrado pelo tempo, vêm fraudando sua clientela. Entretanto, os jornais relatam freqüentemente histórias de empregados nos armazéns estatais que ignoram os clientes, servem a seus amigos as melhores peças de carne, sonegam artigos escassos e roubam das caixas registradoras.

Também é interessante o noticiário referente a indivíduos que se estabeleceram com pequenos negócios e lograram torná-los grandes. Um sujeito, animado a trocar a cidade pela vida no campo criando galinhas, foi desencorajado de o fazer pelo Partido e amigos que diziam estar ele louco — ninguém em seu são juízo na China jamais preferiu viver da terra em vez de residir na cidade, onde ele pode "comer à custa do governo" — a folha de pagamentos das indústrias estatais. Mas esse homem, de acordo com o *China Daily,* perseverou, começou por vender galinhas, depois rações para galinhas, a outros granjeiros, e no ano passado obteve um lucro de dez mil yuan (cerca de seis mil dólares). Levou agora seu irmão para o negócio e pretende expandi-lo na área de produtos químicos para a criação de galinhas, produtos farmacêuticos contra doenças das aves e outros suprimentos. "Pretendo fazer um negócio em grande," disse ele ao jornal, "e nada há de errado nisso, pois estou trabalhando com o meu dinheiro e fornecendo valor e serviço." O jornal aprova... e, presumivelmente, o Partido também.

Comecei ouvindo uma certa falsidade no modo como Ying está dizendo algumas falas. É um ator maravilhosamente competente, rápido em incorporar quase todas as sugestões que ele possa visualizar-se representando — o que significa quase tudo o que lhe sugeri. Mas tem sido incapaz de conduzir com o resultado desejado duas passagens que são importantes para tornar verossímil o caráter do personagem. Ambas envolvem a romantização do passado por Willy. A primeira, quando ele diz a seu patrão, Howard — que daí a pouco lhe anunciará estar despedido — que certa vez estivera a ponto de decidir acompanhar seu irmão Ben para o Alasca, quando conheceu um vendedor na Parker House, um sujeito de 84 anos chamado Dave Singleman, que podia simplesmente pegar o telefone e chamar os compradores e "sem mesmo sair do quarto, com seus 84 anos, continuava fazendo perfeitamente sua vida. Não pode imaginar, Howard, isso para mim foi uma revelação e tanto. Daí para o futuro, ninguém me viesse dizer que havia melhor profissão no mundo do que a de caixeiro viajante..." Essa longa fala é uma espécie de elegia para um modo de vida que teve outrora sua realidade. "Naquele tempo, a coisa tinha personalidade, Howard. Havia respeito, camaradagem, reconhecimento... Hoje é isto que se vê, já ninguém liga para a amizade nem tem consideração por quem, em certa altura da vida..."

Até mesmo atores não muito talentosos — quero dizer, americanos — podem criar uma imagem com esse material, mas Ying, que é muitíssimo melhor em momentos de menor significado, parecia incapaz de gerar uma vida interior que só pode provir da convicção, da veracidade. Também no Segundo Ato, ele parece igualmente vazio quando diz a Charley que, "se um homem impressiona e sabe fazer-se estimar, nunca poderá realmente fracassar na vida".

Ying Ruocheng, assim que assinalei seu constrangimento para criar esses momentos, admitiu rapidamente que, de fato, era incapaz de encontrar um rumo para integrar-se nessas falas, e ficamos conversando longamente a respeito da realidade social a que Willy se referia. É claro, disse eu, Willy está romantizando como sempre faz, mas existe algo real subjacente em seus sentimentos.

— Na época de que Willy está falando, os compradores das lojas para onde ele vendia ou eram os próprios donos ou tinham seus empregos há muitos anos e conheciam-no. Você entende, havia um homem chamado Filene, um homem chamado R. H. Macy e, a bem dizer, Louis Chevrolet, Buick, Olds, Ford, Firestone... eram serem humanos de carne e osso, numa dada época, e se Willy não negociava realmente com eles em pessoa, a realidade deles era parte de sua realidade, e os começos desses homens na pobreza e sua ascensão no mundo constituíam o panteão em torno do qual sua mente gravitava. A era do vendedor como mero tomador de encomendas, cuja argumentação foi enlatada para ele nos comerciais da televisão e não tem opções sobre o que dizer ou recomendar, não era ainda o caso em seu tempo.

— Eu nunca poderia imaginar isso — disse Ying Ruocheng, em tom de quem se recriminava por não estar ainda inteiramente preparado —, isso nunca me teria ocorrido, na verdade. Por outras palavras, havia realmente uma base para um individualismo inflexível.

— Oh, totalmente. De fato, eu tive um amigo e vizinho, T. K. Quinn, um antigo vice-presidente da General Electric, que costumava dizer — isso era no começo dos anos 50 — que a expansão do gigantismo entre as grandes empresas acabaria por sufocar, mais dia menos dia, a atividade comercial americana, criando inércia em vez do espírito competitivo. Esses eram tempos de prosperidade mas ele previu uma crise na qualidade e na durabilidade tecnológica dos produtos americanos, porque as pequenas empresas estavam sendo expulsas do mercado. Ele dirigira a Administração das Pequenas Empresas durante a II Guerra Mundial e saiu dessa experiência convencido da profundidade do problema. Assim, Willy não está tecendo quimeras, em absoluto, mas recordando uma era muito diferente.

Eu não podia deixar de perceber, uma vez mais, que era mediante o envolvimento das realidades sócio-políticas que teria a possibilidade de tornar a vida emocional de Willy Loman e sua família mais clara e, por assim dizer, mais chinesa.

— Trabalharei nisso desse ângulo — disse Ying, e agora com uma certa ansiedade. — Mas, você entende, nada existe na história chinesa que se lhe assemelhe de longe. Um negociante, aqui, sempre levantou uma cortina diante do seu nome, chamando à sua loja "O Celestial e Pacífico Armazém de Secos e Molhados", ou coisa parecida. Eles sentiam-se embaraçados por qualquer identificação pública com o seu ramo de negócios.

O que estamos delineando de novo, evidentemente, é o desenvolvimento distinto do feudalismo na China e na Europa. Para a mentalidade feudal, o mercador e o homem de negócios não passavam de parasitas que engordavam à custa do corpo da sociedade. O indivíduo exemplar era o soldado, cujo código se reveste de nobreza e está acima do dinheiro e das vantagens egoístas. Na China, as honras iam todas para o erudito. O Estado feudal da China era muito mais bem sucedido e abrangente do que o europeu, onde existia uma luta interminável entre barões locais e governos nacionais, onde quer que existissem, e isso frustrou o desenvolvimento de uma classe média. A esperança atual é que se for atenuado, em certa medida, o controle que impede a existência de iniciativa privada, a riqueza nacional multiplicar-se-á. Em termos chineses, isso é um reconhecimento tácito do que vem sendo negado desde longa data: que pode ser necessário um intervalo burguês precedendo o socialismo, que a acumulação e o desenvolvimento primitivos são necessários, em última análise, antes que exista alguma coisa merecedora de socialização. Mas, por muito contraditório que isso possa parecer, os valores do comunismo e do feudalismo são afins — a ênfase sobre o serviço generoso, altruísta, em vez do engrandecimento pessoal, o conceito de vassalagem a um líder ou unidade social aureolada, em vez de uma relação um-a-um entre o indivíduo e seus direitos inalienáveis, e a autoridade superior estendendo-se até Deus. Começo sentindo que, embora o público chinês possa muito bem experimentar uma certa familiaridade com os sentimentos de Willy, terá que subsistir um hiato no seu entendimento dessa experiência muito ocidental e da mitologia que ele contém em sua cabeça a respeito desse tipo de individualismo. Por outro lado, quantas ressonâncias nos escapam quando vemos Shakespeare, em cujas peças inúmeras inferências políticas e sociais já deixaram há muito de ter vida? Isso parece não importar muito, mas veremos.

Fomos ver uma peça que está sendo muito comentada, a qual se apresenta no pequeno auditório no último andar do nosso teatro. *Sinais de Advertência* tem uma platéia quase inteiramente jovem e o estúdio de 200 lugares está sempre lotado. O cenário é um estrado erguido a um metro e meio do piso, com tubos negros de ferro indicando os contornos de um furgão de sinalização de estrada de ferro, no qual o guarda-freios tem sua mesa e fiscaliza a marcha do trem. O papel é interpretado por um ator de meia idade, um tanto gorducho, mas do qual se desprende grande calor humano e uma mansidão paternal. Sua viagem noturna usualmente calma, rotineira, é interrompida nessa noite por um jovem marginal, o Bandido, a quem vemos tentando um moço decente, o anti-herói, a juntar-se-lhe em sua trama para fazer parar o trem num certo ponto entre duas cidades, para que os bandidos seus amigos possam entrar a bordo e, seja como for... Bem, nunca se entende mais do que o rumo geral do enredo e nenhum dos meus dois intérpretes, que eram fãs da peça, pôde tampouco explicá-lo, mas isso pouco importa, pois a moral da história está alhures.

Blackie, o anti-herói, é um jovem infeliz que não consegue encontrar emprego. Isso, por si só, já constitui um fato deveras chocante para apresentar à platéia. Ele também está apaixonado e gostaria de casar, mas os pais da moça repudiam-no porque as perspectivas do rapaz são nulas. Revoltado e amargo contra um mundo que não tem lugar para ele ou para a sua geração, não pode ser reconfortado pelas palavras da moça de que seu amor por ele não depende de bens materiais; e fica tão descontente que toma a decisão secreta de se juntar ao Bandido em seu plano e sobe no trem para ajudar a executá-lo. A moça também embarca mas ainda ignora os planos criminosos dos dois apaniguados. Existe um quarto personagem, o Jovem Aprendiz do Guarda-Freios, que também ama a jovem e forma o terceiro lado do triângulo. Mas ele, embora juvenilmente desatento, por vezes, às suas obrigações, ainda é um bom caráter no fundo, tal como Blackie, o outro pretendente.

Não é necessário seguir o enredo até ao fim para se compreender por que os jovens acodem em massa para ver esse simples melodrama. Ele é notável porque expressa abertamente os protestos da juventude chinesa contra o desemprego, em primeiro lugar, e, ainda por cima, adverte o Guarda-Freios, a geração mais velha, de que tem seu próprio direito à sua experiência e não pode encontrar alimento espiritual nas pregações dos velhos sobre responsabilidade e patriotismo. Não obstante, perto do final e antes que caia o pano, o enredo cuida de que Blackie, que nunca foi mais do que um aliado meio relutante do Bandido, reforme suas atitudes, pelo menos o bastante para se reconciliar com o Guarda-Freios e aceitar seu conselho para ter paciência, não esperar que as coisas mudem de um dia para o outro, e manter a fé nos antigos valores.

Teatralmente, é muito difícil imaginar um outro país onde semelhante peça ainda pudesse encontrar público; é tão ingênua, tão primitiva, em sua psicologia, e tão extrema em suas tiradas melodramáticas, que provocaria gargalhadas em seus momentos mais sérios. O Bandido, por exemplo, olha literalmente de soslaio através de enormes óculos de aros de tartaruga; o herói — heróis, pois a moça acaba por não ter que escolher entre eles mas permanece uma fiel amiga de ambos — olha para o futuro com olhos lacrimosos e sobrancelhas arqueadas, reminiscentes de nada mais recente, em performances ocidentais, do que o destemido William S. Hart, nos primeiros filmes de *cowboys* do cinema mudo.

O *flashback*, ainda um outro recurso dramático até agora desconhecido aqui, causa muitos e excitados comentários. A iluminação geral diminui e os atores imobilizam-se para fixar os olhos nas *spotlights,* assim se transferindo para um tempo mais recuado, enquanto que a ação no trem é suspensa. Nos momentos mais prodigamente emocionais, ouve-se como música de fundo gravações das trilhas sonoras de filmes como *Three Coins in the Fountain* ou orquestrações populares americanas da década de 50. Jack e Harry Warner ficariam deliciados não só com a produção mas também com a filosofia altamente moral da peça, para não falar da dose certa de sugestão de que a heroína foi para a cama, de fato, com ambos os seus pretendentes, numa oportunidade ou outra (mais outro motivo de espanto numa peça chinesa).

A sobreatuação espalhafatosa é tão descarada que suscita a possibilidade de representar um estilo conscientemente trabalhado, o qual, como a maioria dos outros fracassos chineses, tende-se a atribuir a uma espécie de coagulação da antiga tradição. Se o modo de atuar deles reconheceu sempre seu divórcio da realidade, não fugiu necessariamente à realidade; trata-se meramente de uma descrição figurativa de significados sociais e morais, não de uma representação da vida interior dos personagens — algo que Brecht, para citar um exemplo, muito apreciava e, na verdade, aproveitou para o seu próprio teatro. E, é claro, neste caso, o Bandido é Mau e não adianta amenizar sua Maldade — se bem que se possa perguntar como qualquer pessoa Boa poderia ser ludibriada por uma tão obviamente ruim. Mas se o velho método *agitprop* de "representação explícita de uma mensagem ideológica" e de não dar ao público o direito de escolher aquilo em que deve acreditar a respeito de um personagem é implicitamente obedecido aqui, a peça, não obstante, constitui uma experiência eletrizante para este público. Seu impacto e novidade está em parecer que se situa muito próximo de negar apoio aos pressupostos mais propagandeados do regime. Se o Bem e o Mal ainda usam chapéus brancos e chapéus pretos, não há garantia alguma de que jovens decentes mas frustrados não caiam nas garras dos Chapéus Pretos. O sinal de advertência é que eles já não se satisfazem em repetir os sentimentos de revolução quando a vida real não lhes consente a oportunidade de trabalho e realização pessoal.

Gostaria de apurar se isso começou, como habitualmente se crê, nos anos da Revolução Cultural ou muito mais cedo, com a própria Libertação em 1949. A inflexibilidade insípida de tais melodramas jamais conseguirá retratar as complexidades da vida humana, seja qual for a sociedade, e tem que se julgá-la, em última análise, como uma insuficiência de imaginação e um fracasso em enfrentar a experiência. A tendência irrefreável para o melodrama é basicamente autoritária em arte, porquanto procura impor o que o espectador deve aduzir do que está vendo, em vez de lhe propiciar opções sobre o que as coisas realmente significam. Esta peça, além de tudo o mais, faz-me perguntar a mim mesmo se o adido cultural americano estaria certo e as platéias chinesas são, na verdade, extremamente rudimentares.

É desconcertante pensar que alguns quarteirões adiante da mesma rua a Ópera de Pequim está se apresentando com uma sofisticação que a maioria das companhias ocidentais nunca atinge. A compartimentação da mente humana é algo medonho de se ver.

Entretanto, suponho que, em sua indiferença pela psicologia, esta apresentação de *Sinais de Advertência* possui uma continuidade cultural com a ópera, a qual, de maneira diferente, apresenta também suas histórias de maneira imperturbavelmente rudimentar. A coisa que é mais difícil de absorver, porém, é que os atores, diretor e autor da peça pensam estar sendo reais, embora me seja explicado que o autor teria dito ser forçado a "simplificar" seu texto ao nível do público, a fim de tornar as coisas mais claras.

Pergunto a mim mesmo se isso será o fruto de tantos anos de doutrinação, quando qualquer peça, na verdade, qualquer obra de arte, foi considerada pouco mais do que um pronunciamento político tenuemente disfarçado. Sei que aqueles que me convidaram para montar *A Morte de um Caixeiro* em Pequim estão desesperados por quebrar, finalmente, essa espécie de ressequida liturgia mascarada de teatro, mas pergunto-me se eles próprios estarão curados de seus hábitos de toda a vida de obediência às exigências políticas impostas à sua arte. Farejo uma luta em curso no íntimo deles, tanto para se libertarem a si mesmos quanto para libertarem o público.

4 de abril

Esta manhã, depois do dia de folga de ontem, o nosso novo Happy chegou com a maior parte de seu texto no Primeiro Ato aprendida na ponta da língua. Ele é um ímã para a direção. Ying e eu subimos ao segundo nível, o quarto de dormir dos irmãos, com Biff e ele, e sinto o maior prazer em apreciar com que rapidez Happy encarnou seu personagem, suas fanfarronadas, seu sentimentalismo e seu narcisismo. Todos rimos juntos, pois as gabarolices americanas e chinesas reconhecem-se mutuamente e fundem-se.

Quanto ao ensaio desta tarde, é o primeiro a deflagrar alguns relâmpagos contínuos e exerce um maravilhoso efeito sobre o elenco. O nosso novo Happy é agora quase fluente no papel, só tropeça ocasionalmente, de modo que parece chegado o momento de criar os ritmos das cenas, em vez de conduzir meramente os atores através das realidades psicológicas. Não posso dizer se o público nos acompanhará em nossa estimulante velocidade de fala mas, agora que ela foi atingida em algumas passagens, parece-me inegavelmente certa. Sobretudo nas cenas de recordação de Willy, pressionei-os para adotarem um estilo de cadências decrescentes e crescentes, as quais, por certo, não são naturais mas assinalam, de algum modo, a existência de lembranças que surgem de sua ansiedade. E, assim, exercito-os nas deixas que não admitem pausas, tudo comprimido num único fluxo contínuo. Na vida, afinal de contas, não vivenciamos a memória em seqüências ordenadas de palavras e imagens, mas em lampejos compactados que se sobrepõem parcialmente. Aquilo que leva, na realidade, cinco minutos de tempo de representação deverá parecer que relampeja a nossos olhos em questão de segundos. Em todo o caso, uma vez que eles atingiram esse ritmo quase ofegante, é possível fazer uma pausa súbita — como quando Willy, tentando impedir a partida de Ben, apanha-o pelo braço e caminha pelo proscênio para apontar os bosques em redor da casa, dizendo: "É o Brooklyn, eu sei, mas também caçamos... Há cobras e coelhos..." e, com esse súbito afrouxamento de velocidade, articula-se e eleva-se sua lírica nostalgia pela perdida promessa do passado. Os atores sentem o fascínio dessa ocorrência e excitam-se com a descoberta da verdade psicológica subentendida no ritmo.

Fiz agora Biff colocar a bola de futebol sob o braço como deve ser, em vez de apertá-la contra o quadril como um embrulho de pão. Ele é um ator perfeito, arguto, os olhos cheios de divertimento e busca febril da verdade. O nosso novo Happy é uma outra versão dele. Cheguei agora ao ponto em que posso gritar, *"Pow, pow!"* e Biff atravessar em disparada o palco, o corpo meio dobrado como um zagueiro, em vez de parar a meio caminho e cair na gargalhada por causa do meu súbito emprego da palavra chinesa para "Corre!" Nessa mesma tarde digo-lhes que ambos os Lomans foram escoteiros quando garotos e fizeram seus juramentos com grande seriedade, e que existe uma emanação quase militar de lealdade na casa, como se os Lomans fossem um pequeno acampamento armado em território hostil. O ator que interpreta Biff foi um Jovem Pioneiro, a versão chinesa dos escoteiros, e compreende imediatamente — com algumas risadas ao lembrar-se de seus próprios e sentimentais juramentos pueris de fidelidade eterna aos ideais supremos.

Happy está ficando tão bom que o chamo de parte para lhe perguntar que imagem está usando para a sua caracterização, pois na realidade ele é, como pessoa, muito mais requintado do que Happy e poderia ter dificuldade em encarnar o personagem.

— Existe um tipo chinês em que você se baseia? — pergunto.

— Ah, sim, eles existem. Estou pensando nos jovens desempregados que hoje se dedicam a negócios escusos, contrabando e coisas assim, e arranjam apartamentos, e uma Honda e uma garota, e uma vez que estão com tudo em cima ficam por aí perguntando para que diabo lhes serve a vida. Estamos cheios deles agora, especialmente em Cantão e um bom número deles em Xangai, onde o contrabando é mais comum. Mas também existem em Pequim. — Depois acrescenta: — Não são maus sujeitos, Happy Loman tampouco é ruim. É apenas vazio. Se existe alguma diferença, é o interesse fanático dos Lomans por esportes. Não temos aqui isso tão intensamente quanto nessa família.

Na cena do restaurante, instruí-o para inspecionar com admiração seu vestuário enquanto fala com o garçom, na expectativa da chegada de Biff. Imito o gesto de passar com o indicador e o polegar ao longo do vinco das calças, ajustar o colarinho e a gravata, desdobrar um lenço e colocá-lo no pequeno bolso de peito do paletó, e digo-lhe que tem liberdade para inventar o que puder, dentro desse espírito. O que ele acrescentou no ensaio seguinte foi dar lustro aos sapatos na parte de trás das pernas das calças, o que não era precisamente a coisa acertada para um Happy que vestia um terno de 150 dólares. Mas como lhe explicar isso, quando ele provavelmente tinha de trabalhar quase meio ano para ganhar esse dinheiro? Mesmo assim, é provável que ele possa fazer o cálculo para si mesmo, de modo que tentarei.

A oficina de cenários pretende construir o nosso cenário em dois dias. Segundo Ying Ruocheng, todo o lado técnico do teatro está se comportando extraordinariamente bem porque pressente a importância especial desta produção para o teatro. A prova disso é que o técnico de iluminação e o cenarista assistiram a numerosos ensaios e, com três semanas de antecipação, já elaboraram sua programação e diagramas. Normalmente, eles não comparecem, nem mesmo para discussões, senão uma semana antes da data prevista para a estréia de um espetáculo. Poderei estar errado mas pressinto que houve no passado uma boa dose de indiferença, e não me é difícil imaginar por quê, considerando a irrelevância subentendida de muito desse trabalho. Uma vez mais, penso entender por que querem tanto fazer esta peça e terem-me aqui para supervisar sua montagem. É, sem dúvida, uma tentativa de insuflar alguma excitação no trabalho deles. À parte Ying, parece haver literalmente uma ignorância absoluta do mundo teatral além das fronteiras da China, uma bela adormecida. O que se pode esperar que um público alimentado de mediocridade, quando não de soporíferos, extraia da minha peça? No entanto, os atores sentem, ou gostam de sentir, que o público está secretamente preparado — muito à frente deles, de fato.

O diretor de *Sinais de Advertência* está trabalhando no andar de cima numa outra peça do mesmo autor e tem suspendido seus ensaios quase todos os dias para vir dar uma olhada nos meus. Uma noite, quando tínhamos terminado o trabalho e o elenco já saíra, convidei-o a sentar-se e conversar um pouco, com Ying como intérprete. Ele tem uns 28 anos, diria eu, muito magro, faces encovadas e um ar de extenuado, mas veste calças de veludo cotelê e uma jaqueta de lã marrom com fecho-ecler, em vez do costumeiro uniforme de algodão azul. Dei comigo meditando sobre alguns dos extremos estilísticos em *Sinais de Advertência* e estava ansioso por interrogá-lo a esse respeito. Mas, em primeiro lugar, perguntei-lhe o que ele e seu público achavam que era novidade na peça. Era o estilo ou algo na própria história — talvez a forte sugestão, por exemplo, de que a heroína e o herói tinham dormido juntos?

Ele respondeu com cuidado e, no começo, pensei que com certa dose de prudência, e senti estar conversando com ele como se existisse metade do mundo de permeio. Aos poucos, comecei tendo minhas dúvidas sobre se ele realmente entendia a minha ênfase sobre questões estilísticas, visto que, à parte o movimento físico manifestamente acelerado e o moderno uso de *spotlights,* a peça, achava ele, era interpretada de forma realista, a atuação representava a maneira como as pessoas se comportam mais ou menos na vida.

— Mas o Bandido — persisti eu — parece ser tão profundamente desprezível, malévolo, piscando os olhos para a esquerda e a direita, caminhando furtivamente de um modo tão suspeito... acha que ele foi realisticamente retratado, que na vida real se percebe logo de cara que um bandido é bandido?

Ele ponderou por momentos. Senti que era menos por embaraço do que por dificuldade em encontrar um jeito de explicar-se. Finalmente, jogou fora sua cautela inicial.

— Esse personagem foi escrito muito superficialmente — disse ele.

— Entendo. Porque ele não parece verossímil... Um verdadeiro bandido tem que ser capaz de ludibriar as pessoas, tem que parecer um bom sujeito ou, pelo menos, não ameaçador demais para um moço como o herói. Esse bandido da peça não enganaria ninguém, creio eu.

— Mas você deveria ter visto o papel antes de lhe fazermos alguns cortes. Era muito pior.

O que significa que eles não estavam, como eu me apressara em teorizar, tentando criar uma nova versão do estilo moralista tradicionalmente direto mas, simplesmente, não tinham sido capazes de escapar ao velho modelo.

Entretanto, a peça era claramente persuasiva em algum nível para o seu público jovem.

— É a primeira vez, explica ele, que uma história mostra no palco os sentimentos dos jovens. A geração mais velha nada tem a dizer-lhes... o futuro não está com ela; tudo o que pode aconselhar é paciência. Nesse meio tempo, a vida está passando. A história de amor não é a coisa nova; isso já foi feito antes. Mas esse conflito de gerações, isso sim, é a novidade. Jamais fora apresentado antes.

— E, no entanto, o Partido aprovou a peça para exibição, e o Partido é, sem dúvida, a geração mais velha. A peça, de fato, deixa a questão das gerações por resolver, visto que o conselho tranqüilizador do Guarda-Freios de que o tempo tudo curará deve parecer mais um paliativo do que uma resolução... e isso também é novidade.

Quanto ao que esse jovem conhecia do teatro europeu ou ocidental, lera peças de Ionesco e Beckett, também Albee. Parecia sumamente fascinado por Beckett. Ocorreu-me que eles deveriam estar interessados em *Rinoceronte*... Ying lembra-me subitamente, em seu físico atarracado, uma versão modesta de Zero Mostel, que fez um Rino fenomenal. Mas foi impossível deduzir, pelo mero gesto de cabeça do diretor, se concordava ou não. Como é significativo o ambiente social de uma pessoa quando se pretende avaliar qualquer estilo de arte ou mesmo de pensamento! Aqui, na China, acredito eu, o ataque de Ionesco à capacidade humana de precipitar-se num conformismo irracional pareceria ser um pronunciamento político militantemente progressivo, ao passo que em seu próprio tempo ele pareceu mais uma desolada advertência de individualidade, repudiada pela cultura burguesa. Desconfio de que *Rinoceronte* não passaria pelo poder de veto do Partido, pelo menos por enquanto.

Não existe, pelo menos em Pequim, embora suspeite de que pode haver indícios dele em Xangai, algo que lembre um movimento de vanguarda, como o diretor me confirmou. Ele pertencia ao novo grupo de diretores mais jovens — os mais velhos não mostraram o menor interesse em *Sinais de Advertência,* o que afinal lhe propiciou sua grande oportunidade. O que ele desejava dizer-me, penso eu, é que conhecia perfeitamente bem as limitações da peça, que era preciso avançar um passo de cada vez na abertura do teatro chinês para a assunção de riscos morais e políticos que estava em curso no país. Algo do que eles estão enfrentando veio à tona quando me falou de uma discussão em diálogo entre ele próprio e o autor da peça que serviria de prefácio à versão em livro. Nele debateram os personagens, o estilo, e outros elementos usualmente tratados na apresentação de uma peça aos leitores, mas houve algumas fortes críticas por parte de pessoas conservadoras do Partido de que eles mal tinham feito menção da mensagem, algo que é sempre de primordial importância, sobrepondo-se a tudo o mais.

— Mas a mensagem — disse Ying vivamente — pode ser posta numa única frase. A juventude desempregada é amarga e alienada, e a geração mais velha nada tem a dizer-lhe. É difícil encher um prefácio inteiro com *esse* tema!

Quando nos separamos, reconheci em meu íntimo um sentimento mais generoso em relação a *Sinais de Advertência* e seu nível ingênuo, até primitivo, de arte. Era necessária grande dose de determinação, e até de imaginação, para conduzir seu confronto com questões muito delicadas; e ter guiado o projeto através da malha fina de controles até, finalmente, comover um público jovem, como indiscutivelmente consegue, é uma honrosa façanha. Ao falar com gente de teatro aqui, ouvimos pouco mais do que nomes do século XIX como representantes do bom teatro — Achecov, Gorki, Ibsen, Tolstoi. Parece terem sido todos conservados em âmbar. Contudo, isso não é inteiramente obra da censura comunista, protegendo o artista e o público da má influência do ocidente. É fenomenalmente difícil traduzir obras literárias para o chinês, embora o inverso seja algo mais fácil. Não é apenas a sintaxe totalmente diferente, se é que essa palavra se aplica ao chinês, mas, talvez mais fundamentalmente, a tendência chinesa para falar em imagens e, melhor ainda, imagens de surpreendente densidade e complexidade. "Eu não gosto de percorrer apressadamente uma exposição de arte" converte-se em "Eu não gosto de passar pelos quadros cavalgando um cavalo veloz". Essa encantadora tendência tampouco está limitada às classes intelectuais; as intermináveis mudanças na poltíica governamental são conhecidas entre os camponeses como uma "mudança de céu". Em comparação, o inglês cotidiano parece apoético nesse sentido metafórico e mais vinculado aos fatos.

O jovem diretor de *Sinais de Advertência* e seu autor têm o direito de considerar um audacioso desafio retratar um jovem que se envolve numa trama criminosa e, no entanto, é estruturalmente bom. O Guarda-Freios, epítome da autoridade social e moral, também é um personagem chocante, pois é apresentado como um sujeito que não sabe o que dizer aos jovens e, se ele não sabe, então quem vai saber? Talvez seja quase inútil para um observador de fora assinalar que o estilo de atuação ainda não é verídico, que as emoções não estão firmemente enraízadas mas são apenas vividas à flor da pele e que as inovações cênicas são obsoletas pelos padrões de outros países. Tem que se começar em algum ponto. E, assim, muita coisa está em jogo na recepão que seja feita à *A Morte de um Caixeiro Viajante,* pois Willy não é Bom e, no entanto, tem que se sentir pena dele e talvez até medo de que ele morra.

A noção de uma vanguarda é uma contradição onde a arte deve apoiar o regime quase por definição. Mas, independentemente disso, uma vanguarda é improvável onde não existe simplesmente dinheiro com que grupos improvisados possam instalar pequenos teatros ou até investir em produções *ad hoc* de novas obras não-ortodoxas. Assim, a pobreza reforça o controle oficial sobre a vida teatral; posso estar errado, mas pressinto um peso morto nos altos escalões mesmo agora, apesar do encorajamento à inovação em outras áreas.

Com alguma surpresa, fiquei sabendo que até três quartos das despesas deste teatro são subsidiadas, o outro quarto provém da bilheteria. Eu pensava que era o inverso, dada a aparente falta de dinheiro para tudo. Mas o conservantismo do repertório é compreensível. As mudanças só podem ocorrer centímetro a centímetro. Mas esse conservantismo é imposto por algo mais do que o controle político; é também a visão moral chinesa, a qual exige que a arte seja "clara" em suas alternativas morais. São as próprias pessoas, indubitavelmente, que querem compreender fácil e rapidamente a quem, nas peças a que assistem, devem apoiar, por quem devem torcer. Talvez a China seja, muito simplesmente, um país antiquado, algo como os Estados Unidos antes da Primeira Guerra Mundial. Com efeito, o encanto da ópera chinesa assenta, em parte, no modo ingênuo como sublinha a posição de cada personagem na gangorra moral: a maquilagem soberbamente imaginativa é justamente o sistema criado para isso. Essa separação maniqueísta não exige necessariamente que os Bons ganhem sempre no final, mas o que não podem é ser confundidos com as pessoas Más. A tranqüilidade moral que isso proporciona lembra *Everyman* e os mistérios medievais, em que o desfecho é menos uma questão do que acontece do que da sublimidade do estilo em que a história se desenrola.

Willy é uma porção de coisas mas não é particularmente Bom; é possível até que seus defeitos e fraquezas o dominem por completo. Mas, ao mesmo tempo, a peça apresenta-o obviamente de um modo simpático, capaz de suscitar compaixão. Eu realmente não tinha uma idéia clara de quão remota a arte está do reconhecimento de qualquer espécie de ambigüidade, que é a pedra angular da literatura mundial contemporânea. Em nosso punhado de espectadores que ficam assistindo aos ensaios, pressinto por vezes uma confusão que nenhuma peça pode superar. Já um jovem espectador disse a Ying Ruocheng que se o papel de Charley fosse eliminado a peça seria muito melhor — ou seja, se não fosse permitido que as virtudes capitalistas desse personagem turvassem o quadro de uma sociedade americana radicalmente maligna. Complicações à vista.

6 de abril

Hoje está ainda mais claro que o nível em que *A Morte de um Caixeiro Viajante* será interpretada é uma corda que os dois lados da hierarquia artística tratam de puxar o mais que podem, para ver qual deles consegue supremacia sobre o outro. *Xinuah* publicou uma tacanha descrição da peça como uma condenação do capitalismo monopolístico e ponto final. Mas os atores e outros que circulam pelo teatro parecem imperturbáveis, considerando isso inevitável e algo que ninguém lê, exceto estrangeiros e jornalistas. Em todo o caso, sinto que estou sendo protegido desse conflito ideológico; todos os envolvidos na produção querem que a peça seja recebida e sentida como um documento humano aplicável à China. E é assim que Ying Ruocheng está tentando inculcá-la nos repórteres e políticos, penso eu, a fim de evitar que se converta num pomo de discórdia política.

10 de abril

Tomei os dias de ontem e anteontem para folga, e voltarei amanhã ao trabalho com três dias de férias. Eu estava começando a perder concentração. Durante dois ou três dias, não tivera que recorrer uma só vez ao meu *script* inglês: sabia onde eles estavam, mesmo dentro de cada fala, quase o tempo todo. Mas isso exigiu um esforço redobrado de concentração, pois além de ter que acompanhar cada frase que eles diziam, também tinha que tentar registrar que emoções estavam associando ao que diziam. Entretanto, observei que estava voltando de novo, sub-repticiamente, aos seus velhos hábitos de atuação indicativa; as idéias nobres os fazer voltar-se de frente para o público com nobres expressões, num momento patético piscam os olhos. Avançarem para o proscênio era tendência para se evidenciarem em todas as oportunidades que lhes pareciam adequadas, no que Ying chamou o "estilo de representar ao ar livre". Mas eram gratos e rápidos em curar-se quando eu assinalava o que estavam fazendo, e Ying tampouco aceitava nada disso. Mas nunca se me antecipou nesses reparos, incerto, possivelmente, sobre se estaria sendo hipersensível a tal respeito. Mas na cena culminante da peça, quando Biff atravessa rapidamente o palco no que parece ser um intento de agressão contra Willy e então abraça-o banhado em lágrimas, o nosso ator cai de joelhos, agarra-se ao corpo de Willy e diz, chorando, "Não se trata de rancor nem nada! Sou apenas o que sou, é tudo!", e girando sobre si mesmo coloca-se de face para o público e abre os braços num largo gesto operístico. Abstive-me de o corrigir, perguntando-me se o que me parecia tão excessivo não seria perfeitamente apropriado em Pequim.

Durante uma pausa de dez minutos, que é requerida a cada duas horas e rigidamente respeitada, consultei Ying a respeito. Sua resposta foi sucinta:

— Aquilo é exagerado em qualquer parte do mundo.

Era uma simples questão de orientar o ator para que abraçasse o pai e chorasse no ombro dele por momentos. Nada mais do que isso.

Eu estava tendo um problema com Happy quando ele lembra a Biff que "o teu mal é nunca fazeres por agradar às pessoas", e prossegue recordando como, no último emprego de Biff, "Bob Harrison disse que eras um funcionário dos melhores, mas quê! Desde esse dia começaste fazendo besteira em cima de besteira, como assobiar a toda a hora no elevador," terminando essa passagem com "Detesto ter que te dizer isto, Biff, mas a verdade é que no mundo dos negócios alguns acham que és doido varrido."

Em primeiro lugar, Happy não entendia o que estava envolvido no fato de Biff assobiar no elevador.

— Por que é que ele assobia?

— Expressa o seu anseio de evasão.

— Mas é um assobio musical?

— Sim, ele assobia uma canção popular.

— E isso é indecoroso?

— Exatamente. É como se, digamos... — e procurei algum exemplo absurdamente extremo que, ao mesmo tempo, não incluísse elevadores, imaginando que a maioria dos escritórios daqui não tem nenhum —, digamos que é como se um jovem e ambicioso subsecretário numa importante organização do Partido, que está aguardando transporte com outros funcionários, e enquanto todos estão tentando parecer pessoas eficientes e responsáveis ele fica na sua, assobiando uma canção.

— Realmente! Biff teria feito isso!

— Uma coisa parecida com isso, sim.

Isso pareceu impressioná-lo; meneou demoradamente a cabeça, uma expressão excitada no rosto — tal comportamento pareceria, de fato, um tanto doido — e ele declamou imediatamente suas falas com uma melhor combinação de indignação repreensiva e satisfação pessoal por sua própria sanidade mental e disciplina social.

Enretanto, é difícil para ele ficar face-a-face com um outro homem e chamar-lhe doido varrido. Isso é infinitamente indelicado e o mais não-chinês que se possa imaginar. Assim, ele diz a frase puramente imitando-me e aceitando a situação, creio eu, como algo que só pode acontecer na América.

Reverter a situações metafóricas ou análogas é, evidentemente, comum no trabalho de direção em qualquer parte mas o ator chinês parece esquentar mais rapidamente e com mais excitação quando lhe é dada uma imagem que jamais vi ser usada por atores americanos ou britânicos. No fim de contas, imagens é aquilo de que a linguagem está repleta.

Durante duas semanas, estive observando em lenta agonia Biff trocando murros com o Tio Ben, depois que este o desafiou, mas sem saber como dar à cena de pugilato algum tipo de convicção. Para começar, os chineses não usam os punhos para brigar. A cena é parte do devaneio de Willy sobre o passado, no tempo em que seus filhos eram ainda dois garotos e seu irmão Ben fizera, de fato, uma parada entre suas viagens para lugares distantes. Willy, tentando pôr-se à altura da corajosa vida de aventuras de Ben nos campos africanos de diamantes e nas florestas do Alasca, faz com um gesto milagroso aparecer Biff por trás do proscênio e vangloria-se: "É isso aí, Ben... É assim mesmo que quero educar os garotos: decididos, ativos, estimados por toda a gente..."

"Então é isso? Vamos, rapaz, dá-me um soco... o mais forte que puderes," com o que Ben esmurra o próprio estômago e aguarda que Biff o ataque.

Os dois atores que fazem Biff e Ben tinham tentado desenvolver algo como uma troca de murros terminando numa queda, com Ben ficando sobre o rapaz, seu guarda-chuva apontado para os olhos de Biff, e rosnando: "É para que aprendas. Nunca se deve jogar limpo com um estranho, entendeste? A agires dessa maneira nunca sairias da selva com vida, rapaz." Mas os chineses, ocorreu-me ontem, parecem sumamente estilizados ao retratar violência no palco e talvez fosse por isso que a briga não tinha convicção alguma, em qualquer nível. Eles pensavam que a tinham de fazer americana e realista.

De súbito, lembrei-me da maravilhosa coreografia das batalhas na Ópera de Pequim, onde ninguém perde seu aprumo, ninguém é realmente atingido e, no entanto, o efeito de batalha é amplamente obtido.

— Isso é um sonho — digo. — É a adoração de Willy pelo poder sobre-humano de Ben. É tudo magia! É a Ópera de Pequim!

Risos deliciados. Ben, sob essas novas instruções oníricas, passa a esmurrar o ventre, de fato, em vez de indicar polidamente como ele é rijo; Biff investe como um relâmpago, os punhos esgrimindo no ar, e Ben, reprimindo impertubavelmente o riso, enfrenta a investida e, com dois rápidos golpes simulados à testa de Biff, a qual, é claro, não é sequer tocada, manda-o pelos ares; o rapaz estatela-se de costas, depois gira lentamente, com os joelhos e as mãos erguidas diante do rosto, em postura defensiva; e Ben está instantaneamente sobre ele, a ponteira do seu guarda-chuva plantada entre os olhos de Biff.

Ying tem grande facilidade técnica, de modo que se leva algum tempo para perceber quando ele está "declamando" uma fala e quando o está fazendo de verdade. Uma de suas últimas falas perturbou-me por sua falta de convicção e resolvi enfrentar o problema com ele. Willy está em seu quintal à noite, com uma lanterna de bolso, um ancinho e uma mão-cheia de pacotes de sementes, quando Ben aparece. Debatendo consigo mesmo o seu suicídio, ele está usando "Ben", de fato, como o advogado do diabo, para lembrar-se de que Biff poderia chamar-lhe um covarde, um idiota chapado. "Ele vai odiar-te por isso, William," diz Ben, forçando-o a uma fala de intensa nostalgia por um passado encantador. "Oh, Ben, como é que se poderá voltar aos bons tempos antigos? Ele era tão alegre, tão camarada, as corridas de trenó no inverno, as bochechas muito coradas... E sempre chegando alguma notícia boa, sempre na expectativa de coisas agradáveis..."

Ying, penso eu, está conseguindo somente um reconhecimento intelectual de um tempo promissor que já passou, mas não o seu sabor, o seu cheiro, a visão de algo concreto, de algo real. Ele concorda:

— Para mim é difícil imaginar esse tempo.

— Para Willy, significava o período americano dos anos 20, a época em que tudo parecia funcionar, expandir-se, oportunidades por toda a parte, o sonho em plena floração...

— Bem, é claro que nunca tivemos isso. Na década de 1920 a China ainda estava sendo retalhada por estrangeiros. Mas eu não estive pensando sobre isso nesses termos exatamente.

— Você estava pensando somente em termos pessoais?

— Bem, eu não me concentrara no significado social mas é óbvio ser sobre isso que ele está falando. — Ying pensa por momentos em silêncio. Na realidade, nós tivemos alguns anos de prosperidade e paz, embora não em minha vida, mas penso que posso usá-los.

A fala de Willy começa agora ganhando uma tessitura densa, fervorosa, de recordação, em vez de uma qualidade objetiva e fria que lhe é estranha.

Eu também ficara preocupado com uma certa reversão à veemência na fala de Ying, o que me parece ameaçar sua performance com uma tendência para a repetitividade. Hesitei em mencionar isso até estar mais seguro de que não se tratava de alguma peculiaridade lingüística e, na verdade, ao refletir sobre isso, dei-me conta de que, para o meu ouvido, o chinês tem uma espécie veemente de ênfase. É análogo ao autoritarismo abrupto que costumamos associar ao alemão, embora muito diferente em seus sons reais. Finalmente, chequei as falas em que Ying soava como se estivesse zangado, ainda que não fosse essa a sua intenção, encontrei dez ou doze como exemplos, e apresentei-lhe para uma solução. Resultou, em cada caso, que, nessa fase relativamente inicial dos ensaios, ele ainda não trabalhara realmente o que estava sentindo e, assim, refugiara-se numa violência verbal para produzir algo que parecesse forte e definitivo a fim de encobrir sua incerteza íntima. Em suma, não havia qualquer elemento especificamente chinês no problema.

Na realidade, não era apenas a repetitividade do som que me incomodava mas o fato de que tendia a fazer com que Willy parecesse mais petulante e irritado do que um homem devassando seus "estranhos pensamentos", alguém que pressente a vizinhança da morte e está desesperadamente buscando um sentido em sua vida. Se Willy pode ser, por vezes, uma amolação para sua família e amigos, ele nunca deve ser, porém, trivial e mesquinho. Pelo menos num sentido, ele é extraordinário — impelido a cometer o que, para ele, é um consumado ato de amor, através do qual poderá transmitir sua personalidade, sua identidade. Perversamente, talvez, isso tem uma certa pretensão nobre, que mais não seja pelo fato de Willy acreditar totalmente nisso e sonhar que a concretizará na morte. A petulância está sempre suficientemente longe disso.

A visão de Lee Cobb, o primeiro e penso que o melhor Willy, retorna sempre. Escuto ocasionalmente sua voz de barítono, vejo seu vulto maciço e seu porte vergado, tão comovente, tão depressivo — um homem que nasceu velho, cujo mesmo riso era triste e como que repleto de uma espécie insondável de necessidade de amor, admiração, amizade. O outro dia observei Ying quando estava à beira do proscênio olhando em frente, com Linda na cozinha costurando uma meia, e diz:

WILLY: — Não sei o que é isto... não tenho mão em mim... falo demais. Um homem deve saber-se impor com poucas palavras. Justamente o que Charley sabe fazer. É um homem de poucas falas e não há quem não o respeite.

LINDA: — Você não fala muito. É apenas um pouco animado, isso que tem?

WILLY: — Sim, lá isso é verdade. A vida é curta e, que diabo!, uma ou duas piadas... Não, seja como for, a verdade é que falo demais! E sou gordo. Sou... um bocado ridículo de se olhar, Linda.

Para Lee Cobb, esse era um dos momentos em que ele atingia um relaxamento, uma calma interior que, ao mesmo tempo, estava impregnada de ansiedade. Isso era quase milagroso para mim nessa época. Conto agora a Ying essa antiga impressão— de que Willy está realmente falando para si mesmo, que está tão isolado quanto um astro no espaço. Ying pensava que Willy estava falando com Linda, que, de fato, o interrompe com algumas frases, mas percebe agora imediatamente que não se trata de um diálogo. Tal como Ben, Linda é, nesse momento, apenas uma voz contrapontística que Willy convoca a fim de "corrigir" suas ansiedades e confirmar a realidade destas. Ying tentou de novo — com que rapidez ele pode mudar um enfoque! — e deu um passo na direção certa, mas devemos trabalhar mais em cima disso.

Ontem, depois do almoço, Inge e eu fomos visitar o templo de Yong He Gong, o qual aloja Os Quinhentos Budas. Estátuas de 500 homens em grande escala, vestindo longas túnicas, cobertas de ouro e poeira, sentam-se em longas e graves fileiras, cada um deles com um rosto distintamente diferente. Inge apontou um que tinha uma extraordinária semelhança com Ying Ruocheng, um rosto quadrado e achatado, e a mesma espécie de inteligência no sorriso tênue. Pensar em Willy interpretado por um descendente de Buda!

Tenho o meu segundo encontro com o Velho Feng, o técnico de iluminação, um homem franzino e esperto de seus 40 e tantos anos, que parece mais satisfeito comigo do que durante o nosso primeiro encontro, quando senti sua apreensão de que eu fosse fazer-lhe exigências que seus recursos técnicos não pudessem satisfazer. Agora, discutindo o Segundo Ato, prescindimos de uma recapitulação de todas as entradas que requeriam câmbios de tonalidade luminosa, como tínhamos feito no Primeiro Ato, e concentramo-nos em três ou quatro áreas problemáticas. Em primeiro lugar, temos o negócio de encher o palco com as sombras de folhas, a fim de indicar que Willy deu um salto mental do presente para o passado, quando havia árvores em vez de enormes edifícios de apartamentos em redor do quintal de sua casa. Recordo uma tarde, há 35 anos, com Jo Mielziner e Kazan, quando um de nós — já não me lembro quem — teve essa idéia das sombras de folhas. Era uma resposta ao ceticismo freqüente dos primeiros leitores da peça sobre se o público teatral iria perceber a transição, quando Willy entra e sai do presente. Para mim, era difícil acreditar que isso fosse um problema; entretanto, outros pensavam que sim. Quando vi pela primeira vez o efeito de folhagem — e daí em diante — pareceu-me bastante duvidoso, parecendo mais uma falha do sistema elétrico do que a evocação de um bairro profusamente arborizado. O problema, como explico agora ao técnico chinês, estava em que a distância entre as luzes e o palco tornava tão difuso o padrão sugestivo de folhagem que lhe faltavam contornos precisos, uma definição mais real. O Velho Feng concorda mas diz ter um truque que gostaria de experimentar, embora advertindo-me de que não devo depositar excessivas esperanças nisso. Digo-lhe que sempre tive minhas dúvidas acerca da eficácia do efeito mas convido-o a tentar a sorte.

Passamos ao pior problema, a incapacidade do seu equipamento para efetuar mais do que uma série de dezoito variações de efeitos de luz sem proceder a reconexões, o que exigiria um total *black-out* de uns 20 segundos. No Segundo Ato, ele contou até dezoito e concluíu que o *black-out* tem que acontecer entre a cena com Willy e Charley e a cena do restaurante com Biff e Happy.

— É exatamente aí onde tem que ocorrer o *black-out* completo, — digo eu.

O Velho Feng fica felicíssimo ao ouvir isso, mas pergunta se poderá durar vinte segundos, um período de tempo que lhe parece demasiado longo para o palco ficar às escuras.

— Ah, sim — respondo-lhe —, poderia ser até mais tempo, porque há uma entrada musical relativamente extensa e eu quero uma espécie de espaço para respirar antes da calamitosa cena do restaurante.

Tal informação deixa-o ainda mais contente, o que me impele a acrescentar:

— De fato, eu escrevio-o originalmente com um longo *black-out* chinês em mente.

Ying traduz e os olhos do técnico arregalaram num choque de surpresa; depois, encarando meu rosto de jogador de póquer, capta a ironia e dirige-me uma risada tamanho médio.

Na realidade, esse problema não era desconhecido para mim; em 1949, o Morosco Theatre, na Broadway, tampouco dispunha de mesa computadorizada para controle geral de luzes. E lembro-me de que o nosso eletricista (cujo sobrenome, para minha vergonha, esqueci — mas cujo primeiro nome era Dick) esticava um braço para acionar suas chaves de nível de luz, enquanto manobrava uma outra luz com o dedão do pé. Ele, tal como este eletricista chinês, nunca tivera uma peça com tantas entradas. Hoje em dia, é claro, tudo funciona através de uma civilizada mesa de controle e um só operador manipula facilmente os vários níveis de luz ou pode mesmo usar um computador para que eles se ajustem automaticamente.

Também estou sendo condicionado para não esperar *spotlights* de contornos fortes, o que os chineses não possuem. O equipamento, de um modo geral, tem uma idade por volta dos 30 anos e seu *design* é ainda mais antigo. Mas estão perfeitamente a par dos equipamentos existentes no ocidente — e sabedores de que ainda não lhes podem ter acesso.

O jornal está publicando histórias sobre o infanticídio de crianças do sexo feminino. Mas as estatísticas agora fornecidas mostram um crescente desequilíbrio entre os sexos em algumas províncias, de modo que daqui a 20 anos os jovens defrontar-se-ão realmente com a impossibilidade de localizar uma esposa. O *Economic Daily* noticia que na província de Hubei, "Entre os bebês de menos de um ano, a proporção está em 182 varões contra 100 fêmeas; entre crianças de menos de três anos, 384 contra 100; entre crianças de menos de cinco anos, a proporção é de 503 varões contra 100 meninas." O jornal *Renmin Ribao* atribui esses morticínios ao pensamento feudal que degrada a mulher, mas também à introdução da "política de um filho por casal". Por outras palavras, se ter mais de um filho é severamente criticado como antipatriótico, existe um forte impulso para fazer com que esse filho único seja um rapaz. Mas existe, sem dúvida, uma ironia adicional em que o novo encorajamento dado à iniciativa privada e à flutuação de preços de mercado, em vez dos preços fixados pelas autoridades, valorizou o incremento da produção, o que, no interior, significa favorecer os homens, considerados mais fortes para o trabalho nos campos e, de um modo geral, mais produtivos. Também é lícito suspeitar de que, com mais dinheiro — e os camponeses, nos dias atuais, estão ganhando muito, em termos chineses — há um impulso para manter o patrimônio familiar na família. As moças casam em outras famílias e, portanto, não têm acesso a heranças que só iriam terminar nos bolsos de estranhos. O dinheiro anda no ar na China, muito mais do que se sentia há muito tempo, de qualquer modo.

Por muito remota que a ligação possa parecer, não consigo ler tais provas de mentalidade feudal sem me perguntar se isso ajudará ou prejudicará a minha peça. No dia em que o mundo explodir, o autor teatral cujo espetáculo estreou na véspera estará folheando o noticiário do *Times* para encontrar a crítica à sua peça — enquanto ascende à estratosfera, distraído.

Na última quinta-feira à noite, ensaiamos a peça do começo ao fim para os dois músicos que estarão dirigindo e ajudando a executar a partitura. A música do filme foi definitivamente descartada por sua orquestração suntuosa demais. Também estava presente uma advogada americana de 30 e poucos anos, Jamie Horsely, que tem seu escritório em Pequim, acompanhada de seu jovem motorista chinês e de um amigo deste. Havia também Liu Houcheng, um dos membros do triunvirato que administra este teatro, um ex-ator agora na casa dos sessenta anos, que estava empolgado. Nenhum dos chineses parece ter qualquer dificuldade em entender tudo. Pode ser possível isso? Reanimo-me com o fato de que caixeiros viajantes e seguros de vida serem surpreendentemente bem explicados, com efeito, na própria peça: Willy diz exatamente o que faz e como faz, e a mecânica de seguro, por estranho que pareça, também é explicada de modo bastante compreensível. Só agora me ocorreu que isso pode explicar em parte por que a peça pode ser encenada com tanto êxito em tantas culturas diferentes, mas ainda estou preparado para experimentar aqui um público que não se liga.

Uma breve e interessante discussão com Ying, numa destas manhãs, sobre o isolamento da China, levou diretamente a uma conversa sobre os dois sistemas de pensamento em que a China assenta: primeiro, o confuciano, e, sobre esse, o marxista. (Eu ignorava que o mercador ou caixeiro viajante ocupa, na escala de valores confucianos, a categoria mais baixa.) O comportamento correto é decretado do berço à sepultura — obrigações para com a família e o Estado, relações entre os sexos —, uma autêntica teia é tecida no sistema confuciano para tolher o indivíduo sempre que ele tenta mudar. A essa teia sobrepôs-se um outro conjunto de obrigações, o marxista. Mas a substanical ênfase sobre a castidade na prática marxista chinesa é um caso único — isto é, a castidade como um bem social. No fim de contas, Marx tinha um filho ilegítimo e Engels vários filhos extraconjugais.

Não posso deixar de pensar na castidade enquanto vejo Ying atuando nas cenas com a Mulher no seu quarto de hotel em Boston. A atriz que faz o papel, Liu Jun, inventou todo o seu negócio, já que o deixei inteiramente a seu próprio critério, no receio de transgredir as fronteiras da decência chinesa nesse encontro sexual; eu não fazia a menor idéia do que eles poderiam considerar de mau gosto e o que achariam erótico. Entregue a si mesma, a Mulher entra com a música, uma longa echarpe branca envolvendo seus braços estendidos, enquanto rodopia, e rodopia, aproximando-se de um Willy absorto em seus próprios pensamentos e, ao mesmo tempo, rindo suavemente.

Num ponto, quando o *script* manda que se beijem, eles arranjaram as coisas de maneira que ela gire nos braços de Willy com o rosto e a boca fora das vistas do público. Quando não está no palco, Liu Jun pratica passos de dança, observando-se no espelho que está encostado a uma parede. Convidou-nos para irmos a sua casa, a uma hora de bicicleta de Pequim, mas quando aceitamos o convite ela sente-se tomada de uma exaustão apavorada, porque só tem um cômodo. Contudo, eu estou interessado na atividade paralela de seu marido ator; ele cria, para reforçar o orçamento doméstico, algumas espécies de grandes peixes. Liu Jun aparece em uma das grandes fotos ampliadas de artistas com Chu En-lai que estão penduradas no saguão do teatro.

Estive trabalhando com Ying, uma vez por outra, com o intuito de o envelhecer. Ele não tem um corpo atlético mas é óbvio que ainda não chegou à casa dos sessenta. O envelhecimento é parte da história de Willy. Ele está se exercitando num andar mais pesado, no hábito de suspirar depois de qualquer esforço, mas por vezes vai longe demais, como era inevitável que acontecesse. Com sua peruca branca, as coisas talvez lhe sejam mais fáceis. Mas surpreendi-o dobrando os joelhos quando coloca no chão os pacotes de sementes, na cena com Ben perto do final. Quando lhe assinalei isso, olhou-me ironicamente. Dei-me então conta de que os chineses passam agachados uma boa parte de suas vidas. As pessoas descansam desse modo até nas paradas de ônibus das esquinas das ruas e, de fato, é uma postura maravilhosa para relaxar, se conseguirmos fazê-la adequadamente. Não voltarei a mencionar isso.

Eu estava deixando o teatro ao meio-dia quando vi Ying com aspecto inabitualmente tenso, tentando retirar às pressas sua bicicleta da massa de bicicletas estacionadas perto da porta. Ele acabara de receber a notícia de que a porta de sua casa estava escancarada e fora provavelmente assaltada.

— Isto está parecendo Nova York! — comentei eu.

Ele não respondeu e saiu pedalando numa carreira desabalada. Nessa mesma tarde, contou-me que sua mãe saíra e deixara a porta aberta mas nada fora roubado. A preocupação dele era seu aparelho de TV e o toca-discos, e sobretudo um aparelho de vídeo-cassete que pedira emprestado ao adido cultural da embaixada americana a fim de passar alguns filmes que desejava ver.

— De modo que a virtude do socialismo permanece intata! — disse ele rindo.

Ocorreu uma séria escassez de frutas, especialmente laranjas e bananas, as quais foram escandalosamente deixadas a apodrecer nas árvores, e ouve-se falar de sabotagem por adeptos contumazes do Bando dos Quatro e (ou) adversários da atual linha econômica que procuram ajudar a que ela fracasse. Não é difícil imaginar uma certa reação contra a cupidez deflagrada pelo novo sistema de incentivos à produção; como nos disse uma senhora européia, aqui residente há meio século, "Isso libertou nos chineses seus atávicos instintos de lucro, a pior parte deles". Também tenho ouvido expressões de desagrado à vista de homens fisicamente sãos e robustos vendendo bugigangas nas ruas. De fato, vender ou mesmo servir o público em qualquer Estado marxista possui um estigma de ignomínia; na União Soviética, os garçons podem ficar especados a um metro de nossa mesa por meia hora, antes de se aproximarem desdenhosamente para mostrar o menu. A Revolução Cultural, entre seus outros significados, expressou o anseio pelas purezas de uma igualdade em que ninguém serviria a ninguém. Acabou com todo o mundo servindo uma senhora-ditadora psicopata. O serviço na China, entretanto, é usualmente cordial, ainda que errático.

Mas os jornais não param de denunciar lojas por ignorarem deliberadamente o freguês, por servi-lo mal ou o fraudarem. Tudo isso me lembra o principal slogan de Huey Long — "Todo o Homem é um Rei"; sob muitos aspectos, ele choca-me como o nosso primeiro Revolucionário Cultural, pregando um igualitarismo nivelador e ficando muito rico, ao mesmo tempo. Ele foi o nosso Chiang Ching, surgindo como ela de uma economia que deixara de funcionar e de um povo sem esperança nem rumo.

O governo chinês anunciou ontem que estava cancelando toda a cooperação cultural e esportiva com os Estados Unidos por causa do *affair* Huna. Essa tenista de 19 anos decidiu não regressar ao seu país. Os convivas num almoço na embaixada americana, o outro dia, consideraram que o modo como o governo Reagan conduzira o caso tinha sido obviamente inábil e agredia sem necessidade o orgulho nacional chinês. Não houve qualquer solicitação para declarar a moça uma "refugiada política", como o governo argumentou, porquanto não existia indicação alguma de que ela tivesse o menor interesse em política e tampouco podia ser descrita como um alvo para punição se regressasse ao seu país no decorrer normal dos acontecimentos. De fato, centenas de chineses enviados aos Estados Unidos para estudar têm desertado ao longo dos anos e, embora isso possa perturbar o regime, nunca provocou tanto alarido; a perda desses jovens é considerada pela China um custo de produção. Mas, evidentemente, os chineses estão agora ofendidos porque o próprio governo dos Estados Unidos, com efeito, os desafiou para que assim se sentissem, depois que Deng Hsiao-ping, em pessoa, solicitou que a deserção da tenista não fosse politizada. A resposta americana não podia ter sido pior: o Presidente Reagan declarou que ele mesmo adotaria a jovem, se lhe fosse dada essa oportunidade.

Esse quadro de uma menina tenista desamparada é algo que ninguém na embaixada leva a sério. Ninguém o disse, mas ela foi provavelmente atraída por pessoas que se dedicam a tentar perturbar as relações entre os dois países. Não é preciso ser hipersensível para se perceber que os funcionários americanos aqui estão consternados por terem sido envolvidos numa batalha em que estamos do lado errado e, em última análise, temos que perder. E, é claro, entre as conseqüências menores estará a nossa necessária relutância em permitir o regresso da moça ao seu lar, o que, apesar de tudo o que se possa dizer agora, ela poderá querer fazer, mais dia menos dia. Ela tem uma irmã mais velha, um irmão e, a ajuízar pelas fotos na imprensa, mãe e pai que ainda são muito jovens. Desta distância e, sobretudo, da perspectiva desta antiga cultura, Reagan parece um calouro cheio de arrogante ignorância, um autêntico néscio.

Não obstante, é também verdade que a certos artistas muito conhecidos foi impossível obter permissão para ir a Hong Kong com suas esposas, no receio de que desertassem, o que um significativo número deles realmente fez. Como um chinês dos velhos tempos me disse, "Há uma idéia generalizada de Hong Kong como um perpétuo banquete. É claro, há muitos que ali se dão bem mas uma boa porção deles acaba tentando regressar, que mais não seja para uma refeição que possam saborear, de preferência preparada pela velha mãe. A comida chinesa não é a mesma coisa lá fora." Para Ying Ruocheng, que se considera uma minoria nesse aspecto, Hong Kong é o supra-sumo da vulgaridade, onde os camponeses pobres de Cantão, atraídos por sonhos de riqueza, acabam explorados e espiritualmente desfeitos.

Sendo este o terceiro e último dia de minhas férias, estou tentando pensar em como proceder nas próximas semanas de ensaios. Acredito que poderíamos estrear tão afinados quanto uma pequena orquestra de virtuoses em não mais de dez dias, até menos. Há o perigo do excesso de ensaios; o tédio começa se infiltrando nos desempenhos. Talvez possamos sentar-nos e conversar sobre a peça por algum tempo, sobre a América e a China e os ajustamentos mais sutis que os artistas estão fazendo para interpretar esses personagens. Ainda estou achando difícil ver a peça e a América que está ao fundo do modo como eles as vêem. A menos, é claro que exista algo a que se possa chamar o homem básico — aquilo a que os franceses deram o nome de *le moyen homme* — que age de acordo com os mesmos princípios em toda a parte.

Inge e eu passamos três horas pedalando pelas ruas e avenidas principais de Pequim, de novo sob uma brilhante manhã de sol, e a cada duas ou três quadras deparamo-nos com grupos de pessoas e às vezes com grandes e compactas multidões, fazendo suas compras em carrocinhas estacionadas a esmo nos passeios. Vendia-se uma grande variedade de artigos, todos baratos e no ocidente indubitavelmente invendáveis, exceto para pessoas paupérrimas. Mas o comércio era animado, sobretudo em pano branco de algodão, que os comerciantes estavam vendendo a metro, cortando primeiro a ourela e depois retalhando o pano na largura. Homens muito jovens, entre os 18 e os 22 anos, por aí, apregoavam balões e roupas infantis, netos da Revolução convertidos em vendedores ambulantes. Após tantos anos de doutrinação que atormentaram as artes do comércio e os comerciantes, anos em que as mercadorias somente eram vendidas através dos balcões oficiais em armazéns lúgubres e frios, eis que brotam e pululam de novo aqui os que compram barato e vendem mais caro, e, diga-se de passagem, distribuem os artigos onde eles são necessários, acolhendo os transeuntes com cordialidade e conversa fiada, afofando os tecidos para fazê-los parecer novinhos em folha... como aprenderam eles todos esses truques, de que germe secretado no sangue, neste lugar donde eles estiveram proibidos de pôr os pés durante mais de 30 anos? É de novo o bazar, a excitação primordial da compra, de levar para casa, de experimentar para ver como fica, e esperar que isso mude a vida da gente. É claro, esses jovens comerciantes foram forçados pelo desemprego a dedicar-se ao que, para os marxistas mais ortodoxos, é um tipo ignóbil de trabalho; mas nada se nota neles de desalento, seus olhos são vivos e ágeis, com a clássica avareza que o vendedor sublima em sua banca de camelô e o freguês aprende a deixar de desconfiar, a partir do momento em que o induz a desembolsar seus cobres.

Passamos pedalando por um extenso muro cinzento, sobre o qual podiam ser vistos espaçosos edifícios num recinto fechado. Agora chegamos a um imponente portão com grandes letreiros de latão dos lados e sob os caracteres chineses está escrito em inglês: "Força de Segurança de Pequim". Isso lembrou-me que ainda estou por ver um policial, um carro de patrulha ou o menor sinal de polícia, com exceção dos agentes de trânsito postados nos cruzamentos mais movimentados. Mas a imprensa, com sua recém-adquirida franqueza, fala de criminalidade crescente. Cada bairro tem sua comissão para lidar com a delinqüência juvenil e os distúrbios rotineiros, como brigas de família e pequenos roubos, que por isso nunca chegam a um tribunal nem são registrados em cadastros policiais. Para questões mais graves, as comissões chamam a polícia armada, a qual, de fato, cruza a cidade em triciclos motorizados, mas somente durante a noite. O exército também está aquartelado na cidade para problemas de vulto e os estrangeiros não têm dúvidas de que numerosos agentes da polícia secreta estão espalhados por toda a parte.

No Instituto de Idiomas Estrangeiros, onde passei uma hora esta tarde com uma dúzia de professores e cerca de 30 estudantes finalistas, fiquei sabendo que não existe realmente um sistema pré-estabelecido no tocante às obras estrangeiras que devem ser traduzidas. *Catch-22,* de Heller, e *Humboldt's Gift,* de Bellow são agora muito populares. Contudo, Agatha Christie bate todos de longe, com pelo menos cinco traduções diferentes do mesmo livro. Estes foram lançados com diferentes títulos por diferentes editoras, e mais de um leitor, dizem-nos eles, vão se queixar nas livrarias de que já leram o que parecia ser um novo livro.

Por tudo o que pude saber, eles não têm o sistema russo de censura Glavlit, o qual exige que todo o manuscrito seja examinado de maneira esmagadoramente sistemática. Em vez disso, existe uma autocensura que todos insistem em afirmar que é cada vez mais liberal, embora seja inegável que qualquer coisa que advogasse a derrubada do socialismo jamais veria a luz do dia. Tampouco duvido de que, a qualquer momento, uma obra que trate de um tema sensível poderá ser sustada sem grande dificuldade, visto que os autores aceitam, como princípio, a autoridade superior do Partido. Assim, se neste momento parece haver uma espécie de vazio, uma nova linha dura pode ser instaurada de novo, a qualquer hora. A China não acabou de mudar.

O Instituto de Idiomas Estrangeiros não é, como uma escola do gênero seria em quase qualquer outro país, um adorno cultural mas, antes, uma extrema necessidade. Se mais pessoas na Terra falam chinês do que qualquer outra língua, também é maior o número de pessoas que falando outras línguas além da delas não sabem chinês e não é provável que tentem aprendê-lo. (Inge, que é fluente em todas as línguas européias e muito boa em russo, teve que estudar chinês diariamente durante oito anos para atingir um bom nível de fluência, além de assistir às aulas semanais da universidade de Yale.). Assim, estudar inglês, por exemplo, é vital para o Estado e seus negócios, independentemente da literatura e das artes, e espera-se que os estudantes chineses de línguas tenham, portanto, um bom nível de inteligência.

Inge, Ying e eu encontramo-nos com sete ou oito professores, em sua maioria na casa dos 50 e 60 anos, e cerca de 40 estudantes, numa sala onde as cadeiras estavam alinhadas ao longo das paredes, numa disposição muito informal. O edifício é no estilo "calabouço" dos anos 50, comum nas instituições chinesas, corredores abobadados e escuros com a pintura descascando e o cheiro de amoníaco das privadas espalhando-se por vários metros de cada lado dos banheiros.

Esse encontro teve lugar depois do almoço, entre os nossos períodos de ensaios da manhã e da tarde, e tanto eu quanto Ying estávamos cansados, de modo que solicitamos perguntas em vez de tentarmos oferecer uma palestra. Houve um longo e tímido silêncio, até que um camarada dolorosamente emotivo de uns 19 ou 20 anos, falando um inglês razoavelmente bom, tomou a iniciativa:

— Não posso entender como uma moça tão jovem como Abigail [em *The Crucible*] pôde ter pensamentos tão complicados e terríveis — esboçam-se gargalhadas mas ele prossegue —, ser tão sexual naquela idade e depois causar a morte de pessoas.

Sua angústia, tanto quanto sua ingenuidade, desconcerta agora todos, e o diretor do departamento aconselha-o:

— Você terá que viver um pouco mais, ainda é muito jovem para entender esse gênero de coisas.

Muitos deles ainda são castos, e há os pequenos compartimentos que contêm as categorias morais. E estas não são apenas sexuais. (Ying contou-me mais tarde que fez um ensaio geral no sábado à noite, quando eu estava no meu fim-de-semana, para umas 50 pessoas que trabalham no teatro e os jovens, especialmente, choraram, algo não usual para os chineses. Mas os mais velhos, pensou ele, embora também fossem afetados, "estavam um pouco menos dispostos a envolverem-se". Ying teorizou que a recusa da peça em encaixar-se nas usuais categorias morais poderia ser uma razão, mas a mais provável estaria relacionada com as cenas de Willy com a Mulher em Boston.)

Lamentavelmente, entre o Especialista Estrangeiro e Ying Ruocheng, os estudantes pareciam um tanto intimidado mas, após algum estímulo bem-humorado de nossa parte, iniciou-se uma discussão. A opinião geral era que a poesia estava em baixa; como disse um professor, "A poesia é ambigüidade; se não for, que interesse tem? E a ambigüidade é algo a que não estamos acostumados há algum tempo." Não houve divergências sobre isso nem comentários. Contos e novelas estavam sendo escritos porque eles manifestavam razoável apreço mas havia um declínio de real entusiasmo a respeito da nova literatura chinesa. Pareciam pensar que a nova e mais autêntica literatura é uma jovem e ainda não vigorosa planta, mas promissora.

Eles estavam especialmente interessados em minha experiência antes da Comissão de Atividades Anti-Americanas do Congresso, em 1957, que eu tentei colocar em perspectiva, dizendo que tinha sido intimado depois que a crista da onda começara a declinar, e que estava psicologicamente fortalecido por ter trabalhado mais no teatro do que no cinema e, assim, tinha uma certa independência que a gente do cinema não possuía. Mas eles consideraram isso como modéstia, preferindo o heroísmo mais puro e não adulterado. Para a vilania pura, eles fundem numa só idéia Salem, a Comissão de Atividades Anti-Americanas e a Revolução Cultural — paralelos que a produção de *The Crucible* em Xangai, o ano passado, deixou bem claros.

Durante todo este tempo, fiquei passeando os olhos pelos professores e perguntando-me qual deles teria sido o que perseguiu tão ferozmente uma idosa senhora de nossas relações, uma residente aqui há meio século que foi encerrada neste mesmo edifício durante quase dois anos e ameaçada com a execução de seus filhos, viu-se negada o uso de banheiros e, por falta de alimentos, definhou ao ponto de quase entrar em coma. O homem, como viemos a saber, foi promovido duas ou três vezes desde então. Era impossível, é claro, adivinhar qual desses professores de sessenta e tantos anos poderia ser o carrasco, sobretudo porque os oito ou dez deles presentes tinham todos uma expressão de grande inteligência e modos refinados.

Talvez o meu conhecimento desse fato tenha contribuído para a minha impressão de que estudantes e professores não tinham aqui nenhuma perspectiva de um grande movimento de expansão, nenhum conceito filosófico impulsor, a partir do qual novas idéias se formassem. Não era uma atmosfera de medo de expressar um pensamento heterodoxo mas, pareceu-me, uma atmosfera onde o pensamento não fecundava. Tampouco creio que isso esteja confinado à China nos dias de hoje; o mundo não está sendo atualmente inspirado por quaisquer concepções grandiosas, até onde chega o meu conhecimento. Mas, no entanto, o ambiente aqui era, no mínimo, dócil. Talvez eles ou seus pais e amigos tivessem se queimado vezes demais e um aviso de "Cautela. Perigo de Morte" parecesse sumamente aconselhável e prudente.

Não obstante, houve certa animação quando me referi ao surpreendentemente grande número de novas revistas que estavam sendo publicadas. A ajuízar por seus risos, dir-se-ia que algumas são muito avançadas.

Inicia-se a publicação de uma revista com a obtenção de uma "unidade" que nominalmente a patrocine — um sindicato, uma escola, uma cooperativa, qualquer instituição legalmente reconhecida serve, pois a maioria das revistas não reflete, em absoluto, os interesses especiais de seus patrocinadores. O mesmo procedimento vale para patrocinar grupos teatrais, embora qualquer movimento de teatro de bolso ainda esteja, definitivamente, em sua infância. Mas um tipo nascente de espaço teatral alternativo está começando a surgir e foi de dois deles que algumas peças lograram abrir caminho até aos grandes teatros do centro da cidade, como o Teatro Capital, onde estreará *A Morte de um Caixeiro Viajante.* Uma dessas peças foi *Sinais de Advertência.*

Saí do encontro tentando não me sentir deprimido; em última análise, o ambiente é apenas um pouco mais opaco que o de outros meios acadêmicos, os quais, em minha experiência reconhecidamente limitada, parecem reproduzir o que foi reproduzido daquilo que era reproduzido antes. Além disso, levar as pessoas a saírem de seus casulos requer tempo.

* * *

Na entrevista da hora do almoço com dois repórteres americanos, procurei comprovar a afirmação de Ying de que existem centenas, talvez milhares de novas revistas, muitas de padrão duvidoso mas outras tantas com pontos de vista muito avançados. Os repórteres tinham lido algumas delas e concordam em que a tampa pode não ter saltado fora ainda de todo mas tampouco está sendo empurrada para baixo. Entretanto, o barco chinês está se aventurando em alto mar e todos parecem aguardar uma nova tripulação para tomar conta do leme e voltar de novo ao antigo porto. A produção de *A Morte de um Caixeiro* em Pequim, acreditam eles, será uma estrela polar na China para muitos anos vindouros.

Ontem, Inge e eu passeamos pela cidade de bicicleta durante três horas. À parte os sinais de atraso e pobreza, a cidade parece intimamente tão satisfeita consigo mesma; há muito contato verbal nas ruas, compras nas calçadas, contemplação de vitrinas, solicitude com bebês e pessoas idosas, comparação de compras, consertos de bicicletas — e toda a espécie de coisas que possam ser carregadas em bicicletas, desde um molho de verduras até grandes placas de compensado. Em contrapartida, os novos blocos edificados pelos planos de habitação parecem frios e isoladores, muito menos humanos do que os antigos e pequenos pátios e seu piso sujo, todo mundo inspecionando as plantas de todo mundo e, sem dúvida, cada um interessado na vida dos demais. Recordo Ying de novo, quando chegamos e passamos por esse tipo de edifícios de apartamentos na avenida que nos traz do aeroporto, e ele comentou: "São esses os espigões que Willy Loman detesta, certo?" Estarão eles voltados de frente, em alguma trajetória absurdamente irônica, para o Brooklyn? Mas talvez nenhuma ligação desse tipo seja feita pela platéia.

Os repórteres contam-nos que numerosos projetos de construções habitacionais foram sustados (como já havíamos notado) pelo que, com efeito, são greves promovidas pelos quadros — os líderes dos trabalhadores, usualmente os mais qualificados e, por certo, membros do Partido — que se recusaram a prosseguir sem que lhes seja dada prévia garantia de que serão os primeiros a receber apartamentos para si mesmos, independentemente das necessidades de outros. Foi quase inevitável que a fala de Happy no Réquiem me viesse ao espírito: "Está bem, rapaz. Hei-de mostrar a ti e a toda a gente que Willy Loman não morreu em vão. Ele tinha uma ambição decente. A única ambição que vale a pena ter — a de alcançar o primeiro lugar. . ." Essa é uma fala que tenho a sensação de que eles vão entender sem qualquer dificuldade.

Jantar com Jamie Horsely e um economista da embaixada americana daqui. Os quatro estamos preocupados com o recente rompimento das relações culturais Estados Unidos-China. O senador Goldwater estaria exigindo que "cancelássemos o reconhecimento da China" — algo como deixar de reconhecer a lua. A profundidade da ignorância norteamericana a respeito deste país é deprimente, o que torna ainda mais importante que *A Morte de um Caixeiro Viajante* tenha pleno êxito e talvez ilumine a nossa humanidade comum.

O apartamento e escritório de Jamie, num andar alto do moderno e elegante Hotel Pequim, dá para a praça Tien An Men e para as extensas colunas de candeeiros que, irradiando dela em todas as direções, tinham nesse instante acendido sua luz débil. O céu estava amarelado pela permanente nuvem de poeira do deserto de Gobi. De certo modo, os candeeiros baços da iluminação pública, usando, sem dúvida, lâmpadas de baixa voltagem para economia de eletricidade, parecem simbolizar o ritmo geralmente mais lento da vida chinesa. É esse o ritmo, reminiscente do nosso em regiões do sul estadunidense, cuja perda é tão sentida por muitos que emigram para o atropelo caótico de Nova York ou Chicago. As pessoas param e ficam pachorrentamente batendo papo nas ruas, dando à cidade o aspecto de um conglomerado de inúmeras aldeias. Somente por uma ou duas quadras em torno dos grandes hotéis se registra aquela sensação de anonimato associada à vida numa grande capital.

Às minhas perguntas sobre a saúde da economia chinesa, o economista diz que ela declinou ao nível de consumidor no último ano e meio "porque os caras da indústria pesada estão açambarcando todas as matérias-primas e outros materiais essenciais para eles próprios". Indago se a planificação — existe sempre um plano — exige isso. Mas ele responde:

— Como pode haver um plano, quando eles ainda não têm quaisquer estatísticas profundas? A Revolução Cultural simplesmente aboliu a estatística (considerada, sem dúvida, obra de "intelectuais') e só em parte ela está voltando a ter alguma finalidade útil. A idéia de uma economia planificada é irrisória aqui; ela é simplesmente impossível sem estatísticas bastante completas, e eles estão muito longe disso.

O nosso jantar num restaurante mongol é picante e delicioso; no centro de um vasto recinto vazio existem duas tremendas grelhas em forma de cogumelo, alimentadas por fogueiras de lenha, onde o cliente vai grelhar sua própria carne de búfalo em finas fatias, depois de a mergulhar num molho e borrifá-la com ervas. Isso é precedido de carne de caranguejo, pato e um prato temperado com especiarias de vieiras de água doce. (Inge dormiu por cerca de cinco minutos após esse repasto e eu por uma boa hora.) Os trabalhadores mongóis são os clientes da espaçosa seção da frente, onde as mesas estão cobertas com toalhas de oleado, enquanto que na seção mais reservada do fundo estamos nós e um par de mesas com japoneses; duvido de que os preços não sejam imensamente diferentes quando se cruza a fronteira entre as duas seções do restaurante, tendo o nosso jantar custado uns nove dólares por cabeça, incluindo vários litros de cerveja.

Quer se fale com estrangeiros ou com chineses, é constantemente declarado que a maioria do povo apoia o programa de Teng. Ao mesmo tempo, há sempre uma fila de requerentes na embaixada americana, solicitando vistos de emigração. Isso pode ser menos uma contradição do que uma prova de que existe menos dificuldade e estigma relacionados com a emigração do que antes de Teng Hsiao-ping assumir o governo. Não obstante, é difícil acreditar que o atual encorajamento do lucro e de uma economia de mercado não esteja enfurecendo alguma parcela da burocracia, a qual vê isso, sem dúvida, como a liquidação do socialismo. Os jornais refletem, por vezes, a incerteza; os camponeses recusam-se a comparecer a uma "assembléia de homenagem" convocada para os parabenizar por sua produção e alta lucratividade, sendo o argumento usado por eles que "o Partido Comunista combate sempre os ricos para ajudar os pobres", o que significa que, mais cedo ou mais tarde, os camponeses que fizeram bom dinheiro estarão sendo criticados de novo. O jornal sublinha que isso é uma idéia errônea propagada pelos niveladores da Revolução Cultural, que "ligaram as palavras 'pobre' à revolução e 'rico' à revisionismo. Por isso, as pessoas não se atreviam a ganhar dinheiro ou a usar roupas novas, e só comiam boa comida em sigilo. O resultado foi enraizar-se o conceito predominante de que o Partido gostava dos pobres e abominava os ricos, o que certamente não é verdade... O Partido apoia e protege aqueles que enriqueceram através do trabalho árduo e do conhecimento científico. Ao mesmo tempo, ajudará aqueles que ainda não são ricos — não apenas promovendo o igualitarismo — a fim de que ingressem no caminho da riqueza." Existe uma óbvia importância nisso para Willy e a peça; na verdade, toda a atmosfera psicológica está mudando à medida que ensaiamos e ninguém está certo de coisa alguma — algo que pode ajudar a manter os espíritos abertos a respeito de Willy como animal social.

Ying Ruocheng

Willy e Linda

Willy Loman

Zhu Lin, como Linda

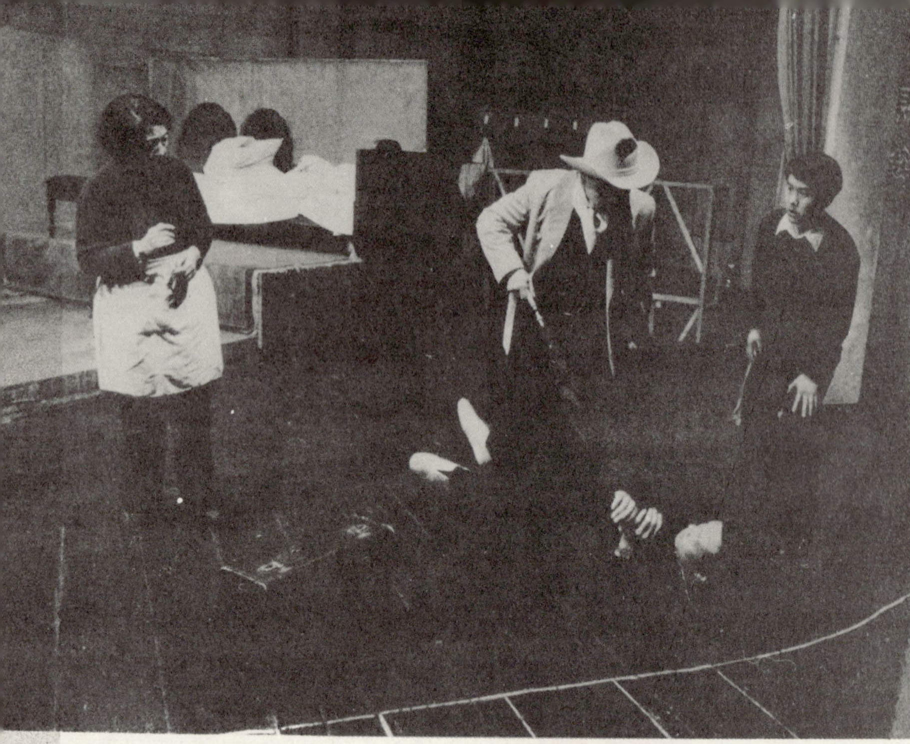

Ensaiando a cena da briga

O diretor examina o guarda-roupa

Charley e Willy ensaiam a cena de jogo no cassino, com o elenco observando e Miller dirigindo

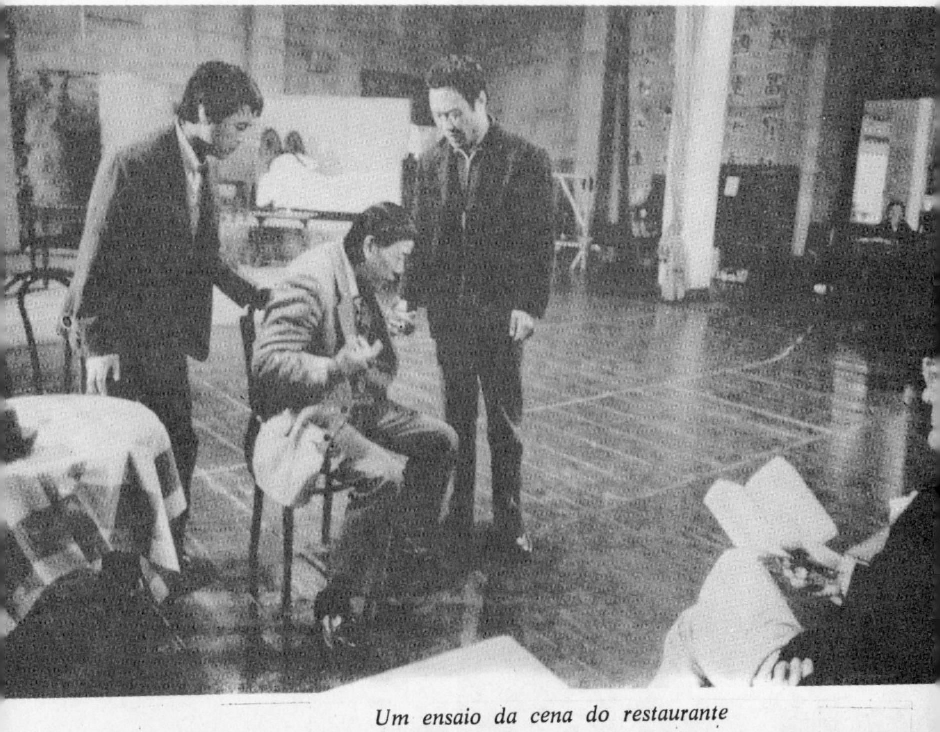

Um ensaio da cena do restaurante

Miss Forsythe

Letta, em indumentária de cena, com a tulipa vermelha

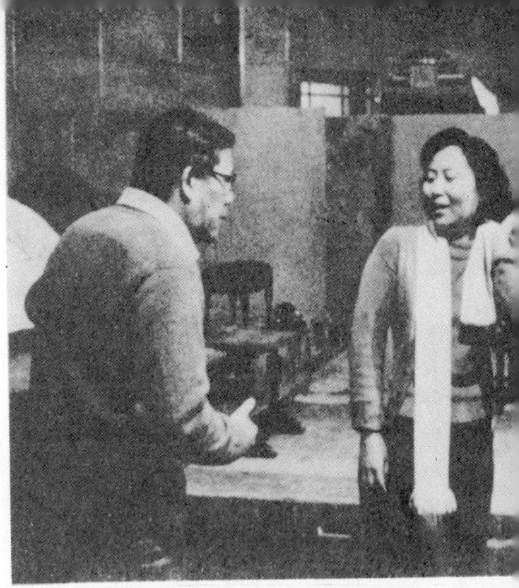

Willy e a Mulher de Boston

Biff

Tio Ben

Bernard

O novo Happy

Cenas de ensaio

A cena do réquiem

Noite de estréia

11 de abril

A curiosidade a respeito da sociedade norteamericana é intensa no elenco de *A Morte de um Caixeiro Viajante,* como foi indicado esta manhã quando, pela primeira vez desde que começamos, decidi esclarecê-lo mais detalhadamente sobre os antecedentes sociais e históricos da peça, seus temas e personagens. Neste tipo de teatro parcialmente subsidiado, onde uma produção pode levar seis meses de preparação até ser encenada, eles estão habituados a tais sessões, mas eu não quis entregar-me a uma palestra dessa natureza enquanto não tivesse uma noção clara de que perguntas seriam feitas e antes que eles tivessem apreendido o significado da própria peça e adquirido alguma confiança em sua capacidade para interpretá-la. Durante os meus três dias de folga, Ying não só os exercitou em suas falas mas começaram a ventilar questões que eles não se atreviam a apresentar ao Especialista Estrangeiro, no temor de que elas revelassem sua ingenuidade ou ignorância. Por exemplo, o que estava realmente envolvido na tentativa de Happy de conquistar a mulher na cena do restaurante, dizendo-lhe que granjeara seu apelido em West Point?

Como Ying lhes explicara, West Point era a Academia Militar dos Estados Unidos mas, na cabeça de Happy, acrescentei eu, representava um *background* muito classudo; ele aproveita-o, entretanto, como garantia de sua idoneidade como companheiro para uma noitada porque, para um Loman, essa imagem de idoneidade é, evidentemente, o oposto de sua natureza caótica e de sua tendência para fugir às obrigações.

— Existe algum paralelo na China? — indaguei. — O que um rapaz diz a uma moça a quem quer impressionar, em circunstâncias análogas aqui? Que mentira ele lhe dirá?

Biff e Happy, os dois atores mais jovens do elenco, soltam risadinhas e Biff adianta-se:

— Ele diria que é um ator. — E acrescenta: — Sobretudo se não for.

Mas Happy está insatisfeito.

— Eu diria que tenho meu pai em Hong Kong.

Isto faz a casa vir abaixo com gargalhadas; alguns batem com as mãos nas pequenas mesas existentes diante de cada cadeira.

— E isso é fascinante para uma moça? — pergunto.

— Ah, sim — Ying traduz Happy —, isso quer dizer que o cara está cheio da nota.

Volta a reinar a calma. O ator que faz Ben — ele diz suas falas com o que a meus ouvidos é um som cáustico e estilizado de aço raspando vidro — tem uma pergunta e impressiona-me agora estranhamente que já não veja a formação de suas pálpebras como vi no início: reminiscentes de uma máscara operística, com os cantos voltados para cima e meio espiralados; talvez eu já não esteja olhando mais para o rosto dele mas dentro dos olhos, e descubro nele um homem sério, de espírito vivo, que normalmente se apresenta com uma certa elegância apurada. Ele encontrou um par de botas pretas de meio cano, e Ying emprestou-lhe um imenso Stetson com que o haviam presenteado o ano passado no Texas, e que Ben passou a usar o tempo todo.

— O que significa realmente — pergunta ele — que Biff queira ir para o Oeste e trabalhar na terra? De que modo o meu personagem está envolvido com o Oeste? Aqueles que regressam do Oeste são mais respeitados ou mais olhados com certa condescendência?

Só Deus sabe o que ele terá em mente; acredito que ele é muito capaz de estar pensando em Biff como símbolo de todo um movimento de jovens americanos que teria "marchado para desbravar o Oeste". Talvez seja impossível neste país de um bilhão de habitantes conceber que um homem possa tomar sozinho esse tipo de decisão. A minha conjetura é que o ator está fazendo confusão com a conquista do Oeste no século XIX — o que colocaria a sua noção da história norteamericana mais ou menos a par da nossa no tocante à história chinesa, ou talvez a supere, visto que há relativamente pouca coisa na nossa que seja passível de interpretação errônea. Mas estou começando a sentir que nos desviamos de qualquer coisa que eles possam *interpretar,* pelo que passo a manobrar a discussão no sentido do sentimento de culpa de Biff por ter frustrado as expectativas de seu pai — quando se trata de interpretação teatral, uma certa dose de história pode levar longe — mas noto um silêncio tão incomum entre aqueles atores que não estão sendo utilizados no momento, e as canetas da nossa meia dúzia de observadores tão a postos, aguardando a nossa resposta para registrá-la em seus cadernos de notas, que finalmente decido responder à pergunta de Ben. O Oeste americano, penso eu, talvez continue sendo ainda o mais fascinante mito americano para os chineses.

— Biff vê o Oeste de um modo que os americanos o têm tradicionalmente visto, simutaneamente como uma fuga da cidade mesquinha e da civilização comercial, e como um lugar de grandes oportunidades. É a nossa arena romântica onde um homem tem que provar que é homem, em vez de dominar mediante o controle de pedaços de papel. Isso nunca foi inteiramente verdade, é claro, mas estou falando agora de mitologia, a qual pode ser até mais importante do que a realidade.

Houve muitos sinais de anuência às minhas palavras, o que não foi de estranhar se levarmos em conta que eles saíram tão recentemente de um regime miticamente irreal.

Surpreendentemente, Linda levanta a mão. Há uma expressão de fervor imaginativo estampada em seu rosto, como se tivesse sido empolgada por uma nova e fascinante idéia.

— Houve muitas mudanças desde a Revolução Cultural — começou ela. Shen está traduzindo; Ying parecia descansar sua voz tão exigida, mas noto que policia cuidadosamente a tradução da nossa intérprete. Linda continua: — Anos atrás, antes da Revolução Cultural, eu não teria hesitado em ajudar meu marido a empacotar suas coisas, se ele tivesse querido ir para o interior a fim de ajudar na agricultura ou para alguma agreste região de fronteira onde pudesse contribuir para o seu desenvolvimento.

Silêncio, enquanto ela passa a língua pelos lábios secos, os olhos cheios de emoção.

— Mas agora, eu não concordaria em que ele deixasse esta cidade por qualquer razão. E não entendo; não entendo a minha própria psicologia.

Em sua expressão de perplexidade, vislumbro até que ponto ela está profundamente enterrada em seu próprio passado — no passado de todos eles. Para mim, a coisa parece muito simples: ela deixou de acreditar naquilo em que acreditou outrora. Mas na pobreza e vida de sacrifício deles, têm necessariamente vivido para o futuro, muitíssimo mais do que as nações mais satisfeitas, e é terrivelmente doloroso fazer subir à consciência a própria perda de fé, que era tudo o que a sustentava. Mas acredito em Linda: ela não pode sondar sua mudança psicológica.

— Em 1958 — continua ela — muitos trabalhadores partiram para ir trabalhar, mesmo sem salário, em lugares onde estavam fazendo imensa falta, apenas pela comida, água e um local para dormir. Uma razão, é claro — acrescenta sem grande convicção —, é a grande diferença entre a cidade e as agruras da vida do campo, mas...

Linda interompe-se, sem concluir. Biff interpõe-se:

— Eu acho que em 1958 as coisas estavam ainda piores.

Novas risadas e uma algaraviada de conversas cruzadas, quando cada um tenta meter de permeio suas próprias e confusas experiências dos últimos 25 anos. Biff, agora com 38, era ator num teatro do exército mas teve o azar de "apoiar o lado errado" nas implacáveis hostilidades no seio do Partido nessa época, e ficou literalmente à deriva até encalhar neste teatro, há uns dez anos. Ele é, apesar da sua intensidade de sentimento e uma certa efervescência interior, um tipo despreocupado, capaz, como se costuma dizer, de "dar uma cambalhota sem derramar o copo". Ele compartilha esse temperamento com o muito mais gaiato Happy, que também foi soldado. De fato, ele foi destacado para a guarda da escola de quadros onde Ying e Charley tinham sido mantidos como exilados durante o período fatídico. Ying lembra-se de Happy como um garotão meio moleque que passava as tardes caçando rãs para pantagruélicos banquetes de coxas de rãs no dormitório. Eles ainda falam a respeito de uma noite em que Happy apareceu com 200 rãs.

Por qualquer razão, somos levados para uma discussão do tema da oportunidade, que é tão central no pensamento de Willy, e procuro traçar um quadro do caixeiro viajante americano na década de 1920 e antes. Ele era uma força vital na edificação da estrutura e da rede comerciais do país. O caixeiro viajante precisava de pouca ou nenhuma educação mas de uma personalidade cativante e de uma fé inabalável na inevitabilidade de melhores negócios na semana seguinte. Todo o caixeiro viajante conhecia algum outro homem que acertara em cheio, abrira sua própria firma e morrera respeitado e rico. O mito do caixeiro viajante exemplificava uma sociedade aberta onde um homem podia, praticamente da noite para o dia, pular para o pelotão da frente se tivesse fôlego e obstinação. Menciono depois o teatro, a expectativa americana de que um ator não precisa de mais de um ou dois anos de treinamento para aspirar à sua grande oportunidade.

— Aqui — interrompe Ying — ele passa por todos os estágios, do primeiro ao último, gradualmente, ao longo de muitos anos.

— Como os postos num exército — disse eu, e todos anuíram, ironicametne, e riram.

Discorro sobre os começos explosivos no palco, como o de Marlon Brando — que ele realmente principiara a trabalhar há pouco tempo quando as pessoas começaram gravitando na direção dele e de sua aparentemente mística concentração, de sua "egoidade". Ora, Willy acredita justamente nessa espécie de começo fulminante, arrasador. E assim, seus filhos nunca foram treinados, não têm paciência para todo o processo de esperar e protelar o momento de saciar qualquer espécie de sede que acaso sintam. São narcisistas e, na sociologia da década de 1960, exemplificariam o narcisismo da sociedade de consumo.

A reação a este comentário foi ambígua e hesitante, como se eu tivesse tocado num nervo a descoberto. Eu sei que os bancos chineses, por exemplo, estão abarrotaods com as poupanças de pessoas que se abstêm de efetuar grandes compras, como máquinas de lavar e geladeiras, aguardando que cheguem às lojas mercadorias de melhor qualidade. Não faz muito tempo, teriam aceito, felizes da vida qualquer coisa, mas a sofisticação a respeito de artigos está se propagando rapidamente. Esses atores estão vivendo algo novo na China, um mercado comprador, o que significa que o consumidor pode sentir um poder com que jamais sonhou antes. Mais do que isso, existem planos de venda a prestações para a compra de itens de alto preço, de modo que a característica principal da vida de Willy já cruzou o Pacífico. Em suma, a reação dos artistas diz-me que não é tão fácil aqui, não por enquanto, identificar um entusiasmo comum por artigos e invenções que melhorem o padrão de vida com o narcisismo, que se aplica melhor à intemperança, ao desperdício e à ostentação. Ao mesmo tempo, dou-me conta de que também aqui as Coisas estão se instalando na sela para cavalgar a Humanidade, e isso preocupa as pessoas, como sempre deve em toda e qualquer Nova Jerusalém emergindo de seu estado de sítio.

Continuam surgindo as perguntas a respeito dos "ideais" de Biff, e pressinto uma certa vacilação nesses atores chineses quando abordamos o tema do idealismo. Entre muitas outras coisas, a Revolução Cultural começou como um verdadeiro paroxismo de militância idealista, um ímpeto brutalmente maníaco de uniformidade igualitária, e essas pessoas parecem esquivar-se a comentar diretamente sobre o idealismo como conceito. Elas querem, em palavras claras, prosseguir com a construção do país e não se deixar apanhar em qualquer conversa fiada mais teórica.

Assim, a história de *A Morte de um Caixeiro Viajante* pode ser comovente e interessante para eles, não por quaisquer reflexões adversas sobre a sociedade americana mas por suas relações de família, em que vêm espelhadas as suas próprias. Referindo-se ao seu pequeno público nos fundos da sala na noite de sábado, quando eu estava fora, Linda observa:

— A maioria dessas pessoas chorou porque a vida delas é como a de Willy, sobretudo a sua esperança de que os filhos se convertam em verdadeiros dragões.

A isto, Ying Ruocheng acrescentou:

— Elas não têm esperanças de ficar ricas ou famosas, são homens e mulheres comuns. Mas esse conflito na peça — esse conflito de gerações —, podemos identificar-nos com ele, é cem por cento chinês.

Quanto à repulsa de Biff pela desenfreada luta competitiva na cidade representar um "movimento" dos jovens americanos — a pergunta de Ben — respondo que, em 1948, quando a peça estava sendo escrita, a maioria dos Hippies ainda não tinha nascido ou usava fraldas, e que isso é uma reação do próprio Biff, não algo que ele leu em alguma revista. Estou ciente de que os atores, é claro, vêem a Revolução Cultural também como uma reação violenta contra uma sociedade de ordem que exigia a renúncia, que insistia no lento avanço de acordo com uma escala rigidamente prescrita, até se alcançar a maturidade e a plena realização pessoal. Pergunto agora a mim mesmo se eles não estarão querendo devasar-me para localizar a posição de Biff em face *dessa* revolta catastrófica; por isso trato de enfatizar, muito sinceramente, sua mente apolítica. Esses atores, porém, são politicamente muito mais refinados do que a maioria de seus colegas em elencos americanos ou europeus, e não tardam em mostrar-se satisfeitos pelo fato de Biff não estar na peça para infiltrar alguma mensagem política.

Tentando fazê-los compreender o conceito político que têm da peça, Ying Ruocheng explica-lhes como "os princípios e emoções subentendidos na rejeição do mundo dos negócios por Biff só adquiriram forma política uns quinze anos mais tarde nos Estados Unidos." Esboça um sorriso e acrescenta:

— Os ultra-esquerdistas iniciaram o chamado movimento Hippie. A maioria deles eram filhos de gente rica. — Os artistas arregalam os olhos em divertida surpresa e alguns riem incompreensivelmente. — Essa gente vestia como proletários, deixou os cabelos crescerem como um modo de desafiar os homens de negócios, que se barbeavam e freqüentavam cabeleireiros.

Não resisto a acrescentar:

— Algum tempo depois, entretanto, os chefões também passaram a usar os cabelos compridos e, em dada altura, algumas pessoas bastante poderosas adotaram sandálias, brincos e cordões — todo o mundo estava entrando no jogo...

De súbito, em meio às risadas gerais, ouço Ying:

— O produtor de Bob Hope usava camiseta e realmente parecia um Hippie mas era um milionário!

Sacudidas de cabeça, risadas e gargalhadas. Ying tinha atuado como intérprete para o *Bob Hope Special* produzido na China e entusasmara por ele o público chinês. Também consertara, para consumo chinês, algumas das piadas menos inspiradas de Hope.

O nosso Biff parou de rir para perguntar:

— Mas Biff entrou nesse gênero de coisa?

Ele ainda estava alarmado, sem dúvida, por ter de interpretar um Hippie incipiente, o que, em termos chineses, está muito próximo de um Guarda Vermelho.

— Não, não — apressei-me em tranqüilizá-lo. — A reação de Biff é estritamente pessoal. Mas como estamos falando de Hippies, devo dizer que, tal como a Revolução Cultural, esse movimento também começou como uma autêntica crítica à desumanização da sociedade.

Isto silenciou-os; muitos deles recordavam bem como tinham aplaudido as primeiras manifestações do que parecia ser uma nova liberdade para criticar a burocracia, os professores apáticos e superados, os regulamentos absurdos ou ridículos de toda a espécie.

— Mas — prossigo — tudo degenerou, simplesmente, num novo estilo de vida e, para alguns, numa nova forma de egoísmo e de conquista do poder baseada no acossamento das pessoas de meia idade. No vosso caso, é claro, a coisa foi muito mais longe...

Interrompo-me, pressentindo que eles não desejam confrontar a história diretamente; devemos manter a discussão no âmbito da peça, o que para mim está ótimo.

Howard, o patrão de Willy, quer saber qual é o tamanho da companhia e digo-lhe que é de porte médio para o período, talvez com uns vinte caixeiros viajantes que percorrem as várias cidades. Também quer saber se, quando herdou a companhia do pai dele, Howard encontrou-a próspera ou decadente. Era próspera. Parece que isso lhe dá satisfação pessoal, preferindo tê-la desenvolvido por si mesmo.

Ben ainda está curioso a respeito da posição social de seu personagem. Por que razão, por exemplo, ele parece condescender com a profissão de caixeiro viajante de Willy? Ben, explico, é o explorador agressivo, aventureiro, que arrisca a própria pele e transforma o planeta, derrubando florestas, cavando minas em busca de ouro e assim por diante. Esse tipo só pode sentir desprezo pelos indivíduos caseiros, que basicamente não fazem mais do que trocar bens e desse modo abiscoitam um pequeno lucro.

— Isso talvez esteja relacionado com o desprezo feudal pelo mercador, em contraste com o soldado, que estava sempre no topo da pirâmide nas sociedades feudais...

— Exceto na China — corrige-me Ying, não sem uma ponta de orgulho. — O topo aqui era ocupado pelo sábio-filósofo, embora o mercador esteja certamente embaixo.

— Em todo o caso, Willy tem que compensar sua vocação, que nada tem de nobre a seus próprios olhos, e por isso romantiza Brooklyn para Ben, e se não há ursos e tigres, existem coelhos e cobras, e Biff também tem coragem bastante para ir roubar madeira de um prédio em construção nas vizinhanças e levá-la para casa, um autêntico pioneiro.

Risos. Amplio agora esse quadro, em atenção a Ying:

— Ele também romantiza o passado do caixeiro viajante.

— Diexe-me contar-lhe isso — pede Ying e, durante alguns minutos, fico calado, enquanto eles escutam, fascinados, o resumo que lhes é apresentado da minha história do caixeiro viajante de antigamente, quando o individualismo inflexível tinha alguma realidade.

Nesse hiato, recordo um banquete que nos foi oferecido há alguns dias pelo dirigente máximo do *establishment* cultural, Yuan Yingnan, o veterano revolucionário que serviu em Yanan com Mao. Tendo estudado na Alemanha na década de 1930 e casado com uma alemã, ele possui alguns conhecimentos do ocidente.

— O público entenderá sua peça — comentou ele —, embora não tenhamos caixeiros viajantes. O que possuimos em abundância é compradores viajantes. Todas as grandes empresas industriais têm homens percorrendo o país em busca de materiais. Mesmo uma cidade como Pequim tem gente que circula permanentemente por essas estradas para comprar verduras. Isso é um grande negócio e essas pessoas também estão ficando ricas.

Nunca me atrevi a perguntar-lhe como é que elas enriquecem mas posso imaginar.

Ocorre-me agora que um número cada vez maior de perguntas gravita em torno de um único tema: a alienação de Biff e Willy da sociedade capitalista — o filho ao afastar-se dos negócios e o pai ao assumir a culpa por ter fracassado neles. Assim, falo-lhes um pouco a respeito de David Thoreau e Walden Pond, a rejeição por eles do progresso que faz a Humanidade ser dominada pelas Coisas.

— O mero estrépito de uma estrada de ferro era o bastante para deprimir e encolerizar Thoreau, porque ela ameaçava a natureza, a fonte de todo o bem.

Posso ver a perplexidade deles ao ouvirem isso; aqui, num país que necessita de tudo tão desesperadamente e recorre a todos os países estrangeiros em busca de tecnologia para modernizar-se, é impossível imaginar que tudo isso seja seriamente rejeitado. Em muitos aspectos, a China está vivendo com o atraso de um século, tempo americano.

— Eu não estou, e a peça não está, advogando a filosofia de Thoreau; mas existe um traço de romantismo agrário em nosso pensamento americano, como que uma nostalgia daquele tempo mais simples em que as relações eram mais pessoais. Thoreau estava refletindo o fim de uma era em que o agricultor independente era rei;

ele presenciou a indústria pesada avançando para ocupar sua posição dominante, trazendo em sua esteira uma nova cultura e novos valores de comercialismo e aquilo a que Marx chamou o curso da moeda. Ben, o irmão de Willy, vive em sua mente como o homem livre, o criador de riqueza, tudo o que tem força, amplitude e a alegria do aventureiro. E, inconscientemente, preparou seu próprio filho Biff para a sua revolta contra o que ele, Willy, fez de sua vida e contra o que sempre cultuara: o sucesso material. Entretanto, em seu íntimo, existe uma desconfiança, até um desdém, pelas relações baseadas unicamente no dinheiro.

Volto-me para o ator que faz Howard, um ex-protagonista romântico, agora em seus 50 e poucos anos e parcialmente calvo, sobre quem penso que está falseando seu deesmpenho com uma imitação do que ele supõe ser a sofisticada desenvoltura americana; mas sua excitabilidade inata intromete-se amiúde e ele está subitamente agitando os braços e rindo nos lugares errados e criando "atividade" que se resume a pouco mais do que vacuidade enfeitada.

— É isso o que Willy está tentando dizer-lhe. . . que a impessoalidade do negócio está destruindo-o. E qual é a sua resposta?

Enquanto estou falando em inglês, esse ator volta-se para conversar com seu vizinho — ele adora um papo, e mesmo quando Shen, minha tradutora agora, repete minhas palavras em chinês, ele não as escuta. Chamo a atenção dele, ordeno-lhe que me ouça e volto a explicar.

— A sua resposta é que nada pode fazer por ele. Ambos estão tolhidos na mesma engrenagem.

Ele faz que sim com a cabeça, inexpressivamente. Vou ter que lhe pegar gentilmetne pela mão e fazê-lo repetir seu papel, fala por fala.

— A peça — concluo — não tem a solução para esse problema, o da alienação acarretada pelo avanço tecnológico, porque eu não tenho a solução. O que apresento é o preço que pagamos pelo nosso progresso. Talvez. . . você saberá isso muito melhor do que eu. . . haja certa relevância para a China nessa questão.

É claro que tenho procurado ensinar a peça mas está mais claro para mim agora que o principal obstáculo, à parte os usuais em qualquer produção, é a minha dificuldade em ver a peça e a América do modo que eles as vêem. Talvez eu seja desconfiado demais, mas a própria facilidade com que eles se metem na pele desses personagens é para mim um sinal de que o fizeram apenas superficialmente; de modo que, mais tarde, quando chegar o momento dos sentimentos profundos, eles terão somente a técnica. Devo sondar até os lugares mais profudos, mais recônditos, onde eles realmente vivem suas vidas chinesas e, para isso, tenho que induzi-los a exporem-se, a revelarem ainda mais de suas próprias referências que se equiparam aos eventos e idéias na peça. A ação que não é pessoal tende a ser um arremedo de si mesma e a denunciar sua superficialidade quando chega o momento de se mostrar em cena.

Vejo, agradecido, que a questão de sua relevância para a China desencadeou uma longa discussão entre Ying e quase todos os membros de seu elenco, e aguardo a tradução. O relato de Ying é sucinto e feito com o seu sorriso manchu, a boca franzida e os olhos ladinos.

— Eles estão dizendo que já estamos suficientemente comercializados... que agora temos de pagar por tudo!

— Estão se referindo — pergunto, depois de cessar o riso geral — ao que observei nestes últimos dias nas ruas, pequenos grupos de jovens cavando a terra defronte dos edifícios de apartamentos e outras residências menores para plantar árvores? Pareceram-me ser vizinhos que estão trabalhando voluntariamente, sem cobrar nada por isso... ou não?

— Ah, sim — diz Ying —, esse gênero de coisas ainda funciona. Mas a verdade é que temos agora ambos os sistemas, um conjunto comercial de valores, em que tudo é pago, e um conjunto socialista, cooperativo, os dois caminhando juntos.

— Mas você prevê o dia em que, quando a sociedade estiver mais comercializada, serão chamados os especialistas, por exemplo, pagos para plantar árvores?

— Sim, certamente que sim. Isso já acontece em alguns lugares. Se você quer saber — e seu tom é um tudo nada melancólico —, é difícil conseguir hoje alguém que faça alguma coisa se não for por dinheiro. Os jornalistas saem para o interior a fim de entrevistar camponeses e concordam em fazê-lo mas querem que lhes paguem pelo tempo que ficam fora! E isso é porque eles estão agora fazendo lucros e o tempo passou a ser dinheiro e então por que demônio haveriam de o dar gratuitamente?

Todo o mundo está sorrindo e dando risadinhas, em reconhecimento dessa nova e perturbadora comercialização da vida na China; para eles, a questão parece inquietante. Talvez seja porque significa progresso mas, ao mesmo tempo, endurece-os em suas relações mútuas. Em todo o caso, suspeito de que Ying Ruocheng alimenta uma desconfiança de aristocrata em relação ao dinheiro; ele referiu-se por diversas vezes, de um modo favorável, a quão pouco uma pessoa necessita dele para viver aqui; e, certa tarde, analisamos a etmologia de dinheiro-como-excrescência, aplicando-a à psicologia de Willy. Este vacila entre a idolatria e o desprezo pelo dinheiro. Na psicologia freudiana, sublinhei, o dinheiro é como fezes e no folclore chinês, diz ele, é a raiz de todo o mal. Como ator, Ying parece absorver tais idéias como um fortalecimento reconfortante, algo que lhe devolve a segurança; também penso que elas conferem dignidade ao seu papel.

Com freqüência, quando os atores parecem perder concentração e uma cena se desmancha, peço a Ying Ruocheng uma tradução exata do chinês. Na cena do final do Primeiro Ato, Willy instrui Biff, que está decidido a tentar obter um empréstimo de dinheiro do seu ex-patrão, Bill Oliver, para que vista um terno sóbrio de executivo, "nada de aparecer ao Oliver com jeans e blusa esportiva". Mas, em chinês, "terno' só pode ser "terno ocidental", o que seria ridículo, já que eles estão no Brooklyn. Assim, ele teve que traduzir como "o teu terno azul", o que significa paletó e calças condizendo, ou terno ocidetnal — embora não necessariamente em todo o uso.

Um problema mais sensível é apresentado pela atriz que faz Miss Forsythe, a mulher que entra no restaurante onde Happy está esperando por Biff e Willy. Ela quer saber se Miss Forsythe é uma prostituta tentando arranjar homens e, se não for, o que pode estar ela fazendo nesse restaurante, pedindo uma bebida alcoólica e fumando um cigarro sozinha?

Devo fazer uma escolha rápida — se disser que ela é uma *call girl*, como Happy suspeita, terei a tarefa de explicar que essas mulheres têm exatamente a mesma aparência e conduta de qualquer outra mulher nessa situação, algo que desconfio ser suscetível de desorientar por completo essa atriz, deixando-a sem uma imagem para imitar ou representar. Por outro lado, se disser que Miss Forsythe é uma prostituta, receio que ela sinta inevitavelmente que tem de imitar alguma glamorosa *huri* americana jamais vista na terra ou no céu. Assim, opto por dizer-lhe que ela é um modelo fotográfico, como o diálogo indica, que teve um duro dia de trabalho e deu uma pequena parada para descansar e tomar um drinque. Os chineses adoram descansar; o *chu-chi* é uma das mais profundas compensações da vida; sou constantemente aconselhado a fazer um *chu-chi* e, de fato, não tardo em descobrir que estive trabalhando esses atores com excessiva intensidade.

A minha explicação parece aliviá-la de ter que personificar um tipo imoral, um tipo que, ademais, não pode ter encontrado nunca na vida. Ela é uma mulher alta, de boa aparência, por volta dos 35 anos, com um rosto rechonchudo e de expressão ingênua, e que deu para usar um pateticamente surrado gorro de algodão verde, com uma borla no alto; usa-o bem descaído de um lado para indicar sua personalidade espalhafatosa e *risqué*. É claro, ainda está com suas calças-saco marrons e um suéter, e vai e vem do trabalho em sua bicicleta, como todo mundo.

— Por outras palavras, as coisas que ela diz a Happy a respeito de ter aparecido na capa de uma revista, tudo isso é verdade?

Como lhe confirmasse isso, ela considera-se enfaticamente satisfeita; agora sabe em que terreno pisa.

Mas, para reforçar essa tênue, ainda que — para ela — satisfatória explicação, sinto que tenho de acrescentar:

— Só Happy opina, falando dela, que "não se encontra uma boa mulher num milhar", mas isso é uma idéia *dele*. Para Happy, uma mulher ou é boa, como a mãe dele, ou não anda muito longe de ser prostituta.

Os atores que ouviam a conversa riram, numa prova de reconhecimento tão óbvia que tenho a certeza de ter atingido o alvo em cheio. Como diz a canção cockney, *It's the sime the 'ole wordd over.*

Ao abordar Miss Forsythe no restaurante, Happy assume uma certa postura nobre e seus gestos são desenhados com elegância; posso vê-lo em quimono, com longas e amplas mangas. Mas não consigo reunir coragem para lhe dizer que dê ao seu comportamento um ar mais natural, se assim posso expressar-me, porque ele está com um aspecto tão belo! Há só um problema: no momento em que ele vê seu corpo nessa forma, seus olhos começam se desviando até ficarem olhando de frente para o público. Se eu pudesse conseguir que ele fizesse uma coisa sem a outra!

Existem sinais manuais chineses que eles tendem a usar toda a vez que aparecem números nas falas, mas os atores que estão assistindo caem sempre na gargalhada quando vêem isso acontecer no ambiente supostamente americano, de modo que a coisa está gradualmente desaparecendo de suas atuações. Happy usa um maravilhoso gesto quando diz, "Eu bem que te disse que ela era uma piranha!" — com a mão voltada para cima, bate com quatro dedos rapidamente contra a palma. Deixo as coisas nesse ponto; o gesto provavelmente dirá tudo.

Fomos cativados pela rotina da vida em Pequim, muito mais relaxante do que os rigores de um *sightseeing*. A mente do turista impele sua atenção para as exterioridades, mas residir no lugar deixa, pelo contrário, que as coisas nos penetrem, se interiorizem. Percorrer meramente as mesmas ruas quatro vezes ao dia, nas idas e vindas do teatro, é notar as mudanças — diferentes verduras à venda de um dia para o outro; cobertores surgindo subitamente numa corda estendida entre árvores de um lado ao outro do passeio; um marceneiro preparando defronte de sua casa as madeiras para os móveis que lhe encomendaram, por não ter lugar para fazê-lo dentro dela; uma tenda armada no passeio, dentro da qual dois rapazes estão prensando algodão em placas finas para cobertores, que venderão com lucro. (A fim de reduzir o desemprego entre os jovens, o governo encorajou-os a iniciarem seu próprio negócio.) Todo o trabalho de marcenaria e carpintaria é feito sem ferramentas mecânicas e as operações de corte e entalhe são conseguidas com um pequeno machado, que eles manuseiam com extrema delicadeza. As plainas remontam provavelmente ao tempo de Kublai Khan, com pegas em forma de chifre sobressaindo de cada lado. Os móveis fabricados nas ruas baseiam-se em esboços fornecidos pelos clientes e sobre as estruturas são coladas delgadas folhas de compensado de, talvez um oitavo de polegada, que adquire um aspecto semelhante ao do chamado mogno filipino, ou *lauan*, uma madeira branca e macia muito barata que pode, entretanto, adquirir um colorido muito atraente. Tal como os marceneiros em qualquer parte do mundo, eles não se importam de ser observados enquanto trabalham. A maioria deles tem, certamente, menos de 30 anos, alguns bem mais jovens do que isso.

Há um fluxo e refluxo de rostos dia após dia, um vaivém como o de seixos que rolam ao sabor das ondas do mar. Impossível esquecer que o número deles espraia-se destas ruas para vastidão sem fim deste país — um bilhão de rostos, cada um guardando seus segredos, cada um em busca de algo melhor. Entretanto, não são indisciplinados nem turbulentos em suas multidões — à primeira vista, dir-se-ia ser esta uma cidade de filósofos, tal é a serenidade que se reflete em seus rostos e o brilho intenso de uma inexaurível inteligência. Um jovem ciclista parou ao nosso lado, quando passeávamos num fim de tarde, e num inglês surpreendentemente competente perguntou-nos de onde éramos e, após um breve diálogo, foi a minha vez de lhe perguntar em que trabalhava. Era um motorista de caminhão a caminho de casa para o jantar. O proletariado, sob todos os aspectos, está muito longe de ser uma turba iletrada, tendo usufruído de muito mais instrução em especial nestes últimos anos. Na verdade, o problema deles está em encontrar trabalho apropriado ao seu nível acadêmico, um dilema que hoje existe desde o Cairo até ao Rio de Janeiro.

A vida na rua está maravilhosamente aberta ao ciclista, agora que o ocidental já não é mais a surpresa que era cinco anos atrás. De fato, somos completamente ignorados. A melhor hora para circular por aqui é por volta das seis e meia da manhã. Numa rua barulhenta com o trânsito mais intenso do início do dia, um homem está escovando os dentes debruçado sobre um bueiro, um cotovelo a poucos centímetros da lateral de um ônibus que passa estrondeando. Sobre um outro bueiro, um bebê é erguido no ar por sua mãe enquanto o lava, e as vovós estão começando um dia atarefado nos arranjos de casa. Mais tarde, os homens mais idosos — nunca as mulheres — começarão seus jogos de xadrez, usualmente três homens para cada tabuleiro, um de mirone. E, numa esquina, está acocorado um livreiro, suas duas ou três dúzias de livros colocados de pé em caixotes, e um par de homens igualmente acocorados ao lado dele, lendo os livros que lhe alugaram por uma hora. Isso traz-me à lembrança histórias de meu pai a respeito do baixo *East Side* nova-iorquino do começo do século, seu apartamento num cortiço com a privada no fundo do quintal, os filósofos congregando-se nos alpendres, os futuros gangsters, e juízes, e autores de canções, gritando nas escadas de porão... Uma grande mudança de há cinco anos a esta parte, além do nível muito mais elevado de pura energia nas ruas de Pequim, é a redução no montante de cusparadas. Mesmo assim, Jamie Horsely conta-me que continua passando ao largo de pessoas que estão tossindo, durante sua corrida de todas as manhãs, e tem "Não Cuspa" em chinês na frente e nas costas de seu *jogging*.

Inevitalmente, corre a história do camponês surpreendido quando cuspia por um policial, que o multa em dois *mo* e exige o pagamento na hora, como a lei determina. Mas o camponês só tem uma nota de cinco *mo* e o policial não tem troco. Então o homem cospe de novo e dá ao policial os cinco *mo*. Falando de policiais, soube que o nosso diretor de cena tinha sido um monitor, por assim dizer, dos Guardas Vermelhos e o responsável pela disciplina entre os artistas da companhia durante a Revolução Cultural. Entretanto, parece não haver animosidade contra ele agora, apesar de lhes ter dado uma vida bem dura, de tempos em tempos. Tampouco desejam falar sobre os "equívocos" do homem no passado. Esse é mais um exemplo da determinação de enterrar o passado e tratar de construir uma nova China, uma tarefa que tem sido dificultada por brigas intestinas. Esse homem, devo dizer, é sempre amável comigo, mas quando chega a hora da nossa pausa, ele adora pôr-se de pé de um salto e investir na minha direção, com o dedo indicador batendo energicamente no vidro de seu relógio de pulso, como que para assinalar que eu já violara a regra. É um sujeito gorducho, sempre pressuroso em voltar a encher a minha xícara de chá, e provavelmente não é um camarada ruim.

12 de abril

Ao sairmos do teatro ao meio-dia, Ying e eu fomos envolvidos pelo calor de um dia de sol brilhante, para nos defrontarmos com um repórter do telejornal da NBC que queria saber o que pensávamos da concessão de asilo político à jovem tenista e do conseqüente corte das relações culturais com os Estados Unidos pelos chineses. Eu disse que me parecia "completmente desnecessário", referindome à ação do governo norteamericano, mas um momento depois perguntei-me se isso não poderia ser mal interpretado como alusão à reação chinesa à iniciativa de Washington. Mas continuei caminhando para o nosso carro, preferindo não correr o risco de envolver a produção ainda mais nesse estúpido contratempo. Ying e eu dissemos a Sandy Gilmore, o repórter — que caminhava às arecuas, orientando seu cinegrafista da NBC, quase caindo os dois por cima do pára-choque do carro — que *A Morte de um Caixeiro Viajante* não fora envolvida até agora e provavelmetne não seria, porquanto era particularmente patrocinada. Não estou muito certo disso, neste momento.

Num espasmo de otimismo, escrevia uma carta convidando o Premier Teng Hsiao-ping para a estréia, mas as pessoas não acreditam que ele venha, dadas as relações agora tensas entre a China e os Estados Unidos, além de sua falta de interesse pelo teatro e sua paixão pelo bridge.

É maravilhoso como Zhu Lin, a nossa Linda, ampliou logicamente sua nova posição no papel, de modo que a vejo realmente alarmada na cena de abertura quando Willy regressa a casa, abortada a sua viagem de negócios. Ela tampouco mostra a menor tendência para representar voltada para o público, algo que foi eliminado numa questão de dias.

Trabalhei com Howard cerca de meia hora na sessão da tarde. Ele é realmente dono de um complicado aparelho de alta fidelidade, que comprou em Hong Kong, e faz demonstrações a todos os seus amigos com tremendo orgulho.

Quando tive conhecimento disso, alguns dias atrás, pensei em relacioná-lo mais com o gravador que obceca o personagem quando Willy entra no escritório dele para solicitar sua transferência para um cargo em Nova York. Mas, ao que parece, consegui relacioná-lo tão profundamente com o gravador, que deixou de prestar atenção a Willy. Assim, tenho de o fazer voltar atrás agora. Em minha frustração, subo ao palco e faço eu mesmo o papel, por alguns momentos, e isso teve um bom efeito nele — que me imita muito bem. Talvez seja essa a maneira de fazer as coisas acontecerem com ele. Possui a superficialidade certa para o papel, mas este ainda está difuso, fora de foco. No entanto, ele está ansioso por acertar.

Venho tentando encaminhar Ying Ruocheng para aquele tipo místico de assombro que sempre senti ao encontrar-me com alguém a quem não via há anos e que, desde então, cresceu e amadureceu. Ele precisa sentir isso quando sai da cena-no-passado em que corre atrás de Charley, que zombou de sua excitação por ver Biff estrelando seu *team* no jogo no campo de Ebbets. Agora, ele vê-se de súbito no escritório de Charley, diante de Bernard — a quem vira pela última vez ainda garoto e que agora está ali em pé, um homem, um advogado, para o receber com um aperto de mão. Essa talvez seja a transformação mais mágica da peça, em parte por ser tão rápida e, no entanto, tão lógica; mas uma boa parte do efeito depende de como Willy se apercebe dessa angustiante passagem do tempo, de como ele olha para o jovem advogado e literalmente contorce sua mente para focalizar-se nele. De qualquer modo, em nossas discussões, Ying viu-se obrigado a dizer-me:

— Na China, felicitamos uma pessoa porque ela parece muito mais velha do que da última vez que a vimos mas, nos Estados Unidos, vocês estão sempre dizendo às pessoas que aspecto maravilhosamente jovem elas têm. Temos aqui um ditado, "Nunca confie assuntos importantes a um rosto imberbe".

Não obstante, ele realmente parece inundado de felicidade quando, finalmente, se dá conta de que está face-a-face com um Bernard adulto.

Leio novelas por escritoras chinesas antes de me deitar. Uma surpresa: um novo tom trágico em vez do enfadonho ufanismo do "realismo socialista". No entanto, é triste pensar que foram precisos tantos anos para voltar ao princípio — onde se reconhece que a vida não foi "resolvida". E, assim, surgem personagens agora que se assemelham a pessoas que talvez não conheçamos mas podemos imaginar. Isso lembra-me uma coisa que me foi dita por um congressista de Cincinnati em meu depoimento perante a Comissão de Atividades Anti-Americanas, da qual ele era um dos membros.

— Por que é que você — perguntou ele, olhando-me do alto de sua poltrona na mesa elevada em que tinham assento os inquiridores — escreve com tanta tristeza?

De um modo geral, a vida privada dos políticos é tão mesquinha, tão deplorável, mas como manipuladores do poder, todos eles exigem tons de progresso e júbilo. A propósito de otimismo, penso no ópio — é impossível deixar de tentar imaginar o que esta cidade pode ter sido antes da Revolução pôr fim ao tráfico de ópio — e isso leva-me até aos tipos de Timothy Leary e ao otimismo deles.

Ou foi essa apenas uma reação americana às drogas? Toda a coisa nova que fazemos torna-nos mais felizes, ao que parece.

Provavelmente em resultado de notícias espalhadas de boca em boca pela nossa pequena mas assídua platéia — entre seis e quinze pessoas no máximo — começou uma corrida para obter entradas. Presta-se sempre muita atenção aos boatos sobre novos espetáculos porque as entradas para os melhores são rapidamente encampadas por organizações mas também porque as pessoas não confiam no que os jornais dizem a respeito de uma peça — exceto para correrem a ver aquelas que são condenadas como antissociais, sob um ou outro aspecto.

14 de abril

Um fraco ensaio geal ontem à noite; Willy estava tenso, seu desempenho foi displicente, sua alma estava ausente. Excesso de direção? Ter-lhe-ei dado coisas demais para recordar? Será o momento de o deixar em paz?

Charley lembra-me Henry Fonda, com uma espécie muito parecida de imperturbável boa vontade e a mesma tendência para cair no sentimentalismo. Posso ver que, tal como Fonda, ele desempenha sempre bons moços, mas é realmente um ator com recursos para ir muito além. Na peça, o personagem transmite senso comum e parece-me agora que o perigo está em que ele o interprete com uma ponta de conivência subliminar com o público. Tenho que o endurecer, que enfatizar sua ignorância, sua rusticidade, até estupidez — o que nada tem de fácil para um ator tão inteligente como Ying. É curioso, porém, ver que todos eles tentam, de um modo ou de outro, cair nas boas graças do público.

Happy tem estado em apuros para explodir com o "Escuta! Tive uma idéia! Uma idéia estupenda!", quando intervém para sustar o bate-boca entre Biff e Willy, quase no final do Primeiro Ato. É muito pouco chinês ter de começar em tom ameno e, de súbito, em poucas palavras, disparar num crescendo atroador até abafar as vozes do pai e do irmão. E, ainda por cima, manter a energia subentendida na explicação de seu plano louco de ir para a Flórida com Biff e organizarem duas equipes de basquete e duas de polo aquático que jogariam umas contra as outras em exibições para publicidade de uma linha de artigos esportivos. Depois de um par de tentativas em nível puramente técnico, fi-lo sentar-se com Biff, Ying e Linda, e discutimos o que ele está realmente dizendo; eu tinha o pressentimento de que estávamos nesse ponto a braços com alguma desconexão cultural.

— Em primeiro lugar, você acredita que isso é possível? Começar um negócio desse gênero? — perguntei a Happy. Ele meneou a cabeça, encolheu os ombros e riu constrangido. Então expliquei: — A idéia *é* absurda, mas isso é o que a torna tão persuasiva. A maioria dessas idéias realmente fracassam nos Estados Unidos mas isso não impede que as pessoas as tentem. Suponho que é por serem bem sucedidas com bastante freqüência que se cria a impressão de que as idéias absurdas podem ser, afinal, concretizadas com êxito. — Todo o elenco pareceu empolgado com a poesia dessa noção. — As coisas ainda se passam assim, entendem... pequenas empresas vão à falência em grande proporção mas outras são criadas em proporção ainda maior. A idéia de criar alguma coisa de nossa própria cabeça e fazer com que vingue ainda prevalece nos Estados Unidos. Para muita gente ainda existe essa espécie de promessa no ar, mesmo que as estatísticas rejeitem a probabilidade de que haja realmente qualquer perspectiva de êxito.

Pensei que eles não queriam ouvir falar de fracasso, apenas de sucesso. E, de fato, essa virada de rumo resultou útil para Happy, que se levantou e fez a cena da melhor maneira que até aí a fizera, com a paixão Loman pelo improvável saltando com veemência de seus lábios, rendendo-se entusiasmado à sua própria idéia e, ao mesmo tempo, impingindo-a à família.

Pergunto a Ying se alguma vez existiu um paralelo chinês para esse gênero de ambição juvenil quase alucinatória ou se a sociedade apresentara sempre uma escala burocrática mais ou menos fixa de promoção.

— Oh, definitivamente... era esse o objetivo fundamental da Revolução Cultural, a rapaziada chegando a um lugar e exigindo ocupá-lo instantaneamente... e conseguindo!

De novo a anuência tácita e os risos diante dessa interpretação, para mim, incrivelmente materialista de algo que eu sempre concebera como idealismo político que perdera a cabeça.

— Mas qual era a motivação deles? No caso de Happy, é dinheiro, poder e mulheres...

Ying riu.

— Exatamente! Eles queriam subir no mundo e depressa! E decidiram fazer isso, abrindo o caminho à força. Certo dia, nesta mesma sala, um camarada de 24 anos entra com seu pequeno bando.., — Um burburinho de aprovação à minha volta, à lembrança dessa conhecida catástrofe, que eles agora, entretanto, parecem rememorar como se fosse uma escapada numa colônia de férias. O absurdo de que essa captura do poder tenha, realmente, durado toda uma década deve embotar-lhes o espírito. — E diz-me: "Vamos revolucionar este local!"

— E o que aconteceu?

— Bem, a primeira coisa que fizeram foi suspender todas as produções. O teatro simplesmente morreu. E foi quando começamos jogando gin rummy ano após ano, enquanto a Ópera de Pequim ficava zanzando de um lado para o outro pelo teatro, disse ele, indicando a entrada dos fundos, no extremo do corredor, "e alguns de nós acabamos no campo plantando arroz, e ele — indica Happy, rindo — caçando rãs para os nossos banquetes!

Surpreendi o que interpretei como uma expressão embaraçada em seus rostos. Eu sabia, por exemplo, que Cao Yu, então com 60 e poucos anos e diretor deste teatro, tinha sido expulso de seu gabinete pelos "revolucionários" e obrigado a trabalhar durante quatro anos como porteiro, admitindo carros na alameda adjacente do edifício. Não pude deixar de recordar, *en passant,* a declaração de Cao Yu em nossa casa de Roxbury, Connecticut, depois de ter visto *Depois da Queda* no Teatro de Arena em Washington, de como ficara comovido com a sua "veracidade".

— Eu queria bater em mim mesmo por ter desperdiçado tanto tempo de minha vida assistindo a reuniões quando poderia ter escrito a verdade — dissera-me ele então.

De fato, ele tinha escrito duas ou três peças que são momentos culminantes na evolução do teatro chinês. São da década de 1930, quando ele vivia em Xangai. Li-as e considerei-as obras de grande profundidade, com personagens plenamente desenvolvidos e histórias impressionantes dos bastidores de uma Xangai decadente, antes da Revolução. As mulheres que nelas figuram são especialmente bem escritas, sem uma carga tendenciosa de virtudes pró ou contra este ou aquele tipo social. Cao Yu passara um ano nos Estados Unidos, no começo dos anos 30, e apaixonara-se pela obra de O'Neill, sobre a qual modelou a sua própria. Ele agora passa a maior parte do tempo em Xangai com sua mulher e atriz de 45 anos, escrevendo suas memórias ou, como se diz, "compilando o passado". Naquele tempo, fiquei curioso a respeito de seu comentário e perguntei o que, em *Depois da Queda,* ele achara tão verdadeiro, supondo que seria o relacionamento de Quentin e Maggie. Mas era um certo discurso que Quentin faz ao saber que seu velho amigo Lou, um ex-comunista que estava sendo caçado pela Comissão de Atividades Anti-Americanas, cometeu suicídio; ele assumiu a defesa legal de Lou, embora isso o assuste e pudesse muito bem custar-lhe sua posição na forma e na sociedade. Fica chocado ao saber da morte de Lou mas também aliviado de um peso com essa morte e por, uma vez mais, ter conseguido ficar entre os sobreviventes. Ying Ruocheng, que assistira à peça em Washington com Cao Yu, diz que o velhote não se cansava de repetir que tinha sido precisamente isso o que acontecera às pessoas durante o terror da Revolução Cultural: a mesma pressão para que se voltasse as costas aos publicamente condenados, o mesmo alívio secreto por se ter escapado são e salvo... e o mesmo sentimento conseqüente de culpa.

Entretanto, nem todos lograram escapar. Sei agora que no pátio contíguo ao Teatro Capital, no próprio local onde o carro nos deixa e nos apanha todos os dias, Guardas Vermelhos cercaram umas 40 pessoas que trabalhavam nos vários departamentos, tanto atores como escritores — notadamente o romancista, contista e o melhor e mais prolífico autor teatral da China, Lao Che, cuja peça *O Rapaz do Rickshaw* obteve grande êxito nos Estados Unidos. Como disse Ying:

— Cada ator neste teatro — de fato, na China — é cria das peças de Lao Che.

A Casa de Chá de Lao Che representa para esta companhia o que *A Gaivota* de Tchecov foi para o Teatro de Arte de Moscou dirigido por Stanislavski: sua base para todas as criações ulteriores. Então, já com 60 e poucos anos, teve algumas divergências com esses maoístas fanáticos que, finalmente, nessa noite, separaram-no do resto do grupo no pátio, criticaram-no violentamente, escarneceram de seus desprezíveis modos burgueses, de suas peças e de suas pretensões, de seu caráter, enfurecendo-se ao ponto de começarem a agredi-lo fisicamente. Um policial de Pequim interveio antes que o espancamento atingisse proporções trágicas e, garantindo aos jovens militantes que estava tão escandalizado quanto eles com a conduta de Leo Che, conseguiu extraí-lo das garras deles, dando-lhe voz de prisão. Manteve-o sob custódia até tarde da noite, quando achou que já era seguro deixá-lo voltar para casa. Mas, em vez disso, Lao Che foi até um lago existente perto do parque Beithai, onde pessoas o viram passeando ao longo de suas margens na escuridão, parecendo muito abatido. Segundo parece, ninguém interveio, pelo menos de um modo suficientemente decisivo, e na manhã seguinte seu corpo foi encontrado flutuando na água. Assim foi este teatro "revolucionado". Além de trair um gênio, esse movimento nada produziu nos dez anos seguintes que alguém quisesse voltar a encenar.

É muito estranho mas, após mais de duas semanas ouvindo a minha peça em chinês, comecei dando-me conta, de tempos em tempos, de que os estou vendo como americanos. Já não me apercebo sequer de seus olhos oblíquos e, na realidade, é com certo esforço que consigo notar que alguns de seus gestos e maneirismos não são absolutamente americanos.

Não creio que isso seja meramente fruto de me estar habituando a eles. Acontece que eles também mudaram muito e, pelo fato de terem sido solicitados a comportar-se de um modo muito menos convencional entre eles, adotaram, penso eu, algo semelhante aos movimentos corporais americanos.

— Quase tudo o que os filhos fazem na peça — disse Ying certa vez —, tudo o que eles dizem, é concebível também nos filhos chineses, exceto chamarem ao pai "meu chapa" e à mãe "fofinha".

Mas se noto uma espécie de displicência flexível, uma nova desenvoltura para acompanhar esse comportamento informal, eles chegaram provavelmente a esse ponto sem pensar e, assim, nesta altura, a coisa já me parece ser perfeitamente natural neles.

O que ainda me desconcerta, porém, é a entrada na sala de ensaios de duas ou três das jovens atrizes em roupagens clássicas; elas vêm ver-nos nos intervalos de uma peça histórica que está sendo apresentada no teatro. Os cabelos penteados em tranças sobrepostas que atingem 25 centímetros de altura, levantados de um lado da cabeça, delicadas em seus quimonos bordados a ouro, os rostos reluzentes de brilhante maquilagem vermelha, elas entram nas pontas dos pés para sentar-se silenciosamente e assistirem às brigas dos Lomans no Brooklyn. Vejo que o meu próprio elenco está adotando a prática sumamente incomum de sentar-se atrás de mim observando enquanto não são necessários no palco e renunciando ao seu tempo de folga.

Acho irônico hoje que Brecht tenha sido tão inspirado pelo que considerou ser o estilo dessentimentalizado chinês de atuação, quando o viu pela primeira vez em Moscou, na década de 1930. É claro, o que ele viu era ópera chinesa, a qual, de fato, é expurgada de todo e qualquer naturalismo e envolve um sistema de sinais mutuamente reconhecidos, que não se encontram na vida, e por meio dos quais a história é "distanciada" do público. A emoção também é muitíssimo mais discreta na ópera do que no "teatro declamado" chinês, onde a sentimentalidade é, ao mesmo tempo, seu pecado e seu atrativo para o público. Estou absolutamente certo, de fato, de que parte da razão para que insistissem tanto em que eu dirigisse aqui a minha peça era a esperança de que eu pudesse quebrar a lacrimosidade tradicional e fizesse a emoção brotar de um comportamento real, não idealizado, cheio de truques de super-ênfase e gesticulação melodramática.

Não obstante, ainda penso uma vez mais que o velho demônio está querendo insinuar-se de novo na encantadora atuação que Linda nos oferece agora, bem como na de Biff. Mas advirto-os tantas vezes quantas as necessárias de que isso é uma tradição chinesa que teremos de dispensar completamente; de fato, eles concordam rindo quando lhes assinalo isso e abandonam instantaneamente os efeitos "nobres" e (ou) lastimosos, bem como, ao mesmo tempo, o tocante relancear de olhos para o público. Entretanto, pergunto-me que aspecto terá o espetáculo depois que eu tiver partido.

Dito isto, ainda acho que devo continuar corrigindo meus preconceitos contra a atuação melodramática; os chineses têm, de fato, o hábito de menear a cabeça repetidas vezes, com excessiva ênfase, sempre que concordam com alguma coisa, sobretudo com alguma coisa divertida. Há o perigo de que eu subjugue a realidade nativa deles, para ajustá-la à minha.

A Mulher em Boston, por exemplo, entra na recordação de Willy da noite fatídica em que Biff o descobriu com ela, de um modo barroco que estaria à beira do intolerável se aferido pelos padrões convencionais de Nova York. Na fala dela, "Por que não tomas outro trago, queridinho? Não sejas tão egoísta e pensa um pouco em mim, vamos," ela move-se lentamente em redor de Willy, oferecendo-lhe um drinque com um longo xale de seda branca flutuando-lhe sobre os ombros e os braços estendidos. Isso é tão pouco americano que comecei por rejeitá-lo, mas tão belamente ingênuo e tão casto, em comparação com a crua sexualidade com que esse momento é usualmente interpretado que estou propenso a decidir mantê-lo. Talvez seu tom de insinuação seja até mais erótico do que a nossa interpretação normalmente mais ostensiva.

Essa atriz inventou quase completamente sua marcação nessa cena e continua modificando-a, mas não quero fixá-la prematuramente. A fantasia poética de seus movimentos levou-me a reler seu diálogo e o de Willy nas duas cenas em que atuam juntos e, após um rápido relance, é óbvio que eu pretendia originalmente um surrealismo alucinatório que, de certo modo, se perdeu nas várias produções, inclusive a original. Tentamos sempre forçar um sentido realista num diálogo como este:

A MULHER: — Por que não tomas outro trago, queridinho? Não sejas tão egoísta e pensa um pouco em mim, vamos...

WILLY: — Sinto-me tão só, não sei...

A MULHER: — Sabes que foste a minha perdição, Willy?

A intenção de ambos não era, claramente, falarem um com o outro mas afirmarem posições desarticuladas, como num sonho, e intensamente comprimidas — um fenômeno assustador mas comum em visões impregnadas de medo. O próprio processo é que devia ser assustador e, assim, comecei mudando meu enfoque anterior, o qual requeria que eles se comportassem como se suas falas fossem respostas lógicas, a favor de um enfoque que enfatize a desarticulação e ausência de comunicabilidade de ambos, ao mesmo tempo que devem parecer fisicamente vinculados pelo desejo sexual. Penso que essa alteração esclareceu e aliviou a mente de ambos; agora, pela primeira vez, eles repetem exatamente as mesmas marcações no palco. Até agora, parecia nunca se fixar num padrão definido e desconfio que era pelo fato de eu os pressionar irrefletidamente para uma exibição mais nua e realista de sexualidade do que o mundo íntimo deles permitia.

15 de abril

Mais outro ensaio geral particularmente desalentado esta noite. Penso que todos eles perceberam isso. Tenho a sensação de que não estabeleci com eles qualquer comunicação, exceto em nível formal — como o Especialista Estrangeiro que nunca deve ser contestado em termos sérios. Não entendo como eles poderiam ter perdido tão completamente sua capacidade de concentração. Era tudo mera aprendizagem de cor, com os pedais forte e de surdina acionados como se pouco ou nada os comandasse interiormente. O Willy de Ying parece-me inconvincente, a maior espécie de tipologia do "joão-ninguém"; lembra-me Paul Muni, na produção londrina de 1950, à qual nem Kazan conseguiu insuflar vida. Muni também interpretou o "tipo", chegando ao ponto de gravar o papel na íntegra num gigantesco *tape,* sob a orientação de sua mulher, e depois imitar-se a si mesmo numa representação do "Caixeiro Viajante Americano", com o sorriso estereotipado e o "cordial aperto de mão". Ying não está fazendo isso, em absoluto, mas toda a sua emoção está indo para a garganta e sua veemência retornou. O que significa que já não está "vendo" nem "ouvindo". Eu fizera algo terrivelmente errado.

Na conclusão, foi duro para mim conservar os olhos abertos mas decidi não os deixar ir embora sem dizer algo que confirmasse o que eles devem ter sentido durante a atuação mas, ao mesmo tempo, não os fizesse entrar em desespero. Disse-lhes que tinham perdido boa parte de sua concentração, que teríamos de recomeçar a ouvir-nos uns aos outros, e atribuí a culpa à enorme quantidade de informação técnica e sociológica que tiveram de absorver. Mas não estou certo de acreditar nisso.

Olhando para o calendário, fico levemente chocado ao verificar que estive trabalhando com eles tão poucos dias — uns 25 apenas. E tenho ensaiado a peça de uma ponta à outra todas as noites! Por que os pressionei tanto? Suponho que por temer que chegassem despreparados à estréia, especialmente Willy. Em anos passados, tive algum envolvimento como assessor de dois excelentes atores americanos no papel que, simplesmente, perderam o fôlego aí pelo primeiro quarto do Segundo Ato, e eu não queria que isso acontecesse com Willy. É um papel monstruoso, tão exaustivo quanto o Hamlet, com grande parte dele exigindo que seja feito no diapasão certo. A peça não tem cenas de transição, quando um ator pode, por assim dizer, desligar o motor por algum tempo. Cada cena começa no mais recente momento possível, o que significa que Willy entra quase sempre em alta velocidade.

No entanto, isso não explica que boa parte da energia de Ying esteja forçando excessivamente sua garganta. Mas, em vez de tentar analisá-lo numa abordagem mais descontraída, uso falas específicas em que ele exorbita e faço com que modere seu ímpeto e se solte mais. Ele responde imediatamente e ensaiamos essas cenas mas agora com um único objetivo: fazê-lo recuar de qualquer sugestão de veemência. Assim, "Os rapazes estão em casa?" na primeira cena, que ele tinha colorido com um desapontamento ressentido, torna-se uma simples pergunta sem ênfase vocal. Por conseguinte, um autêntico e penetrante diálogo começa a formar-se entre ele e Linda, em vez de duas performances separadas, e Ying sente sua própria verdade nessa mudança e explora-a cada vez mais ao longo da cena. A pressão em sua garganta é agora consideravelmente menor. Não devo esquecer, porém, que Lee Cobb também perdeu a voz no papel e para horror de todos pediu férias depois de "apenas" três meses de atuação. Ele estava certo mas ninguém nesse tempo sonharia em deixar um astro de tanto sucesso tomar umas semanas de folga e assim foi que ele teve de ser dispensado. E tornou-se um xerife em filmes de bangue-bangue.

16 de abril

Creio que as coisas estão se compondo de novo, enquanto os exercito mais em fragmentos do que em seções maiores de cenas e atos inteiros de cada vez. Eles querem que os pare precisamente quando erram, em vez de lhes permitir que prossigam e receberem minha avaliação no final. Recordo algo que Ying me disse no começo — eles normalmente recebem uma tabela de que cenas serão ensaiadas em que dias e a que horas —, um verdadeiro horário de estrada de ferro que lhes permite prepararem-se antes dos ensaios. Nunca fiz isso. Sem muita reflexão prévia, lancei-os simplesmente em plena ação da história e no desenvolvimento dos personagens, de momento a momento. Eles estão agora atordoados, titubeantes, mas não estou convencido de que o meu ataque fosse errado. Veremos. Não é o método habitual de trabalho deles, que passam semanas adestrando-se simplesmente em frases e aprendendo a peça, em vez de serem jogados dentro dela e ficarem debatendo-se para não afundar, como os obriguei a fazer. Acredito que esse método é criativo e proporcionará o fôlego necessário para sustentar o papel hercúleo de Willy. Constitui também uma espécie de recapitulação daquilo por que o autor — e, mais tarde, o diretor — passou para obter uma visão abrangente do todo. Não se deve facilitar demais a tarefa. Não obstante, suspeito de que o permanente atrito vai deixando neles algumas ulcerações.

Quanto mais perto chegamos se transcender a técnica e a memorização de falas — em suma, quanto mais perto começamos a estar realmente de uma verdadeira atuação — mais chineses eles começam parecendo. Agora, Happy aborda Miss Forsythe no restaurante, para lhe dar uma cantada, com um maravilhoso formalismo, muito empertigado, a cabeça erguida, seus gestos ainda mais precisos e formais, mas tudo isso com um certo matiz cômico que, ironicamente, se avizinha mais da idéia americana original da cena do que quando ele estava tentando ser fisicamente displicente e "descontraído" — isto é, imitando um americano. Penso que, por obra e graça de alguma mágica não planejada, ele poderá acabar criando algo não americano *nem* chinês mas um estilo puro brotando da essência da própria peça — a peça como evento não-nacional, isto é, uma circunstância humana. Mas como o público verá isso?

Linda, receio, poderá ser um problema com certas falas até ao prazo fatal do último ensaio, se não nas próprias representações. Naturalmente, ela diz suas longas árias, muitas páginas de extensas falas, sem um único erro mas, durante essas falas, ela não precisava preocupar-se com as deixas e, além disso, está confortavelmente de frente para o público. Mas estou começando a pará-la e a adestrá-la agora nas seções fracas, que mais não seja para fazer Ying sentir-se melhor, dado que os tropeços de Linda o distraem mais à medida que nos aproximamos de um nível de representação pública.

Por vezes, durante um ensaio, fico tão cansado que não consigo ouvir mais nada e pergunto-me que demônio de idéia me levou a tentar semelhante empreitada. Devo dizer, não obstante, que embora não entenda a língua e nunca a entenderei, posso mesmo assim surpreendê-los muitas vezes ao apontar uma frase que foi mal interpretada ou cujo colorido apropriado foi alterado. Suponho que estou ouvindo chinês como se fosse música, para a qual tenho muito bom ouvido; não é preciso ser compositor nem músico para se saber quando um trecho conhecido está sendo tocado depressa demais, lento demais ou esvaziado de seu verdadeiro espírito. E tendo-os colocado no palco em relação a suas falas, posso facilmente dizer em que ponto estão do *script* pela posição em que se encontram no palco e que parte estão desempenhando.

Em momentos de exaustão, penso, por alguma razão, em escrever uma autobiografia — o trabalho adequado para artistas fatigados —, mas todo o autobiógrafo deve secretamente acreditar que triunfou na vida. Talvez isso explique, diga-se de passagem, a escassez de autobiografias de mulheres — elas sabem o que fazem. "Minha Autobiografia: Como Fracassei" é um título altamente improvável, pelo menos em nossa querida América. Um bom amigo, Louis Utermeyer, poeta e biógrafo, escreveu três autobiografias — uma aos 65 anos, outra aos 77 e uma terceira aos 88 —, cada uma mais entusiástica do que a anterior, e morreu na angústia de seus 90 e poucos anos incerto a respeito de tudo, inclusive do significado de sua vida e ainda mais de seu êxito. Suas últimas palavras: "Escrevi demais".

Uma cena muito comovente: estávamos passeando de bicicleta ao redor de um sereno lago artificial de uns 4 hectares situado ao fundo de um ativo mercado, quando nos deparamos com um pequeno parque, com aspecto de recém-construído, num cômoro sobranceiro à margem do lago. Era o meio da tarde e os verdadeiros reis da China, os bebês varões de 10 meses a um ano, estavam sendo levados de passeio em torno do lago por seus avós e, num caramanchão, havia um homem sentado que, pelo aspecto, andaria pela casa dos 80 e alguns anos; estava de frente para quatro ou cinco outros de sua geração e cantava para eles num tênue fio de voz. Inge ficou escutando e, momento depois, traduziu para mim: o ancião estava exaltando as belezas de sua paisagem natal, algures na região de Xan-chi. O sol aquecia o pequeno grupo e podia-se sentir o prazer deles ouvindo essa descrição cantada de montanhas e cascatas e cor inigualável do céu em sua terra natal. Sua mão, deformada pelo tempo e o trabalho, formava os contornos das colinas ondulantes. Ele estava enxergando tudo com os olhos do espírito e desenhando a paisagem para que os outros também a vissem. Era a verdadeira cultura — uma forma de custódia impregnada de indispensabilidade de preservação.

Com toda a brutalidade da história deles, vemos nas ruas muitos gestos delicados de bondade, gentileza e solicitude. Talvez a superpopulação tenha incutido neles uma etiqueta necessária à sobrevivência. E, sem dúvida, para alguns, o socialismo ainda é sinônimo de ética.

* * *

De súbito, enquanto via televisão na cama, dei-me conta de que estavam passando comerciais que não reconheci como tais porque as técnicas ainda são muito primitivas. Mas a televisão chinesa faz publicidade de biscoitos, guloseimas, algodão absorvente, teatros. Também é perceptível até que ponto sua própria música sinfônica moderna está eivada de sentimentalismo. Entretanto, a mesma platéia aprecia Mozart. Parece que, em todas as coisas, eles estão vivendo numa faixa de séculos diferentes mas estranhamente coincidentes.

17 de abril

Ensaiamos o dia todo para fixar as falas, sentindo que esse é o principal obstáculo ao nosso progresso de momento. Muito enfadonho mas necessário. Eles parecem adorar esse gênero de trabalho, suponho que por incutir-lhes maior confiança. O objetivo do diretor, como o de um pai, é torná-los cada vez menos dependentes.

Os nossos pequenos "públicos", a quem Ying Ruocheng convida para assistir aos ensaios, nada dizem no final de uma cena ou de um ato, fecham simplesmente seus cadernos de notas e, com uma palavra de agradecimento a Ying, saem. Ele tampouco me diz o que esse público sentiu ou opinou. Nem me lembro de lhe ter perguntado. Suponho que algo no meu íntimo deliberou fazer tudo o que pode e deixar que o mundo julgue à vontade.

19 de abril

Ontem à noite, jantar com Gladys Yang, uma inglesa que passou metade de sua vida na China, e seu marido, Hsien Liu Yang, ambos de 70 e poucos anos. Os anos de estudante dele foram passados na Grã-Bretanha, há muito, muito tempo. Traduziu a *Odisséia* para o chinês.

— Foi mais fácil do que para o inglês — disse ele em resposta ao meu espanto congratulatório.

Ela, tal como o marido, uma veterana no que freqüentemente parece serem as intermináveis guerras culturais intestinas dos chineses, realizou um excelente trabalho como tradutora e editora para o inglês de cinco novelas por autoras chinesas, reunidas num só volume que me tem proporcionado enorme prazer. A linguagem límpida de Gladys Yang reflete com grande fidelidade muito da serena precisão das imagens literárias chinesas, sem torná-las "encantadoras". A nova coleção Panda de livros de bolso é a menina de seus olhos e deve tornar-se popular entre os interessados na literatura chinesa em boas traduções inglesas. A linha de livros constitui mais uma tentativa de mostrar ao mundo um rosto chinês contemporâneo.

O apartamento dos Yang é no andar térreo de um edifício situado atrás do Instituto de Idiomas Estrangeiros, separado deste por um espaçoso pátio de terra batida, no interior do qual ergue-se ainda um outro muro retangular, encimado por cacos de vidro para proteger alguma casa aí existente. Ao que parece, os cercados chineses não estão em vias de desaparecimento.

— Sejam bem-vindos. Entrem e fiquem à-vontade neste lúgubre apartamento — disse Hsien. De fato, a sala tinha janelas que davam para um muro de tijolo; no estreito espaço entre aquelas e esta meia dúzia de inacreditáveis tulipas em flor que brotaram do solo cor de cinza.

— Todos diziam que era impossível cultivar tulipas onde existe tão pouca luz mas, é claro, as tulipas não precisam de muita — diz Gladys, um tom de cansaço na voz.

Tínhamos-lhes trazido uma garrafa de uísque, que ele serviu puro, um belo presente para ambos, segundo depreendi. Não posso jurar qual era a cor das paredes mas, como estou escrevendo um dia depois, penso que deviam ser de um tom escuro de mostarda; os móveis estavam todos arrumados contra as paredes, como para uma conferência, e separados aqui e ali por velhas arcas retangulares de madeira negra, no modelo clássico chinês.

Hsien tem o que sempre se supõe ser o rosto patrício chinês — longas pálpebras que escondem profundamente os olhos, a boca muito morosa em mudar de expressão — e mãos delicadas que se movimentam suavemetne como leqeus ou barbatanas de peixes dentro de água. Inevitavelmente, Inge e Gladys envolveram-se numa conversa bilateral, Hsien e eu sentamo-nos à parte, com a garrafa entre nós.

— Em alguns importantes aspectos, a China de hoje é o equivalente ao século XV na Europa — respondeu ele à minha observação de que a China parecia, em muitas coisas, estar prestes a ingressar na década de 1920.

A China era o desespero e o amor de Hsien, e, é claro, o centro do mundo. Estivera recentemente com um grupo de intercâmbio cultural nos Estados Unidos, justamente na altura em que Reagan decidira converter a tenista em refugiada política, deflagrando assim a furiosa retirada chinesa de suas delegações culturais.

— Estava em Los Angeles há dois dias — disse ele num tom uniforme — e tive de pegar o avião e voltar para casa.

Sua indignação era apenas tão poderosa quanto seu comedimento, e somente a delicada cor de riso que acompanhou suas palavras a revelou.

— Los Angeles? — perguntou ele, enquanto se preparava para responder à minha pergunta. — Se gostei de Los Angeles? Bem, deixe-me ver... não estava mal...

— Não minta — interrompeu Gladys, do outro lado da sala. Eu não pensava que ela estivesse nos ouvindo. — Ele detestou-a, desprezou-a como aliás despreza a cultura americana em geral.

Então, esforçando-se por pensar em algo positivo, ele disse, "Dysneylândia..." e não conseguiu continuar. Hsien deu-me a impressão de um *scholar* aturdido pela pura brutalidade da cultura *pop* americana, o modo como ela tritura sons musicais, palavras, cores, corpos dançantes, retalhos de pano, e enfia tudo num hamburger com ketchup.

Gladys esteve presa por muito tempo durante a Revolução Cultural, tendo sido os estrangeiros pontos focais da paranóia oficialmente instigada. Agora, falou com um riso melancólico, enquanto sorvia pequenos goles de seu copo de uísque. Seu rosto era lívido como uma folha de papel, o cabelo branco e suas esperanças para a China e o mundo também estavam perdendo a cor, desconfio, excetuando-se alguns fragmentos de beleza que ainda era possível encontrar na boa literatura.

— Um dia, o meu guarda disse-me: "É melhor não se queixar. Gostaria mais de estar numa prisão americana? Devia agradecer por estar aqui". E eu respondi: "Pois preferia *muito* uma prisão americana!" E ele: "Você prefere uma prisão fascista a uma socialista?" Aí eu disse-lhe: "Sim, prefiro ter alguns direitos humanos. Aqui não tenho nenhum!" E concluíu com uma risada escarninha e veladamente irritada; é uma mulher alta, magra, com sua blusa chinesa de seda preta fechada até ao queixo. Onde está a esperança?

Felicito-a por seu prefácio para a coletânea de novelas por escritoras nas edições Panda.

— É um dos poucos prefácios — digo — em que não há a pretensão de convencer o leitor de que o conteúdo do livro é formado somente por obras-primas.

— Oh, como é cansativa toda essa *publicidade*...

— Eu realmente adquiri uma noção clara do estágio a que chegou a literatura.

— Sim, é boa, será ainda melhor. Eles estão aparecendo e buscando agora a realidade à sua volta. Vai ser uma boa literatura. — Em sua determinação de não elogiar demais, vislumbra-se o longo passado de excessivos louvores.

— Para mim, foi um prazer ler algo em que se pode acreditar.

— Foi exatamente essa a idéia.

Hsien tinha boas coisas a dizer a respeito da entrevista que incluí no meu livro *Encontros Chineses* com um velho amigo americano deles, cuja entusiástica defesa — em 1978 — do virtualmente inexistente sistema jurídico na China eu não conseguira tragar. O homem, quando o entrevistei, não admitia sequer a necessidade de advogados, tão benéfico achava ele o sistema sem classes da China.

— Mas eu li que estão formando agora milhares de advogados — disse eu.

— Têm que o fazer. Estamos em centenas de *joint ventures* com empresas estrangeiras. Alguém terá que saber como redigir contratos e escrituras.

— A propriedade gera os advogados — mas abstive-me de acrescentar a minha convicção de que, infelizmente, a propriedade parece ser agora a única coisa suficientemente palpável para impor o respeito dos governos e talvez até o único poder capaz de rechaçar as investidas contra as proteções espirituais aos direitos de expressão, de reunião, etc. Talvez resulte que, sem o direito de possuir, não estejamos realmetne certos de ter o direito a falar e a ser.

Um excelente jantar de carne, peixe e ovos ao forno, na mesa redonda da sala de jantar. Eles pareciam tão decididos em manter um nível de brutal franqueza que o ar encheu-se de vitupérios contra os velhos fantasmas censórios, e era impossível deixar de sentir remorsos por verdades que não tinham sido proferidas, no temor de que acabassem por desservir à grande causa. Devem ter certamente discordado de algumas coisas que escrevi no meu livro mas repetiram por mais de uma vez suas felicitações pela minha coerência e sinceridade.

Hsien espetou uma lasca de peixe.

— O que estou fazendo agora? Bem, deixe-me ver. — Sua expressão permaneceu imperturbavelmente irônica. — Assisto a reuniões convocadas para decidir quem deve ser promovido para que cargo e receber que recompensa. Estou fazendo burocracia, é isso o que faço.

— Espero — disse Gladys de súbito — que eles deixem o público ver sua peça.

— Mas por que não iriam deixar?

Um enigmático encolher de ombros.

— Por favor,, digam-me. Ying Ruocheng está pressionando-os para que metade das entradas sejam vendidas na bilheteria.

— Bem, isso é ótimo. — Mas Gladys é toda ceticismo.

— Não entendo.

— Eles não darão divulgação à sua peça — disse ela, com o que soou como uma certeza absoluta. — Aqui, é preciso fazer muita publicidade para despertar o interesse do público.

— Mas por que não a fariam, depois de se darem ao trabalho de me trazer até aqui?

Novo encolher de ombros. Silêncio. Eu só podia perguntar-me se ela estaria se referindo a um setor do Partido suficientemente poderoso para barrar o acesso do público ao espetáculo. Estaria ela expressando sua experiência geral com isolacionistas, que morreriam combatendo para derrubar a Nova China? Teria ela travado teríveis combates para editar histórias vivas que abordavam a realidde, em vez de propaganda chinesa que tem, com tanta freqüência, passado por literatura?

Combinamos encontrar-nos de novo — ela convidaria vários escritores da próxima vez e eu fui inteiramente favorável à idéia, sobretudo porque estariam presentes duas autoras cujas obras figuravam na antologia dela.

Hsien acompanhou-nos na travessia do pátio. Anoitecia agora. Apertou-me o braço quando passamos pelo extenso corredor abobadado do Instituto, na direção da porta da rua. Com a saída do sol, fazia aí muito escuro. Ele segredou:

— Tentarão impedir um êxito. . .

O choque que essas palavras me causaram impede-me de recordar agora suas palavras exatas. Ele estava profundamente preocupado, quase totalmente cético de que me fosse permitido mostrar *A Morte de um Caixeiro Viajante* ao povo chinês. Quando desembocamos na rua larga, houve exuberância de novo, sonoros adeuses e calorosos apertos de mão. A rua estava repleta de gente fazendo compras à noite nas carrocinhas dos camelôs; parecia que milhares de pedestres enxameavam à nossa volta, bloqueando a passagem do nosso carro, falando, falando, sob a luz amarelada e mortiça dos candeeiros públicos.

— Não posso dizer "texugo". Não significará coisa nenhuma em chinês, de modo que traduzi como "um barril de petróleo" — explica-me Ying Ruocheng.

Estamos trabalhando de novo em seu solilóquio, na boca do palco, enquanto Linda está remendando meias atrás dele, sentada na cozinha. A energia da produção ainda é excessivamente geral, excessivamente *demonstrativa.* Quero que ele trabalhe ainda mais na criação de uma privacidade mental. Peço-lhe que sinta uma angústia muito mais profunda a respeito de sua aparência: quem é que, uma vez por outra, não se olha no espelho e odeia seu próprio rosto, seu corpo? É a nossa prisão, digo-lhe.

— Você está se olhando no espelho. Está sozinho. Está apenas imaginando Linda, ela não está presente.

— Sim. OK, isso é bom.

Ele agora está de pé, imóvel, olhando para o público.

— Sou gordo. Tenho um ar um tanto... um tanto ridículo, Linda. Nunca te contei nada mas pelo Natal fui visitar os Armazéns F. H. Stewarts e um vendedor que conheço... sabes o que ouvi ele dizer: "Aí vem o velho texugo do Loman." E eu... eu voltei-me para ele e enfiei-lhe um murro na cara. Eu não agüentei isso. Há coisas que um homem não pode agüentar e ficar quieto...

Ying está melhor, mais íntimo, mas ainda tem que trabalhar contra a tendência para passar tudo para fora; pelo contrário, ele deve deixar que o público penetre em sua intimidade, mas a idéia está adquirindo volume nele, algo que o torna mais misterioso, penso eu.

* * *

Volto ao solilóquio para tentar aprofundá-lo ainda mais. Não sei como, veio à baila o assunto dos pés atados. Eu tinha ouvido que os conquistadores manchus haviam introduzido essa prática horrenda e Ying Ruocheng imediatamente o negou.

— Fomos nós que nos opusemos a isso, em lugar de introduzirmos tal costume!

Sua teoria era que um imperador adorava uma concubina que tinha pés extremamente pequenos, e que isso iniciara uma moda que se propagou por toda a corte e daí ao resto do país. O arco era quebrado e o pé mantido muito apertado em bandagens que podiam redundar em gangrena, mas o própro cheiro era afrodisíaco. Os materialistas atribuíram a prática à exploração masculina das mulheres, que se conservavam em casa como prisioneiras impotentes; mas isso também as teria tornado quase inúteis como trabalhadoras. Opto pela explicação de Ying, sobretudo depois de observar como, ainda tão recentemente, os chineses obedeciam a Mao em todas as coisas de um modo quase servilmente abjeto.

Biff tem uma tal fluência emocional em sua cena no quarto de Willy do hotel de Boston — quando ele descreve como Birnbaum, o seu professor, passou a detestá-lo depois que o surpreendeu imitando-lhe os olhos vesgos e o ceceio — que tenho de me perguntar, uma vez mais, qual será a natureza de nossas diferenças culturais. Ele apoia-se aí, para seu desempenho, na espécie de completa confiança que um ator só pode ter quando a imagem do personagem coincide com a dele próprio. Talvez os colegiais chineses façam essas mesmas imitações (embora Biff diga que eles não se atrevem), ou talvez sonhem em fazê-las. E a sua transformação de um homem amargo de 30 e poucos anos nesse atleta de 19, alguns momentos depois, é mágica. Ele praticamente dança e desaparece, fazendo piruetas, pelo fundo do palco, quando obedece à ordem do pai para que desça à recepção e diga ao empregado que prepare a conta porque quer sair logo do hotel. Que habilidade para acender esse gênero específico de energia dos 19 anos! E é sempre exatamente o mesmo desempenho, independentemente de quantas vezes ensaie. Eles raramente perdem qualquer coisa que tenham incorporado a uma atuação, algo que atribuo a uma abordagem basicamente racional do desempenho; estão criando seus papéis para apaziguar não algum deus oculto do Autêntico mas o público. Entretanto, isso também pode conduzir à superficialidade.

Acredito que Ying Ruocheng descobriu muito mais em Willy do que jamais esperou como tradutor da peça. Tenho a sensação de que ele começou executando uma tarefa e que agora ela tomou conta de sua vida. E, é claro, diverte-o e intriga-o que "a mensagem é difícil de definir nesta peça". É uma autêntica aventura estar interpretando alguém que não é bom e por quem, apesar disso, se espera que se sinta simpatia.

20 de abril

No final da tarde voltamos a visitar Hsien Liu e Gladys Yan, e seus dois convidados, o cartunista Hua Künwu e Zhang Jie, cuja novela extremamente popular Gladys incluiu em sua antologia e da qual foi realizado um filme de grande sucesso. Zhang é uma mulher bastante tensa, perto dos 40 anos, divorciada e vivendo com uma filha pequena. Sua novela é na primeira pessoa e fala da mãe da narradora, que viveu a angústia de um caso de amor com um homem casado, de cuja vida só lhe era dado compartilhar das sobras. Ela mostra-se agora descontente com o livro e desejaria que ele fosse diferente. Parece orgulhosa com o sucesso de sua novela e incapaz ou relutante em ser empurrada para a luz da popularidade. Conhecemo-nos mais ou menos há um ano em Los Angeles, quando Zhang Jie fazia parte de um grupo de escritores chineses visitantes. Ela detestou a comida americana. Pergunto-lhe agora:

— Você vê nos Estados Unidos qualquer coisa que forneça uma indicação útil para o futuro possível deste país?

Sua resposta foi incisiva.

— Nada, não existe nada nos Estados Unidos que se aplique à China. Somos diferentes. Vamos abrir o nosso próprio caminho...

Penso que ela interpretou erroneamente a minha pergunta, entendendo-a como presunção ufanista de que nós, americanos, detemos o futuro.

A conversa decorria casualmente, com Zhang Jie perdendo gradualmente o interesse no embaraço da conversação traduzida e acabando por bater papo confortavelmente com o cartunista em chinês. Ele é um bonito homem entre os 45 e 50 anos, célebre por seus cartuns agressivos sobre questões sociais. Gostou do meu livro *Encontros Chineses* mas admite ironicamente que estava um tanto nervoso com o que eu escreveria sobre ele depois desta noite. Está caçoando; suas observações são implacavelmente cautelosas e curtas.

Hua esteve em Nova York de visita mas detesta viajar e não fará grandes comentários a respeito da cidade. Mas capto a sua ausência de entusiasmo por Nova York. Todas as suas reminiscências estão voltadas para a França. Os intelectuais franceses compreendem o que está acontecendo na China. Nenhum país pode gostar de viver na sombra de um outro — e, por um tempo, é assim que as coisas fatalmente se lhes apresentarão.

Sabendo que ela se divorciou — é a primeira chinesa que conheço nessa condição — encaminho a conversa com Zhang Jie para esse penoso tema. O divórcio na China é extremamente difícil de obter.

— Os tribunais estão tentando impedir que as famílias de classe média se desintegrem, pois são pessoas vitais para a economia.

Foi a primeira referência que ouvi aqui a essa classe. Ela fala num tom muito concreto e se parece defensiva, suponho que é por orgulho. Deixo claro que a taxa de divórcios nos Estados Unidos anda por volta de 50 por cento dos casamentos, e isso parece descarregar o ambiente de momento. Zhang Jie escreve de um modo muito parecido ao de sentar-se: intensamente ereta, perscrutando a escuridão em busca de uma pista para a verdade. Gosto dela, mas é uma criatura difícil.

O cartunista prefere manter-se passivo e sorrir, alheio à discussão. Mas, de súbito, oferece um fato concreto:

— É muito difícil obter um divórcio mas os artistas separam-se freqüentemente. Na verdade, isso está ficando cada vez pior entre nós. Às vezes, parece que ninguém está vivendo mais com alguém.

— Está parecendo Nova York...

Gladys, nesta nossa segunda visita em dois dias, quer corrigir uma idéia minha de que existe hoje em dia muito mais franqueza na imprensa do que há quatro ou cinco anos.

— Existe, sim, mas também tem seus limites. Aquele escândalo do infanticídio nunca teria vindo a público, tem que se reconhecer. Mas ainda existe um tabu sobre notícias relativas à conduta imoral ou extravagante dos mais altos funcionários e seus filhos.

Hsien tem estado silenciosamente bebendo seu drinque e reabastecendo o meu copo: uísque puro. Inge e Gladys formam um par separado, Zhang e o cartunista outro, e agora Hsien e eu.

Ele parece querer completar minha educação chinesa, algo por que estou ansioso. Conhecer sobre a China é como comer amendoim: quanto mais se come, mais se quer.

— A China — explica ele — parece-se realmente muito menos com a Europa do que com Bizâncio. A carga de burocracia e disposição de espírito têm menos em comum com o ocidente, embora tenhamos dotado o ocidente de muita coisa, num momento vital de nossa história. É Bizâncio. Bizâncio é a analogia mais próxima com os nossos sistemas sociais e as nossas atitudes para com a vida. Mas já duramos há muitíssimo mais tempo que o império bizantino.

— E o modelo americano? Que importância tem para você?

— Muito pouca. Vocês são muito desleixados, muito negligentes, sem um rumo bem definido. — Ele fala com deliberada ironia professoral, gozando a oportunidade de declarar seu veto a que a China se torne algum dia ocidental. Seus olhos são agora dois finos traços apenas. — Nós fomos isolados, e isso é destrutivo, mas não podemos seguir o caótico rumo norteamericano. A China precisa de formas mais nítidas, mais rigorosas, está em nossa natureza.

Hsien não é um isolacionista; durante muitos anos dirigiu *Literatura Estrangeira,* uma publicação que escancarou a porta para o mundo, dentro dos limites permissíveis.

Ouvindo-o falar, observando-o, não sei por que pressinto nele um espírito espoliado por um excesso de interferência política, por ter tido que mudar demais de rumo em face de ventos variáveis, que fazer muitas coisas que não gosta de fazer. O mesmo ocorre aqui com muitos outros intelectuais e não vai nisso qualquer censura, em absoluto. Eles constituem uma pequena e humilhada tribo neste mar de homens mas, pelo menos, não estão defendendo suas humilhações, nem mesmo justificando-as como algo que era necessário para um empreendimento histórico mais vasto. Nisso são muito diferentes dos russos: muito mais desassombrados e autênticos em seu desejo de compreender o maoísmo e o que este significou para o país.

Os três diálogos fundiram-se rapidamente num único tema, cruzando em todas as direções o tapete escuro, quando veio à baila o provável destino de *A Morte de um Caixeiro Viajante.*

— Você devia tentar conseguir para nós o maior número possível de entradas — adverte Gladys do outro lado da sala — para que o público não seja totalmente restringido.

De novo essa advertência enigmática. A sala ficou silenciosa e isso sublinhou, de um modo significativo, a seriedade da ameaça de que o Partido, presumo eu, limite a distribuição de entradas aos absolutamente fiéis. E recordo as persistentes sugestões de Ying de que eu não deveria escusar-me a ser entrevistado, a fim de obter o máximo de publicidade possível e desse modo garantir o acesso do povo ao espetáculo.

— A peça terá um grande impacto — continua Gladys — se o povo puder ir vê-la. Especialmente entre os jovens.

Isso leva-nos a falar dos críticos na China.

— Não existem — declara Zhang, sem qualquer indicação de sarcasmo.

— Não há críticos?

— Não, nenhum. Não é como nos Estados Unidos.

— Então o que acontece quando um livro é publicado?

— Alguém poderá escrever sobre ele.

— Mas não é crítico?

— Não. É qualquer um que tenha nome... um nome baseado em qualquer coisa.

— E é completamente uma crítica política?

— Quase sempre. Eles tratam de procurar a "mensagem". Não há interesse nenhum na forma ou no estilo, nos valores estéticos da obra, pelo menos não em qualquer acepção crítica.

— E isso tem efeito sobre as vendas?

— Ah, sim! Se eles condenam o livro, a edição esgota-se no mesmo dia.

— O povo não acredita na imprensa?

— Em questões de arte, positivamente não.

— Quer dizer, então, que eu devo rezar por críticas negativas.

Hsien intervém:

— Nunca tivemos uma tradição de crítica.

— Ying Ruocheng já me disse isso. Mesmo antes da Libertação?

— Sim. Nunca tivemos Saint-Beuves, nem mesmo um Voltaire. Jamais existiu uma profissão crítica na China.

Só posso atribuir isso à minha imagem de ordem chinesa, um triângulo com o poder fluindo de um topo limitado para baixo, não de uma ampla base para cima. Em suma, se uma obra é publicada, se consegue vir a lume, a sua autoridade não será severamente questionada. A menos que ocorra uma crise, é claro, e uma peça ou um poema possa utilizar-se como foco para todo um movimento de massa.

Estou ficando, por esta altura e talvez com a ajuda dos sucessivos drinques, um tanto atrevido e, antes mesmo de refletir sobre a questão, estou endereçando uma pergunta a Zhang:

— Estou curioso por saber se, como a Revolução Cultural foi entendida como um desastre para a China, existe qualquer tendência para reconsiderar a crença em que, sob o Marxismo, o homem controla a sua história pela primeira vez. O que quero dizer é se a visão trágica da vida, que percebo em sua novela, tem alguma probabilidade de desalojar o otimismo oficial como um modo permissível de pensar sobre a condição humana.

Gladys, estritamente neutra, expressão impassível, traduz; o cartunista, afundado em sua cadeira, encara-me como se eu tivesse subitamente caído no meio deles através do teto; e Zhang fica olhando-me de soslaio.

Simplesmente, não há qualquer tentativa de resposta. Talvez eu não tenha sido entendido. Talvez não tenha chegado ainda o momento de enfrentar as conseqüências das últimas décadas. Visitamos o outro dia uma senhora européia muito idosa que, tal como Gladys, passou toda a sua vida na China e foi impiedosamente perseguida. Essa mulher tinha respondido com total franqueza a uma pergunta idêntica. Eu especulara se Mao saberia ou não, no fim, que estava deixando a China num estado calamitoso.

— Ele sempre soube que tinha fracassado — disse ela, muito simplesmente. Essa mulher tinha amado suficientemente a Mao para desfazer seu próprio casamento com um cientista chinês que não suportava a filosofia do líder. — Ele não era meramente um líder, era um poeta, um autêntico poeta; tratou a China como uma frase num diálogo, como uma estrofe poética; improvisou e, por vezes, isso tinha uma sonoridade maravilhosa, outras vezes a melodia abandonava-o. É claro, ele sabia. Era um gênio e sabia que a China ainda era China, e estava agonizando e, ironia das ironias, deixando tudo nas mãos daquela estúpida e pavorosa mulher dele.

21 de abril

Estou ficando mais consciente de nossos observadores, que se sentam silenciosamente numa fila atrás de mim enquanto ensaiamos. Suas idades vão desde os 30 aos 60 anos, homens e mulheres. Mas como estão todos vestindo exatamente o mesmo uniforme, é impossível conjeturar sua posição hierárquica ou importância, se é que têm alguma. Sei que alguns jornalistas que dispõem de poder têm vindo observar os ensaios. Jamais me apercebera tão nitidamente do efeito nivelador do uniforme; mas não é que todos sejam iguais, senão que ninguém se destaca dos demais — o que não é a mesma coisa. E isso recorda-me a colônia de Salem: uma mulher foi acusada de pactuar com o demônio, sendo a prova evidente de sua *atitude* individualista uma faixa vermelha que ela costumava usar enrolada na cintura. O desejo de sobressair, para não falar de triunfar, é suficiente para justificar a suspeita de pensamentos traiçoeiros numa sociedade igualitária. Mas, ao mesmo tempo, considero maravilhoso que os atores se sintam perfeitamente livres para se aconselharem ou criticarem mutuamente, e isso, imagino, faz parte da mesma sociologia social de igualdade.

Ying Ruocheng não manifesta o menor sinal de temor de que a produção seja bloqueada pelo Partido, mas ainda não obteve a promessa de que eles não venderão mais de metade das entradas às organizações. Entretanto, não acredito que se trate de uma trauma política. Vejo isso, simplesmente, como o nosso velho conhecido oportunismo da Broadway. Se puderem passar a lotação da casa de uma assentada, por que se darem ao trabalho de vender entradas no pinga-pinga de uma bilheteria?

Uma das mulheres que assistia ao ensaio da noite passada perguntou a Ying Ruocheng se a questão principal da peça era a herança do dinheiro do seguro de Willy pelo filho mais velho: primogenitura. Ela é uma universitária e tinha lido algures que a primogenitura era uma grande questão no ocidente. É por isso que a Terra oscila um pouco enquanto gira em torno do Sol.

É sempre delicioso ouvir "Hebbatza Fil!" na boca de Ying e pensar que imortalizei desse modo *Ebbets Field*. E quem era o Sr. Ebbets? O próprio estádio há muito acabou, junto com provavelmente

90 por cento dos torcedores que nele assistiram a um jogo dos Dodgers.

Pergunto-me se não estarei investindo mais tempo com Happy e Biff do que com os outros, e se isso é porque eles parecem, de certo modo, mais americanos, embora não falem uma palavra de inglês. Parecemos estar rindo juntos o tempo todo.

O jornal desta manhã fala de uma mulher que matou por asfixia seu bebê, uma menina, há algum tempo, mas exercia altas funções de supervisão e por isso não foi presa, por receio de represálias. Não aconteceu nada à boa funcionária mas, pelo menos, o jornal está noticiando isso agora.

Aproxima-se o mês de maio e, em nossos passeios de bicicleta pela cidade, é estimulante ver desabrocharem os primeiros botões nos lilases, sóforas, salgueiros, ameixeiras, pessegueiros e tílias. A terra quer que nos sintamos em casa; cada uma dessas árvores está crescendo em volta de nossa casa no Connecticut.

Receio que Ying esteja sublinhando demais a frustração e a ira e não seu extraordinário amor por Biff e, através do filho, sua ânsia de um toque de imortalidade. Willy realmente quer viver para sempre e sacrificará tudo por isso. Na penúltima cena, a sua epifania — "Ele ama-me" — não deve ser apenas uma descoberta surpreendente mas, sobretudo, o conhecimento ressuscitado de sua união com Biff, sua semente e sua esperança. Isso dá-lhe o valor de que necessita para sacrificar-se. Tal momento não pode ser atingido com mera deliberação. Como pode Ying ser liberado para isso? — pergunto a mim msemo. Ele pode consegui-lo, tenho a certeza absoluta.

22 de abril

Chego sempre um minuto ou dois antes da hora de começarmos os ensaios, e encontro todo o elenco reunido atrás de uma fila de mesas defronte da maqueta do cenário. Alguns minutos de conversa com Ying e iniciamos o trabalho. Mas, à medida que se aproxima a nossa estréia, registro uma elevação da tensão em Ying, que ele não reconhece, e compreendo que ele, tendo sido a principal força responsável pela decisão de escolher esta peça e a mim como seu diretor, tem muita coisa em jogo no nosso êxito, muito mais do que eu. Para mim, seja qual for o resultado, foi uma experiência que valeu a pena trabalhar durante dois meses na China, em vez de a visitar de novo como turista. E agora que Reagan, segundo o ponto de vista chinês, insultou Teng Hsiao-ping, pode muito bem acontecer que essa maravilhosa produção seja cancelada antes de sua estréia.

Eis a notícia que Ying me dá esta manhã: alguns dos jornalistas chineses que tinham visto a peça no "ensaio geral para a imprensa", há algumas noites atrás, tinham-se abstido, segundo parece, de escrever qualquer coisa a respeito, no temor de se verem numa situação vulnerável se dessem divulgação a um evento justamente no momento em que era condenado pelo governo. Outros, porém, estão escrevendo e presume-se que publiquem suas crônicas. Uma já apareceu no *Beijing Daily* [Diário de Pequim] e, quando entrei na sala, encontrei Ying lendo-a sentado à mesa da cozinha dos Lomans. Ele pensa que o artigo é muito bom, especialmente por não fazer qualquer referência ao capitalismo monopolístico; isso, é claro, tenderia a fazer descarrilar qualquer discussão do que ele pensa serem as inovações que a peça pode oferecer aos chineses. Já se ouve pessoas expressando grande surpresa com a atuação dos artistas nesta produção, a qual, para satisfação de Ying, é vista como um afastamento da "orientação" ditada pelo estilo tradicional.

Há também uma oportunidade de discutir o inevitável — os críticos e a crítica — por alguns minutos, antes de começar o trabalho desta manhã. Parece estranho que um país que produziu tanto no domínio das artes não possua também uma tradição crítica, já para não falar de uma profissão de crítico. Talvez a completa ausência de críticos tenha deixado o caminho aberto para a arte. Mas Ying sente a falta da boa crítica, como qualquer um que mereça o elogio de seus pares e não deseje ver-se misturado com artistas inferiores. Sua idéia é que a existência prolongada do feudalismo, à parte da unificação notavelmente precoce deste vasto país sob um único imperador, criou a familiar estrutura triangular de poder, com seu estreito ápice dominante.

— Estritamente falando — diz Ying —, nunca houve de fato um intercâmbio de idéias na acepção européia ou mesmo russa mas, simplesmente, uma situação em que a vida consistia em encontrar formas de cumprir os desejos do imperador. E mesmo depois de uma das rebeliões de camponeses, o novo imperador limitou-se a reinstituir exatamente o mesmo sistema, chamando de volta os mesmos *scholars* e continuando tudo como de costume.

Ele condena o tipo de crítica praticada na China moderna por não passar de um exercício de bajulação, sendo os cronistas amigos dos artistas envolvidos. Eu acrescentaria a minha própria noção de que, sendo toda e qualquer ação patrocinada, seja ela um conjunto residencial, uma máquina de costura ou uma peça teatral, é evidente que não pode apresentar-se sem o beneplácito do Partido e, por conseguinte, não pode ser criticada sem envolver gente dos altos escalões do Partido — e essa é a inibição básica. Mas se o caso é como Ying diz, a situação remonta a épocas muito recuadas da história chinesa. No entanto, ele não está desesperado e pensa, no que se refere à *A Morte de um Caixeiro Viajante,* que os jornalistas inibidos serão apenas uma escassa minoria. Veremos.

Ontem, um repórter de uma agência noticiosa americana lembrou-me, numa entrevista telefônica, que na minha primeira conferência de imprensa ao chegar a Pequim declarei não ser minha intenção pedir aos atores que tentassem imitar americanos, algo que esqueci ter sido até um problema. Agora, eles são simplesmente os Lomans-como-pessoas-de-aparência-chinesa. Isso coloca-os em algum país da mente, suponho eu, e não, por certo, em qualquer geografia terrena. Devo lembrar-me de perguntar a chineses o que sentem a esse respeito. Perdi simplesmente toda a identificação desse gênero. Se ainda continuo vendo Lee Cobb por trás de Ying, não é pelo fato de que era americano mas porque ele será sempre, para mim, o Willy defintivo. Também o vejo por trás de George C. Scott, Paul Muni e qualquer outro que eu tenha visto no papel.

Não obstante, há momentos em que as mulheres, especialmente — eu diria, exclusivamente — se destacam como chineses e nada mais. Esta manhã foi realmente a primeira vez que me ocupei das duas jovens, Miss Forsythe (que ela pronuncia "Fausit") e Letta, na cena do restaurante com Happy e Biff. Miss Fausit, com seu rostinho redondo e agora profundamente confiante em que não vai interpretar uma prostituta, o que eu tive razão em pressentir que a assustaria demais, regressa ao restaurante na companhia de Letta, depois de ter saído a fim de chamá-la pelo telefone. Letta, de 20 anos, é uma figurinha *mignone,* com mãos delicadas exibindo luvas pretas de rede — que idéia! — e da ponta de cada dedo destaca-se uma pequena e excitante trancinha. Ela tem a voz do mais agudo som de violino, reverberando tenuemente, e em seus olhos negros e amendoados aquela reserva que fala de total inocência e, no mesmo instante, de uma invulnerável depravação. Quando fica sabendo que o perturbado Willy, que quando ela entra está ouvindo suas vozes, é o pai dos dois jovens com quem ela e sua amiga vão sair nessa noite, Letta exclama deliciada: "Tão simpático, não é? Vamos, papai, senta aqui ao pé da gente" e, momentos depois, "Eu acho lindo terem trazido o pai com vocês". A alegria bonachona de Letta parece uma medida de até que ponto os Lomans se distanciaram da ordem sensual primordial da vida e estão condenados à sua infelicidade. Ela fala, e é meramente o mundo. Está fora do meu alcance imaginar, em todo o caso, de que modo principiar a interiorizar a "chinesidade" dela. Finalmente, num intervalo em que ela e Miss Fausit não têm falas mas permanecem em cena e devem ocupar-se em qualquer coisa enquanto os Lomans terminam sua discussão a poucos metros de distância, esta Letta olha-se no pequeno espelho do seu estojo de maquilagem que, com o braço quase estendido, ergueu à altura do rosto, enquanto manuseia com infinita delicadeza, ao alcance do reflexo do espelho, uma tulipa vermelha de longa haste que segura entre os dedos enluvados em rede preta. E ela inventou todo o quadro — que eu reivindico a sensatez de ter aceito sem alteração.

Pouco mais vejo que possa acrescentar à produço no tocante à interpretação da peça e, assim, tudo o que fazemos é seguir o curso da história e de seus personagens através de pequenos segmentos que possam ser detalhados em maior profundidade. Há ainda uma certa interminação, para mim, no modo como Ying conta a história de Dave Singleman, o lendário caixeiro viajante que "metia-se no quarto, pegava o telefone e batia um fio para tudo o que era comprador. Parece que ainda o estou vendo, sempre com seus chinelos de veludo verde... E o caso é que aos 84 anos continuava ganhando folgadamente a vida sem sair de casa..."

Ying "entendeu"a fala, é claro, mas ainda parece uma espécie inteiramente intelectual de recordação, apesar de nossas tentativas prévias para descobrir-lhe sua vida emocional. Ele próprio não se expunha no modo como dizia essa fala; pelo contrário, mantinha-se prudentemente distante dela. Mas Willy conhece essa história com o estômago e, em suas entranhas, ela provoca ansiedade e um despertar de romantismo.

Sentamo-nos calmamente, tentando penetrar no problema; terei esquecido que os quadros de referência de Ying ainda são inteiramente chineses, apesar de seu refinamento e de sua experiência da América e da Europa, de seu "modernismo"?

— Não existirá alguma coisa no vosso passado — indago — que se assemelha a isso? Willy não está neste ponto romantizando totalmente o passado, você sabe. Lembre-se de que esses homens, se referiam realmente a si mesmos como cavaleiros da estrada...

Desta vez, algo o impressionou na idéia feudal de cavalaria.

— Espere, creio que tivemos alguma coisa análoga na China. Há uma cenena de anos, havia certos homens armados cuja tarefa consistia em escoltar carroças de mercadorias através de toda a China, a fim de protegê-las dos bandidos. Eram um misto de cavaleiros andantes e caixeiros viajantes. Ficavam longe de seus lares meses e meses a fio, e havia uma certa mitologia em torno deles, uma camaradagem muito especial que os tornava uma espécie de casta à parte. Depois, chegaram as estradas de ferro e eles deixaram de ser necessários; muitos entregaram-se à bebida ou acabaram fazendo exibições de kung fu, proezas de força e audácia, em feiras locais, a troco de uns míseros cobres. Dê-me um minuto, gostaria de tentar de novo a cena.

O nosso Howard toma posição, uma vez mais, junto ao gravador e Ying senta-se defronte dele, chapéu na mão.

WILLY: — Está certo, negócios são negócios, mas você tem que entender isto. Escute... quando eu era rapaz... aí pelos meus dezoito, dezenove anos... já estava com o pé na estrada. E olhe que nessa época já andava matutando se ser caixeiro viajante era coisa de futuro para mim. Porque nesse tempo andava com a mania de ir para o Alasca. Tinham descoberto três filões de ouro num mês, entende? E eu estava disposto a ir, quanto mais não fosse pela viagem...

HOWARD (*desinteressado*): — Ah, sim?

WILLY: — Pois é. O meu pai viveu muitos anos no Alasca. Eta, velhote danado. E todos nós herdamos um pouco do espírito de aventura dele. É coisa de família...

Ying está diferente, interiorizado, recordando com certo alarme, como se o que estava se extinguindo o empurrasse também para o irremediável esquecimento. Quando terminou — foi a primeira vez que isso aconteceu — ele estava despedido e humilhado, e senta-se em silêncio, afundando na cadeira não só como "Willy" mas como Ying Ruocheng. Sente-se vontade de correr para ele e ajudá-lo, não de admirar sua técnica.

— O que é isso? — pergunto.

Espera um momento, antes de falar.

— Meu Deus... o que vou dizer a Linda!

A cena penetrou nele, foi-lhe imposta por sua imagem da história chinesa. Tenho a sensação de que ele já não se sente acima de Willy, talvez porque sentiu verdadeiramente uma certa nobreza no sofrimento dele, nesse instante.

Tomo outro sábado de folga, em parte porque não posso ficar permanentemente dando aos atores novos sentimentos quando os meus próprios estão esgotados com as repetições, e em parte para deixá-los sozinhos com sua própria realidade chinesa por um dia. Estou mais consciente de que um certo exagero de elaboração se insinuou em alguns dos papéis menores, o que se aproxima bastante da superatuação em qualquer língua. O problema aqui é mais duro porque eles têm um suporte em sua tradição para o que sabem muito bem ser mero exibicionismo, uma tentativa de induzir o público a admirar com que ardor eles estão "atuando". Mas Biff e Willy também estão sendo sobrecarregados por vezes — no restaurante e no confronto final na cozinha. De modo que fiquei satisfeito, de certa forma, no final do ensaio de sexta-feira à noite, quando me encaminhava para a porta a fim de entrar no carro que me levaria à estação ferroviária, por ouvir de Ying que se sentia vazio na cena final, onde ele deve estar, de fato, pletórico de sentimento e até de uma espécie de conhecimento. Ele parecera-me o mesmo, simplesmente parado na cozinha como um touro ferido que aguarda a próxima estocada. Mas seu pedido de ajuda é um excelente sinal e terei agora um dia para pensar sobre a melhor forma de o encher completamente.

24 de abril

Nunca consegui dormir num veículo, seja ele automóvel, trem ou avião, e o carro-dormitório de Pequim para Datong não foi exceção, embora fosse um trem bem cuidado, limpo (com a natural exceção do poderoso tufão de amoníaco no banheiro). O trem assemelha-se ao tipo soviético e é muito confortável, mas todas as estruturas socialistas com que me deparei possuem banheiros provenientes de um modelo único projetado pela Igreja Ortodoxa na Rússia Czarista para assegurar que ao homem jamais será consentido esquecer a corrupção da carne.

Nessa noite insone, procurei, e penso ter encontrado, o que estava faltando nessa produção. Se encontrei um modo de instilá-lo é uma outra história, mas está claro para mim que, sob a pressão de problemas técnicos, tendo especialmente que enquadrar a minha direção em termos bastante genéricos, facilmente traduzíveis, foi permitido que o ímpeto central da peça, que não é técnico mas espiritual, diminuísse. Como lhes disse em nosso primeiro dia de ensaio, trata-se de uma peça sobre o amor, o amor do pai pelo filho e do filho pelo pai; esse é o fio condutor que consenti fosse submergido ou, por vezes, cortado pela ira, o ressentimento, por parte de Willy e, em algumas ocasiões, Biff. Estou ansioso por começar assim que regressar na segunda-feira.

Pequena Andorinha, a nossa graciosa guia chinesa, é uma criatura doce e muito capaz mas, sabendo que Inge é perfeitamente qualificada para me servir de intérprete tão rapidamente quanto for necessário, deixa seu espírito divagar e, além disso, adormece com muita freqüência. Mas ela assistiu a um ensaio geral da peça e Inge, em dado momento, disse-me que a moça tinha certas reservas no tocante à atuação, de modo que devo perguntar-lhe agora, na primeira oportunidade, quais são elas.

No compartimento de quatro lugares viajava conosco um jovem da Mongólia Interior com um incisivo de ouro e uma gorda bolsa de plástico com chá.

— Adoro chá e cigarros — anunciou ele assim que nos instalamos, com o que espargiu alegremente algumas folhas de chá em cada uma de nossas xícaras. Era, de fato, delicioso. Os cigarros poderíamos ter perfeitamente dispensado, mas a evidente satisfação do jovem com a nossa presença, com a China, com seu emprego numa fábrica, o trem, a família e o tempo, teria certamente agradado a Deus. Com Inge e Pequena Andorinha fora do compartimento por um momento, para fazerem sua higiene antes de dormir, ele apontou para o beliche de Inge e perguntou, "Ti?" Fiz com a cabeça um sinal afirmativo de que era, de fato, minha mulher, e isso também o satisfez, após o que se aconchegou em sua cama, que ele obviamente adorava também e, piscando os olhos para mim uma ou duas vezes por sobre a mesa do chá, sorriu e adormeceu no mesmo instante.

As famosas grutas, a uma hora de carro da cidade do carvão e têxteis de Datong, são uma espécie de teatro celestial talhado na montanha de arenito em meados do século V. Santuários abobadados, onde se sentam imensos Budas, um deles da altura de quatro andares, cercados de acólitos dançantes, santos, servas e guardiães, foram esculpidos nas paredes das grutas, numa única peça inteiriça, diretamente da rocha, não trazidos de fora para o local. Os guardiães interessaram-me sobremaneira, uma vez que estão sobreatuando. Esses gigantes, de três metros de altura, com suas couraças cor de bronze em torno do peito estufado, manoplas empunhando grossas armas, os dentes arreganhados e os olhos esbugalhados com feroz animosidade, conseguiram até hoje manter em respeito os predadores assustados, quando os turistas começaram chegando para zombar deles. Os guardiães são operísticos e extrovertidos, enquanto que os Budas estão tentando exibir um realismo poético, o que leva o público a aproximar-se deles para compartilhar de sua introversão e de seu manso relaxamento. Devo encontrar um modo de incutir essa calma interior no desempenho de minha peça e rechaçar o exemplo dos guardiães.

Depois desse dia perfeito e de pernoitarmos no hotel, descrito no guia turístico como "muito mau" e que, na verdade, foi um dos melhores em que ficamos na China, regressamos a Pequim, no domingo, pelo trem da tarde. Então, ainda com muitas horas de luz do dia pela frente, foi o momento de perguntar à Pequena Andorinha o que é que, na peça, a descontentara. Disse que, embora aqui e ali falassem alto demais, iam todos muito bem, com exceção do ator que faz o Happy.

— Ele parece muito nervoso nesse papel — comentou em seu vistoso inglês.

— Nervoso? Por que acha isso?

De fato, Happy é um dos atores mais experientes do elenco e tão seguro que seria capaz de sustentar um cenário despencado e dizer suas falas sem ninguém perceber que uma emergência estava ocorrendo.

— Deve ser muito difícil para ele encarnar esse personagem — continuou Pequena Andorinha, passando os dedos por suas tranças e procurando à sua volta os óculos, uma busca perpétua que terminava sempre no mesmo lugar, uma bolsa vermelha que trazia a tiracolo.

— Estamos falando agora sobre o personagem ou sobre o ator? — perguntei, farejando o velho demônio do puritanismo chinês nas entrelinhas.

Ela tentou negar que fosse o personagem que *a* punha nervosa mas, finalmente, confessou.

— Ele apanha tantas mulheres e diz tantas mentiras! — protestou.

— Mas não existem pessoas assim na vida real?

Encabulou e deu uma risadinha, sem saber o que dizer.

— Mas ele mente *demais!* — Não pôde continuar e eu parei de fazer-lhe perguntas.

Observar Pequena Andorinha era como se ela nunca tivesse ouvido falar de pessoas na vida real que fossem capazes de mentir como Happy, apesar da história de sua família. O pai dela, um general do exército, fora detido durante a Revolução Cultural, falsamente acusado de "opor-se ao pensamento do Presidente Mao", e jogado numa prisão durante cinco anos, até morrer de câncer sem que a família fosse autorizada a visitá-lo. Assim, a novidade tão perturbadora não podia ser a mentira e sim a personalidade atraente de Happy, brilhando através de seu caráter imoral. Tal ambigüidade não tem lugar na arte a que Pequena Andorinha estava habituada. E sou devolvido de novo a uma interrogação. Os Estados Unidos também tiveram outrora sua inocência, nos dias anteriores à era "moderna", quando a gramática era ensinada através das homilias de virtude cívica na cartilha de McGuffey e as histórias de Haratio Alger opunham a gente boa à perversa e reforçavam as virtudes monocromáticas da parcimônia, da abstinência e do trabalho árduo. Como abordarão sua perspectiva sombria de ambigüidade humana? Ou parecerá realmente aplicável à China?

25 de abril

De volta a Pequim e ansioso por enfrentar os poderes que, tenho a certeza, estão prontos para explodir e na produção se encontram ainda acobertados. Às 7:30 da manhã, esticando as pernas num passeio pela ensolarada *hutong,* em redor do hotel, escuto, vinda de uma janela, a obcecante melodia de "Red River Valley" cantada em chinês por uma delicada e lírica soprano. Não faço a menor idéia do motivo por que isso me insuflou um estímulo otimista, e recordo que Pequena Andorinha, em dada altura de nossa viagem de trem, passou-me uma folha de papel com alguns versos que escrevera e perguntou se eu conhecia as músicas. Assim, cantei "Surrey with the Fringe on Top" para ela, e "You Are My Sunshine" e "On Top of Old Smokey". Ela gostou mais de "You Are My Sunshine" — o que pode ajudar a explicar por que Happy a deixava tão nervosa.

Quase tinha esquecido que havíamos concordado em dar ao substituto de Ying uma oportunidade de me mostrar o que poderia fazer com Willy. Isso é importante porque Ying estará no elenco durante um mês apenas; depois, ele deve partir para a Itália a fim de receber um prêmio da televisão por seu desempenho em *Marco Polo.* Se a peça for um êxito, esse ator estará provavelmente assumindo o papel, pelo menos por algum tempo, no futuro.

Ele começa a cena de abertura no quarto de dormir com Linda. Um homem mais alto e mais robusto do que Ying, olhos, boca e nariz muito juntos, lábios franzidos, ele parece ter um rosto pequeno e ranzinza numa cabeça grande; mas cinco minutos no papel e ele é nada menos do que incrível. Cada movimento, volta, curvatura, por menor que seja — quase todos os mesmos gestos que, ao longo destas semanas, Ying e eu estivemos trabalhando e integrando no papel, parecem pertencer-lhe naturalmente, como se tivesse sido ele quem esteve ensaiando o tempo todo.

Ele faz a cena da recordação com os rapazes, um diálogo muito rápido, sem uma hesitação, com todas as expansões e contrações — o espírito do papel — impecáveis. Eu notara-o tomando notas de tudo o que eu dizia a Ying, mas nunca me ocorrera que ele possuísse também tanto talento. A sua cena com Howard, o jovem patrão que acaba despedindo Willy, depois que este lhe foi pedir que o retirasse das viagens e lhe desse um emprego no escritório, é talvez o desempenho mais bem estruturado da cena que me foi dado presenciar depois de Lee Cobb, um desmoronamento quase visível, e no entanto tão inevitável quanto inesperado.

Observando-o, fico inteiramente convencido do que devo fazer com Ying e Biff — o amor no centro de suas vidas deve transferir-se agora para as atuações como tema principal. Será tarde demais para isso? Só posso tentar. Começo por fazer um pequeno mas deliberadamente não-diplomático "para todos" mas realmente endereçado ao Garçom no restaurante, Bernard, Howard e, de diferentes maneiras, a Ying e Biff. Após o ensaio geral da sexta-feira à noite, eu saíra um tanto chocado com o que o Garçom e Howard, e em menor grau Bernard, tinham injetado em seus desempenhos — Atuação!" — e disparara alguns tiros diretamente contra o desempenho do Garçom, minutos antes de sair correndo para pegar o trem.

— Comecei dizendo antes de sair na sexta-feira que havia sobreatuação nesse ensaio geral — principiei. — Por que é ruim? Porque é absurdo. O Garçom comporta-se como se tudo o que Happy lhe diz fosse perfeitamente hilariante, mas na realidade não é tão divertido assim. Você está representando o resultado e, portanto, não necessita de público. Você é o ator *e* o público. . . diz alguma coisa levemente espirituosa e você mesmo morre de rir. O que sobra para o público fazer senão manifestar sua incredulidade pela realidade que você pretende estar criando? Sei que têm uma tradição nesse tipo de coisas mas deixem-na para alguma outra peça. Nesta peça têm que ser fiéis à realidade.

E assim por diante. Eles entenderam exatamente o que eu estava dizendo e houve alguns sorrisos tímidos à minha volta.

— Estão vendo? Apanhei-os em flagrante.

Ying, gênio que é, traduziu-me à letra e o meu tom jovial desfez logo um certo embaraço geral. E começamos, Biff, Ying e eu, a descobrir a dialética do amor entre eles no último terço do Segundo Ato. Mas fomos interrompidos pouco depois. Chegaram os peruqueiros.

Mas isso não é inteiramente exato. Eles brotaram das rachaduras do chão — três mulheres de meia idade, pequeninas e descoradas, com expressões de infinita seriedade, mais o homem alto e corpulento, cujo cabelo curto e grisalho fiz com que copiassem — aliás, relutantemente — para a peruca de Willy. Estou em conversa profunda com Ying e Biff, discorrendo sobre o amor, quando atrás de mim escuto o chilrear animado e o zumbido intenso dos atores divertindo-se à larga. De súbito, todo o elenco, pessoas que vim a conhecer e a amar nas últimas seis semanas, estão extravagantemente inidentificáveis não só como indivíduos mas como criaturas humanas. Náilon brotava de todas as cabeças, reunidas diante dos dois grandes espelhos, no céu das perucas após seis semanas no deserto da realidade. Converteram-se subitamente em russos com nariz postiço — dêem a um ator russo um novo nariz e ele oferecerá ao público qualquer personagem nos livros.

Pior ainda, todos estão de olhos fixos em mim, aguardando esperançosamente a minha aprovação dessas espigas de produtos químicos esparramadas sobre o couro cabeludo, como se a realidade que estivemos tão arduamente trabalhando por obter não fosse destruída pela aparência deles. Não tem jeito. Eles querem imitar americanos, comportar-se como pessoas que não são. Percebi, é claro, que esta safra de perucas é mais moderada que a primeira, uma conspiração dos peruqueiros para tentarem driblar-me — e desta vez, pelo menos, não aparecem louras platinadas. Mas o Tio Ben, o aventureiro chegado das minas de diamantes que exemplifica o rude Oeste, tem enfiada na cabeça uma peça cor de malva tão ondulada, mas tão ondulada, que qualquer aprendiz de cabeleireiro em Flatbush seria posto no olho da rua por torturas infligidas a uma cliente. Explico aos peruqueiros — que naturalmente estão atarefados, felicitando os atores por suas transformações— que o Tio Ben derruba florestas inteiras no Alasca, escava intermináveis minas de diamantes e corre os quatro cantos do mundo para fazer bilhões de dólares e não teria *tempo* para fazer um tão sofisticado penteado.

Uma das peruqueiras segreda algo para outra e pergunto a Ying do que se trata.

— Ela acha que talvez o cortaram curto demais.

— Arranjem-me Walt Whitman — peço a Ying. — Já viram alguma vez retratos de Walt Whitman? Mas sem a barba. Já viram um retrato de general da Guerra Civil?

O querido Ying — ele tenta pensar, mas percebo que ele tem agora duas culturas, pois não possui tais reminiscências. Em todo o caso, eles entenderam que o cabelo do Tio Ben tem que ser mais comprido e menos tratado.

Volto as costas para cuidar do paciente seguinte e, quando olho de novo, eis que me deparo com o Tio Ben reemperucado, longos cabelos soltos e levemente cacheados... e perfeito! Os peruqueiros dirigem-me sorrisos orgulhosos, ao notarem meu ar de deliciada surpresa, e apresentam agora Linda para a minha inspeção. Ela é a face da China sob uma massa castanha de cabelo ondulado e empilhado na frente para rivalizar com Dorothy Lamour, Loretta Young e Hedy Lamarr juntas, inclusive as longas madeixas encaracoladas caindo sobre os ombros. Sai a China; entra Hollywood, tão implacável quanto uma mancha de óleo poluindo praias. E a adorável jovem, que passou dias inteiros selecionando essa criação — a mesma que tivera o requintado gosto de enfiar as luvas pretas de rede e segurar uma tulipa — aguarda minha inevitável aprovação.

Busco em desespero uma saída diplomática e desisto; é simplesmente um homem contra quatro peruqueiros, isso está mais do que claro, e eles estão decididos a lutar até ao fim.

— Essa moça não precisa de peruca nenhuma — sou forçado a dizer uma vez mais. — Por favor, tirem-na dela e deixem-nos ver seu próprio cabelo.

A atriz não mostra emoção alguma — após seis mil anos, aprende-se a não revelá-la — e retira sua amada peruca. Afofo o cabelo dela, elogio-lhe a beleza e passo ao problema seguinte que é a discussão, outra vez, das perucas para Happy, Biff e Bernard, três jovens com cabeleiras negras maravilhosamente densas. E vejo-me forçado a perguntar de novo que propósito poderia haver em colocar perucas nesses rapazes. Mas, é claro, entendo perfeitamente bem que se um camarada sabe como fazer perucas e é pago para isso, ele sente-se obrigado a emperucar todas as cabeças à vista, sem levar em conta qualquer outra consideração.

— Mas talvez se pudesse dar a Biff um outro corte de cabelo, não? — insinua Ying.

Ele ainda está inseguro a respeito de toda essa questão, pisando em terreno traiçoeiro, do ponto de vista filosófico. Aceita originalmente a minha teoria — de que estamos fazendo a peça numa região da imaginação e não em qualquer país real mas parece agora incerto sobre se o público será capaz de entender e aceitar isso.

Em minha visão, é claro, perucas e rostos pintados de branco também colocam a peça numa região imaginária e, além disso, desfiguram a fisionomia humana. Eu não digo isso mas, supondo que fossem negros — quereriam pintar seus rostos de branco? Ou se fossem brancos, pintar o rosto de negro — como costumavam fazer os sulistas? Mas vejo que, na atual conjuntura da história deles, isso pode ser uma daquelas convenções cujo fundamento lógico definhou e desapareceu, e deve ser simplesmente jogada pela borda fora. Não há realmente uma forma de os convencer, exceto falar claro e provar que o público está disposto e preparado para acompanhar as inovações.

— Biff não precisa cortar o cabelo — declaro agora. — Por que haveria de cortá-lo?

— Eles pensam que talvez um corte mais rente...

Ying desculpa-se com os peruqueiros, que permanecem agrupados na expectativa.

— O cabelo dele já está suficientemente aparado...

Mas, antes que eu pudesse prosseguir, Biff, que está apavorado com a idéia de ficar desfigurado durante os próximos meses, oferece-se para pentear imediatamente o cabelo de modo que pareça muito mais curto. Despacho-o logo para que vá onde quer que tenha de ir fazer isso. Está de volta em cinco minutos, seu cabelo achatado, parecendo realmente mais curto. Está perfeito. Mas nem então nem agora consigo entender o que os impele tanto a mudar de penteado — até o mero fato de Biff ter-se penteado de modo diferente parece satisfazer a todos — e fico imaginando se existirá alguma persistente crença subliminar de que o palco deve ser um lugar de nobreza poética, mágica, o qual é de certa forma aviltado quando se tenta imitar a vida real. De fato, acredito que, se eles não estivessem convencidos de que *A Morte de um Caixeiro Viajante* já é em si mesma uma transubstanciação da realidade e não um relato naturalista, eu enfrentaria muito maior resistência à apresentação deles no palco tal como realmente são.

Resultou que a mais fácil e mais rápida de convencer foi Linda, que se me apresenta coroada com uma peruca impossível de distinguir do seu próprio cabelo! A coisa raia agora os limites do incompreensível. A desculpa do peruqueiro é que, para as cenas de Linda no passado, ela deve usar, como de fato instruí, um penteado de aparência mais juvenil, o cabelo preso por uma tiara. Mas essa leve peça pode ser instantaneamente aplicada ao próprio cabelo dela, de modo que a peruca é descartada num abrir e fechar de olhos e a própria Linda sente-se aliviada. Essa mulher está se tornando não só o "alicerce e suporte" de Willy mas também o meu.

Feito o balanço geral da guerra das perucas, restam uma excelente peruca para o Tio Ben, outras para Willy, Howard e Charley — Howard para torná-lo mais moço, Charley para uma sugestão de mais idade. Não me saí mal de todo, tendo agradecido profusamente aos peruqueiros e feito meu breve discurso, uma vez mais, sobre os inconvenientes de tentarmos imitar americanos. É claro, eles estão todos olhando para mim com as perucas não usadas pendentes de suas mãos, como um bando de índios após um reide de escalpamento, meneando a cabeça repetidamente e, sem dúvida alguma, em total acordo entre eles de que todo o espetáculo está, a partir deste momento, irremediavelmente condenado ao fracasso. Uma peça chinesa sem perucas — não difere muito de colocar os atores em cena sem roupas!

26 de abril

Visita, esta tarde, aos escritórios da revista *Teatro Estrangeiro* para um debate com redatores, autores e alguns acadêmicos — talvez umas 20 pessoas ao todo. Há sempre grande e, penso eu, sincera cordialidade nesses encontros informais e, neste caso, realmente intenso trincar de balas de amendoim, algo que o meu dentista muito apreciaria, estou certo disso. Uma vez mais, o edifício é no Estilo Masmorra, mas acaba-se por adquirir o hábito de circular entre suas deprimentes sombras. Sou solicitado a iniciar a conversa com uma pergunta ou qualquer outra coisa que deseje dizer.

Não dei à questão de um discurso um instante de reflexão mas o que me sai da boca não me surpreende em absoluto. O meu ponto principal é o seguinte: "De um modo geral, quase todas as peças ocidentais que vocês admiram foram escritas num estado de espírito de dissidência. Entretanto, dos vossos próprios escritores, vocês exigem mais apoio do que questionamento do modo como a vida está evoluindo. Com efeito, vocês condenam o vosso futuro à importação de obras estrangeiras importantes. O artista é um dissidente e sempre o foi — não há, segundo parece, como fugir a isso. Vocês respeitam O'Neill mas, na década de 1920, o seu melhor período, ele fez cara feia para o *boom* econômico nacional, não se deixando enganar pelo otimismo dominante e questionando e condenando as mais profundas aspirações da época." E assim por diante.

Creio que pairou no ambiente um certo constrangimento. Para o diabo com ele. Por que não dizer logo o que todos sabem e reforçar talvez a posição dos liberais entre eles? Mas ninguém deixa perceber onde se situa, nenhum sinal de cabeça, nenhuma concordância facial, nada. Prossigo:

— Vocês parecem treinados para exigir de uma obra uma única coisa: a sua "mensagem". Mas não sabemos agora que a "mensagem" de uma obra só tem valor se, como uma vela, se desdobra, se desenrola, e consegue captar os ventos da vida? Esse negócio da mensagem é uma deformação, um reducionismo fatal para a arte. O que é que vossas próprias vidas "significam"? Podem pôr isso numa só frase? Então como podem fazer a mesma exigência a uma obra de arte que interpreta não só uma vida mas muitas, na verdade, a vida de uma nação inteira?

Defronte de mim está sentado um cavalheiro de seus sessenta e muitos anos, cujos olhos têm estado postos nos meus e que poderia estar, talvez, com uma expressão de amena satisfação pelo que ouvia — é realmente impossível saber. É um homem corpulento, especialista em Hans Christian Andersen e romancista, cujo nome, Professor Ye, todos os literatos conhecem.

— As mensagens de Hans Christian Andersen — diz ele, com fria segurança e um esboço de sorriso — há muito se dissiparam em lugares-comuns aceitos. São totalmente desenxabidas e, em muitos casos, sempre foram. Mas sua vivacidade de espírito, suas ironias, sua arte, enfim, são imortais.

Justamente no momento em que começo sentindo que ele e eu estamos numa inestimada maioria em redor da mesa, um outro professor, um especialista em literatura norteamericana, mais ou menos da idade e corpulência de Ye, respira fundo e, aparentemente sem voltar a tomar fôlego, fala por uns oito minutos, pelo menos. Tem olhos cansados, sua paciência é interminável, mas sua filosofia ainda não deixou de governar esta nação de um bilhão, embora seja possível teorizar que sua ascendência está chegando ao fim.

— As condições chinesas — começou ele — não são comparáveis às de outros países. O nosso povo não está interessado no que você chama verdades mas na sobrevivência, e a literatura deve ajudá-lo a sobreviver. Estamos vivendo perto demais da beira do abismo para nos permitirmos equívocos, e a literatura não deve empurrar-nos para ele.

Por outras palavras, o Partido dos Sábios deve controlar tudo o que aparece em letra de forma, embora ele se abstivesse de o dizer desse modo.

— Não há um só ponto em tudo o que eu disse que se refira à supressão — rebato. — Mas lembrarei apenas que deve ter ficado muito claro para vocês, depois dos últimos vinte anos na China, que não se pode confiar totalmente na política para a vossa segurança. A vida, em suma, é um negócio trágico e continuará sendo, não importa como os pontos de vista oficiais tentem intrometer-se e manipular as regras. Assim, diria ser melhor política enfrentar as perguntas essenciais, se puderem, do que ser por elas derrubado pelas costas, de tantos em tantos anos, como vocês têm sido.

— A humanidade — prossigo — vive acuada, zaranzando às cegas num quarto escuro e tentando descobrir onde está a porta para o exterior; mas as regras políticas — como sempre fazem, proibem que se abra certas portas, de modo que a arte é a licença para não abrir porta alguma. É importante, evidentemente, o que uma obra está tentando dizer, mas não o mais importante de tudo. Poderíamos encher um grosso volume falando sobre as mensagens de Shakespeare, mas um livro ainda maior sobre se essas foram, de fato, suas mensagens. Entretanto, ele nunca morrerá. Deixem a arte viver, essa é a minha mensagem.

E mais uma hora transcorreu, durante a qual cheguei a acreditar que a minha opinião era, de fato, a da maioria; e, embora não o possa provar, estou convencido de que um amplo debate está em curso na China sobre Marxismo *versus* Humanismo, ou o Marxismo como filosofia humanista: o homem deverá ser moldado para ajustar-se a um sistema, ou será o centro em torno do qual o sistema deve ser formado?

Ao sairmos, não penso que esteja mais desencorajado do que após escaramuças semelhantes nos Estados Unidos. Esses confrontos não são solucionados quando não existe poder em redor da mesa, mas os editores e acadêmicos contribuem freqüentemente com os apetrechos que ajudam a liquidar a nova realidade.

A peça está perdendo um ou dois minutos de duração após cada ensaio geral. Como ninguém está correndo demais, isso significa que os ritmos são mais rápidos, mais vivos, menos cautelosos. Ying já não se preocupa a respeito de ser excessivamente moroso.

Trouxeram a geladeira que será realmente usada no cenário. Temos até agora ensaiado com uma caixa de cartão que eles cobriram com uma folha de papel branco. O novo adereço é um modelo notavelmente adequado de 1940 e pergunto-me onde teria descoberto essa relíquia. Resulta que é de papel mâché, tendo sido copiado de um anúncio num velho número da revista *Collier's*. Até as dobradiças são de papel mâché, parecem cromadas e o mais surpreendente é que funcionam — de modo que Willy pode ir buscar seu copo de leite sem apreensões. Quando inspecionei a "geladeira" e a elogiei com entusiasmo, o rapaz e a moça do departamento de adereços desviaram os olhos, incapazes de aceitar minhas medalhas verbais com mais do que um pequeno sorriso tênue e profundamente austero.

"Um homem não pode sair do mesmo jeito que entrou, Ben, um homem tem que acrescentar alguma coisa... Por quê? Acaso requer mais coragem permanecer o resto de minha vida neste marasmo?" Num breve intervalo em nosso trabalho com a última cena Willy-Ben, Ying recorda que o Budismo diz que o homem veio ao mundo nu e dele sairá nu. O Taoísmo vai mais longe, no sentido de uma negação niilista do próprio esforço. O credo de Willy, neste caso, é confuciano, o qual ensina a realização neste mundo e a transmissão de suas recompensas aos nossos próprios filhos. A herança é uma idéia central na psicologia chinesa, a qual atribui grande ênfase à própria continuidade. E a herança é a materialização da continuidade. Assim, por um longo círculo através do leste, chegamos ao impulso de Willy para a imortalidade, sua percepção de que esteve escrevendo seu nome numa torta de sorvete num quente dia de verão... no Brooklyn.

Trabalhamos — penso que bem — no aprimoramento de sua última briga com Biff. Aos poucos, estou suplantando a ira pela angústia de um amante abandonado — Biff está prestes a deixar Willy para sempre. Mas ele ainda está um passo ou dois distante disso — a ira para um ator é uma espada, fácil de empunhar; o amor é um balão que tem de ser abraçado com cautela para não escapar de seus braços ridiculamente.

Estamos agora a 11 dias da estréia.

* * *

Conversamos de novo sobre a imundície do dinheiro no pensamento chinês e ocidental, e repito que em Freud é sinônimo de "merda". A Sra. Shen, minha intérprete no momento, volta-se para Inge e pergunta:

— O que é merda?

— Excrementos... o que fica na privada — explica Inge.

— Ah! — Shen não fica nem um pingo embaraçada; isso pareceu-lhe uma analogia bastante razoável.

Ying conta a história do sábio para quem todo o dinheiro era impuro, cuja esposa, a fim de curá-lo dessa fobia, espalhou moedas por toda a casa e especialmente num círculo em redor da cama do casal. Mas ele ordenou à mulher que abrisse um caminho para poder chegar à cama e dormir.

— Eu participei de um filme com Anthony Quin e Burt Lancaster, que ficaram ambos ricos com ele. O meu dinheiro, com exceção de cinco por cento, foi todo para o governo.

Ying ri e acredito que sua falta de interesse pelo dinheiro é genuína. Conto-lhe que o último artista que conheci cujo dinheiro foi todo para o seu governo — literalmente todo — foi o romancista israelense Amos Oz, que vive num *kibbutz.* Tampouco senti que Oz estivesse muito afetado por isso. Mas gostaria de saber por quanto tempo os comandantes de aviões das linhas comerciais chinesas continuariam aceitando sem reclamar seus 150 yuans por mês, se soubessem que os pilotos estrangeiros estão ganhando de 80 a 100 mil dólares por ano. Ying não acha que isso seja um grande problema.

Estou novamente empenhado em matar o sentimentalismo de Biff na cena com Linda no Primeiro Ato — "Está bem, boneca, não se preocupe... Então fico em casa. Vou tratar de arrumar um emprego por aqui, juro." Isso deve evocar alguma situação dramática chinesa arquetípica — a santa mãe e o filho arrependido —, pois Biff tem que fazer força para não cair em prantos e arvorar uma expressão de alta e nobre resolução. Mas não consegue de todo e tenho que interrompê-lo outra vez.

— Você não deve ter emoção nenhuma neste ponto. Exceto, talvez, que a sua viagem de volta ao rancho está sendo interrompida.

Ele sorri, capta o sentido e volta a repetir a cena, agora com muito maior dignidade varonil. Seus maus hábitos são como uma espiga de unha, muito difíceis de cortar com os dentes. Mas ele é um ator excelente.

Não existe filó de rede preta em Pequim para o véu de luto de Linda. Afinal de contas, a cor do luto na China é o branco. Para os casamentos, vermelho. Mas ninguém duvida de que para o público será fácil injetar emoções brancas num véu negro. Se este puder ser encontrado.

Ying, à medida que a nossa estréia se avizinha, parece estar interpretando suas cenas com a Mulher cada vez mais com maior decoro.

27 de abril

A Mulher, Liu Jun, convidou-nos para almoçar em seu "dormitório" esta tarde. Eu imaginara alguma espécie de pavilhão com vários quartos de dormir numa escola mas trata-se meramente de um apartamento no andar térreo de um grande edifício de apartamentos. Ela insiste em referir-se-lhe como estando localizado "no campo" mas é, na realidade, um novo subúrbio, a 15 minutos de carro do centro de Pequim, cujas ruas ainda nem pavimentadas foram, tornando-se facilmente lamacentas, e a paisagem circundante ainda não sofreu o impacto da urbanização. Seu marido é um ator, membro do Teatro de Arte do Povo, um sujeito imensamente feliz que é fanático da piscicultura. Mas resulta tratar-se de pequenos peixes ornamentais em aquários. Ela mencionara-me há tempos que o marido "criava peixes no campo", o que me fizera ter visões de grandes tanques repletos de trutas e percas.

Embora o apartamento tivesse as paredes e o teto cor de lama, estava impecavelmente limpo, e eles passaram a maior parte do nosso almoço cozinhando e servindo nove ou dez pratos. Como já sei agora, em comum com todos os teatros estatais subsidiados que conheço, o problema aqui é que de uns 150 atores e atrizes, não são muitos os talentos de primeira categoria ou ainda em idade de pisar um palco. Mas Liu Jun e seu marido estão muito excitados com a nova vitalidade da China e alimentam grandes esperanças de, entre outras coisas, um apartamento mais amplo e melhor. Eles sentem, creio, estar vivos nos alvores de uma nova e grande era, que por nada deste mundo desejam que aborte.

Mas os peixes também são políticos e foi assim que, durante a Revolução Cultural, ele teve que suportar o espetáculo de seus aquários serem despedaçados. Criar peixes era um dos Quatro Maus Hábitos, assim como criar pássaros, cultivar flores, mais um que eu não consegui entender bem — provavelmente ter gatos em casa. ("Os Quatro Maus Hábitos" soa como um slogan de jardim de infância, tanto em chinês quanto em inglês.) Mas, hoje em dia, vemos pessoas, especialmente de meia idade ou mais velhas, levando seus pássaros para passeios e, é claro, reapareceram as gaiolas penduradas fora das janelas. Muitos jogadores de cartas acocoram-se em suas minúsculas cadeiras nos passeios, com suas amadas gaiolas de pássaros ao lado. Anos atrás — e possivelmente agora, também — costumavam levar seus peixes em redomas para passeios, mas não vi nenhum.

Em uma de nossas andanças pelo mercado, às margens do Lago do Fundo, perto do nosso quarteirão, deparamo-nos com um homem vendendo pássaros; tinha para venda um, mais ou menos do tamanho de uma cotovia, que ele jurava falar e assobiar. Ao lado dessa gaiola havia uma outra, coberta. Perguntei o que havia nela e destapou-a para mim, revelando um espécime de aspecto miserável, sem as penas do pescoço e um ar profundamente deprimido.

— Este é o professor do outro — explicou o homem com a maior seriedade.

Liu Jun e seu marido, após duas décadas de casamento, estão muito ligados um ao outro — apaixonados, penso. O filho do casal está fora, estudando culinária e inglês, e essa ausência de talento para ator agrada-lhes muito, sendo a arte muito difícil e, em especial, muito pouco compensadora, embora o rapaz tenha certa mágoa — porque as moças chinesas são fascinadas por atores.

É um dia ensolarado e há a vista de uma árvore defronte da janela, mas o edifício, como todos na China, é precariamente iluminado, e as canalizações e acabamentos os mais toscos possíveis. Mas há um banheiro. Lembrei-me de um empregado no nosso hotel que também cultiva peixes ornamentais, mas tem uns dez aquários e pediu-me que não o dissesse a ninguém, pois os outros empregados sentir-se-iam magoados com semelhante exibição. Empanturro-me com alguns dos melhores *jaowdze* — bolinhos de massa cozida ao forno com especiarias — que jamais saboreei, mais peixe e camarão e muitas outras coisas. Liu Jun parece realmente uma bela mulher em seu próprio lar, feliz mas circunspecta.

— A produção — diz ela — abrirá os olhos da gente de teatro sobre o que pode ser feito quando se rompe a unidade de tempo e lugar.

Imaginem! Não têm a menor dúvida de que a peça receberá um grande público e fará uma longa carreira, falando como se essas observações fossem por demais óbvias. Eu não colhera ainda tal impressão de ninguém; seria o silêncio geral uma questão de etiqueta? O elogio é aqui melindroso.

Eles são claramente sobreviventes e somos, uma vez mais, devolvidos à Europa do pós-guerra, com a única exceção de que, aqui, eles estavam se combatendo uns aos outros. Os nossos Biff e Happy, afirmam eles, uma geração na casa dos trinta, a qual é escassa em virtude da destruição do teatro pela Revolução Cultural. O "intelectual", ocorre-me agora neste apartamento apertado, é ainda uma espécie de minoria perseguida; pressinto em Liu Jun e seu marido uma precariedade, um resíduo de humilhações e medo.

— Somos constantemente surpreendidos pela visão profunda que vocês têm das coisas — diz Liu Jun, e ri. — Não podemos escapar impunentemente a nada, e muito menos no caso de uma fala mal interpretada.

Atribuo isso, uma vez mais, à incrível tradução de Ying Ruo-cheng. A peça está agora uns meros dois minutos mais extensa que em inglês, algo impossível até em francês ou alemão.

Nesta atmosfera íntima e descontraída do lar deles, parece-me ser uma boa oportunidade para interrogar Liu Jun e o marido a respeito do fascínio chinês por perucas. Naturalmente, espero alguma explicação esotérica, profundamente histórica.

— Ah, acontece simplesmente que adoramos representar. É divertido pôr diferentes perucas, transformarmo-nos, talvez até mudar o nosso destino por algumas horas. Simples fantasia, como fazem as crianças, quando calçam os sapatos da mãe ou põem o chapéu do pai e imaginam que sua personalidade mudou. O teatro declamado não tem usualmente muito glamour, de modo que qualquer oportunidade para adicionar-lhe colorido é logo aproveitada.

Ouvimos aqui pela primeira vez a frase "Fedorentos Números Nove", usada para descrever os intelectuais durante o regime de Chiang Ching. Havia dez graus de valores nas várias ocupações das pessoas, com o camponês no topo da escala e no fundo algumas criaturas desprezíveis, como os limpadores de latrinas públicas. Apenas um grau acima deles estavam os Fedorentos Números Nove. Ambos os nossos anfitriões riram agora a bandeiras despregadas. Obviamente, não o faziam alguns anos atrás. Muitos trabalhadores jovens e recém-empregados ganham mais do que atores ou professores, quando os bônus são adicionados, e isso é mencionado como lembrete sorridente de que a igualdade dos intelectuais ainda não chegou — e as conjeturas são de que ainda vai demorar algum tempo. De fato, eles dão por vezes a impressão de negros ou judeus em outras partes do mundo, com aquela paciência inquieta em face do absurdo de sua inferioridade social.

No final da sessão da noite, o "assistente de diretor" — na realidade, um superdiretor de cena, em nossos termos — entrou correndo na sala de ensaios, vindo da frente do teatro, a excitação estampada no rosto, e com a voz sufocada anunciou:

— Estão fazendo fila na bilheteria!

Há discretos sinais de júbilo à nossa volta e isso leva-me a perguntar de novo a Ying se o teatro vai realmente deixar que o público entre, como ele esperava. Ele tranqüiliza-me, mas continuo com o pressentimento de que ele ainda não está realmente certo disso. A atividade na bilheteria resultou de um único anúncio no *Diário de Pequim* de escassas três ou quatro linhas.

Entregaram-me um recorte particularmente estúpido do mais recente número da revista *Newweek*. Lê-se num parágrafo uma referência ao "público que apreciará especialmente" *A Morte de um Caixeiro Viajante* aqui — isto é, um público anti-americano e como ele terá dificuldade em apreciar essa "obra-prima", uma vez que "não existe um caixeiro viajante em toda a extensão da China". Mais outro espécime do esnobismo americano a que eles chamam reportagem. Duas coisas cujo cheiro é inconfundível: merda e inveja.

Temos trabalhado mais, Ying e eu, em sua cena com Ben no final, quando ele discute abertamente seu suicídio com o irmão.

— Um suicídio na China — lembra Ying agora — é induzido por um espírito pertencente a uma pessoa que cometeu suicídio antes, o Encantador de Almas. Esse espírito não pode renascer em forma humana a menos que induza uma outra pessoa a matar-se, só assim ganhando uma nova vida na terra.

Isso, porém, era meramente interessante e não consegui vislumbrar como poderia ajudar Ying a tornar sua autodestruição mais real para si mesmo. Mas, depois de dizer isso, Ying recordou algo muito mais útil.

— Realmente, você sabe, quando um suicida olha através do seu baraço, vê a mais bela paisagem, um lugar sereno de extensas vistas com lagos e frondosas árvores, e está caminhando na direção de tudo isso.

Ying vem tentando livrar-se de uma espécie de atitude de afundamento no final, que é totalmente errada. Willy está, de fato, avançando para algo através de sua morte, um sacrifício pleno de significado, a ironia final, e está repleto de sentimentos, não esvaziado deles. Essa visão através do baraço dos que se enforcam parece ter ajudado Ying a justificar isso para si mesmo como processo válido acima e além do que é solicitado pela peça — e por mim.

Recordo um "caco" inventado por Lee Cobb e peço a Ying que o tente. Ele está sentado, falando com Bernard-o-advogado e tentando enaltecer a carreira de Biff, mas quase sem convicção alguma; Bernard oferece-lhe um cigarro de uma cigarreira aberta, de ouro maciço, mas em vez de apanhar um cigarro, pega distraidamente na cigarreira e continua: "Bem, agora trabalha com o Bill Oliver... o tubarão dos artigos esportivos, uma senhora empresa. Não descansou enquanto não trouxe o Biff para cá. Mandou-o vir do Oeste, deu-lhe carta branca, clientes especiais..." E enquanto vira e revira a cigarreira de ouro em sua mão, ela consubstancia silenciosamente o êxito de Bernard e o fracasso de seu filho; depois, devolve-a simplesmente a Bernard. Parece tão fácil, mas é terrivelmente difícil "não ver" algo para que se está olhando e "não pensar" o que se está pensando, pois toda a ação transcorre sem a menor deliberação e, no entanto, sob os nossos olhos. Ying tentou, depois abanou a cabeça, consciente de quão profunda essa ação poderia realmente ser, e quão difícil. Penso que foi um golpe de mestre de Lee Cobb, um pequeno gesto que fez refulgir sua grandeza como ator.

As repetidas e violentas quedas de Bill quando Ben o "golpeia" na testa alarmavam-me até ao dia em que ele explicou como aprendera a fazer isso. No exército, pertenceu a uma unidade que disparava projéteis antitanques a muito curta distância do alvo, o que exigia que, imediatamente após o disparo, pulasse e rolasse para um lado, colocando-se fora do perigo de ser atropelado pelo blindado. (Isso também implicará que eles não possuem modernas armas antitanques de longo alcance?)

Antes do Dragão vem a chuva,
O Tigre é anunciado pelo vento.

Isto, depois que Ying explica as propriedades do simbolismo do Dragão e do Tigre. O Dragão, que parece ser o mais divulgado símbolo da China em sua arquitetura e pintura, era provavelmente um totem de uma tribo pré-histórica dominante, uma versão do crocodilo, talvez, ou do lagarto.

28 de abril

O "desfile de costumes" tem lugar esta tarde e, como na sessão de perucas, é uma pândega geral, com cada artista tentando ser inspecionado *primeiro*. Os três vestidos de Linda, felizmente, tiveram agora a altura das saias encurtada — cortaram-nas para aquele comprimento desenxabido por metade da barriga da perna que estava em moda nos anos 40 e que eu já então detestava. E também cederam no capítulo das perucas; em vez de uma peruca inteira, deram-lhe agora uma meia peruca com uma fita presa nela para as cenas do passado, e um maravilhoso chapéuzinho de abas horizontais, cor verde esmeralda, com uma faixa vermelha em torno, para o jogo de futebol. Uma graça. Também um avental com listras vermelhas verticais para as cenas do presente. Tudo isso inspirado em fotos de revistas e ilustrações que lhes forneci, é claro. O material do chapéu, tipo "canotier", é duro como cartão e de meia polegada de espessura, e foi completamente montado de várias peças componentes, mas suponho que as pregas não serão notadas.

Happy tem um terno castanho avermelhado em tecido xadrez, realmente impossível a oeste de Cantão mas deveras expressivo aqui, suponho eu. Ele veste-o bem. Biff, entretanto, é um desastre: um terno azul-néon de três botões, com a borda do paletó coleando numa linha ondulada, os ombros arrepanhados como se o estivesse vestindo com cabide e tudo, as lapelas encrespadas. Isso não será suportado em *qualquer* país do mundo e volto-me para a descorada mulherzinha do guarda-roupa, como seu olhar melancólico de quem está habituada a ouvir desaforos.

— Este homem não veste habitualmente esse terno. Veste-o especialmente para ir visitar seu ex-patrão a fim de conseguir um empréstimo de uma grande quantia de dinheiro. — Ao que parece, ela não entendeu a minha intenção. — As casas dos botões... por que é que não estão diretamente por baixo umas das outras, numa linha reta? Por que estão colocadas a mais de uma polegada de distância da beira do paletó? — A isto ela tem que assinalar que concorda, num pequeno gesto de cabeça. — E este material pesa uma tonelada... veja, mal se consegue dobrá-lo, e é áspero como lã de vidro. Não há um tecido mais leve? A peça desenrola-se no período mais quente do ano...

Ela está desolada mas, quando olho para Biff, vejo que ele não se sente absolutamente infeliz e recordo que sua própria jaqueta lhe assenta pior do que esse terno mirabolante. O dele tem as mangas arregaçadas. Mas, como veterano do Exército de Libertação do Povo, ele está provavelmente habituado a roupas que lhe caem desse mesmo jeito.

Charley está perfeito num terno marrom de homem de negócios, alto e cortês em sua peruca grisalha e levemente ondulada. (Não obstante, olhou de soslaio para mim.) A todos os homens com ternos marrons foram entregues, porém, sapatos pretos e todos tem camisas brancas idênticas com o mesmo colarinho duro de pontas reviradas. A meu pedido, uma assistente esquálida da pesarosa encarregada do guarda-roupa entra correndo com uma dúzia de camisas de vários padrões e cores, cada uma delas mais incrivelmente espalhafatosa do que as outras, e todas elas desdobradas, numa trouxa amassada que poderia ter caído de um caminhão. Isso faz com que cada homem no elenco corra para escolher a sua, mas Ying, como membro mais antigo da companhia e protagonista da peça, chega primeiro e arrebata uma azul não ruim de todo.

À vista das duas mulheres a quem Happy passa uma cantada no bar lembra-me de onde estou. Letta, a da tulipa solitária e das luvas de rede preta, foi aprisionada num vestido estampado cor de rosa, com uma larga faixa atravessada sobre o peito, corpete muito alto e pregas de tecido caindo até aos tornozelos, uma verdadeira tia britânica de alguns meses depois do Armistício da I Guerra Mundial. Miss Forsythe está, pelo menos, de amarelo e se sua saia pudesse ser encurtada e lhe dessem, talvez, uma estola de raposa, seria muito capaz de excitar Happy o bastante para tornar a cena possível. Mas o aspecto de Letta enche meu coração de pavor.

— Minha cara — dirijo-me à agora literalmente deprimida modista do teatro —, essa moça Letta tem 20 anos, mas esse vestido é para uma senhora de 60 anos que está tentando esconder suas formas.

Interrompo-me, num desmoronar de todas as esperanças, ao recordar que eles, simplesmente, não tiveram contato com *qualquer* tipo de vestuário, exceto o uniforme de blusa e calça-balão, durante mais de 30 anos — mais do que uma vida para muitos deles.

Linda aparece agora em seu roupão matinal, o qual, por alguma razão, ainda não foi encurtado; chamo um dos assistentes da modista, um rapaz de seus 20 anos, e instruo-o para que a altura do roupão seja encurtada uns cinco ou seis centímetros, e eu próprio me ajoelho para fazer a dobra e mostrar em que altura quero que fique. O rapaz tem, por sua vez, uma assistente própria, uma jovem da idade dele, que se agacha ao meu lado e toma a bainha de mim, deixando-a prontamente cair.

— Não marca com alfinetes?

— Ah, não, eu lembro-me.

— Escutem, meus queridos, isto é sério. Vocês não vão lembrar-se se não marcarem com alfinetes o que está sobrando.

Ela ri e o rapaz ri, provavelmente do tom sério em que lhes falei. Mas, por trás das risadinhas, creio vislumbrar a verdadeira dificuldade.

— Vamos, não sejam preguiçosos. Arranjem alguns alfinetes e marquem a altura deste roupão!

Ela sai voando e consegue infiltrar-se por entre a barafunda de atores à nossa volta, para regressar instantes depois com um punhado de alfinetes; podemos então fixar o comprimento adequado.

— E vocês entendem, não é?, que tem de ser o mesmo comprimento a toda a volta, não como alguns desses vestidos, mais subidos de um lado e mais baixos do outro.

Anuência geral. Desisto. Não fazem realmente idéia das razões por que o roupão deve ser mais curto ou mais longo; esse vestuário tem para eles tanto significado quando a roupa de baixo de um esquimó para mim. Passo os quinze minutos seguintes ajustando a roupa de todos a seus corpos, tendo sido cada um deles prendado com um número acima do seu talhe.

A tarefa é tão deprimente quanto divertida e patética. Fez-me pensar, uma vez mais, sobre a minha repetida impressão, obtida nas reuniões de vários grupos de intelectuais para me ouvir ou homenagear. Entra simplesmente pelos olhos a implacável mansidão e a implícita docilidade da China de hoje. Inevitavelmente, uma sinistra escuridão ameaça a nossa visão da realidade em tais momentos e somos forçados a perguntar-nos se o que é variamente rotulado de "nosso holocausto", "nosso tempo terrível' ou meramente "os anos perdidos" não constituirá um verdadeiro buraco aberto na própria continuidade histórica do país por um longo reinado de terror que eliminou um número chocante de pessoas que tinham o talento e a coragem de discordar e de liderar com pensamento original. Pode parecer outra invencionice jornalística, mas ouvi-o tantas e tão repetidas vezes que não vejo motivos para duvidar disto: "Mesmo no começo da década de 1950, o chamado bom período, quando a Revolução era jovem, fui severamente criticado por insistir em que ainda estávamos obrigados a pensar como indivíduos. Literalmente, isso era inacreditável para um número cada vez maior de pessoas perfeitamente boas e bem intencionadas. Elas diziam que este ou aquele problema estava 'resolvido', que tinha sido 'completamente estudado e já não oferecia a menor dúvida' ". Ouvi estas palavras em diversas versões mas todas levando à mesma idéia subjacente, a qual se sintetiza numa sistemática destruição pelo Partido do próprio hábito de pensar.

É claro, isso não significa que inexistam aqui os homens de pensamento mas que se encontram empenhados numa luta interminável contra o contínuo estreitamento dos limites aceitáveis da especulação, cujos músculos, por assim dizer, parecem ter atrofiado em muitas pessoas que, sob outros aspectos, são altamente competentes. É cômico, ao ponto de caricatura, ser ainda indagado, repetidas vezes, por um jornalista, um professor, um estudante ou um diretor teatral, sobre a "mensagem" de minhas peças, mas isso chega ao ponto de nos perguntarmos se tantos anos de terrível pressão conformista não terão incapacitado todos eles para fazer qualquer outra pergunta sobre uma obra, se não terão sido impedidos realmente de pensar por si mesmos ou até de receber ou reconhecer que sentiram — os impulsos de uma obra de qualquer modo íntimo e pessoal. Nesse contexto, *A Morte de um Caixeiro Viajante* é um martelo capaz de estilhaçar a fórmula e, ao dizer isto, vejo agora a peça como eles a vêem. Pois Willy é, de fato, um produto social, enquanto que sua autonomia como pessoa permanece intata — e isso pode endoidar os dialéticos.

Entretanto, correu obviamente a notícia de que é sinal de atraso perguntar meramente qual é a mensagem a respeito de *A Morte de um Caixeiro* — Ying cuidou disso. Assim, um jovem que leu a peça resolveu adotar o que ele pensa ser uma abordagem mais oblíqua e perguntou-me:

— O destino de Willy resultou do fato de ele não ter conseguido manter-se a par do processo de modernização, em sua maneira de fazer negócios?

A idiotice da pergunta é uma idiotice significativa; "modernização" é a atual palavra de ordem, a "chave" para as necessidades históricas contemporâneas da China. Tem que ser aplicável, portanto — se ao menos souberem como! — a toda a espécie de dilemas. E assim, quando respondi que a atualização de Willy não afetaria seu destino, o rosto que me encarava ficou um pouco aturdido, um pouco desamparado. Mas, na nossa primeira conferência de imprensa, quando em dada altura Ying deu a palavra aos repórteres para que me perguntassem o que quisessem, algo ainda mais desalentador ocorreu.

Havia uns vinte profissionais de diversos jornais e organizações, a postos com canetas e cadernos. Nem um deles abriu a boca e, de fato, pareciam petrificados por terem sido convidados a fazer perguntas! O momento foi rapidamente contornado, uma vez que o silêncio ameaçava prolongar-se *ad infinitum,* mas todos compreenderam o que isso significava. Eles estavam ali para que lhes fosse *dito* o que a conferência de imprensa decidira anunciar, e isso era tudo. E até este momento, quando já me encontro há umas cinco semanas em Pequim e tenha sido acordado a qualquer hora por gente da imprensa de toda a Europa e dos Estados Unidos com perguntas e pedidos de entrevistas, nem um só repórter chinês solicitou entrevistar-me.

Não é que sejam hostis; muito pelo contrário, a produção e eu próprio somos mencionados na imprensa com aprovação e o *China Daily,* diário em língua inglesa, previu que eu teria um "caloroso acolhimento". Mas a "modernização" da imprensa, pelo menos, parece aguardar o futuro. Prefiro supor — em vez de considerar uma impossibilidade ou um fracasso a crescente linha de desenvolvimento da China — que à medida que a tecnologia estrangeira for entrando e um número cada vez maior de chineses repressar de seus estudos no estrangeiro, o atual estrangulamento da atividade intelectual abrandará inevitavelmente. Mas talvez não. Tudo o que se pode fazer agora é relatar o que parece ser verdadeiro: há uma enorme quantidade de madeira morta nesta floresta que impede a vegetação nova de ver a luz. Se tudo o que aprendi sobre o funcionamento deste teatro é, de algum modo, sintomático da sociedade em geral, e existem amplas razões para acreditar que sim, então o que está fazendo uma falta gritante é um bom guarda florestal.

29 de abril

A noite passada, desfile dos artistas maquilados e com o vestuário de cena para as fotos oficiais do elenco. Inevitavelmente, ainda foi tentada uma certa reincidência no tocante à interpretação como personagens com aparência mais chinesa do que ocidental. Howard, um ator que durante anos fez protagonistas românticos que lhe granjearam grande número de fãs no público, é agora um homem de 50 e poucos anos e acentuada propensão à calvície; eu aprovara uma peruca para fazê-lo parecer mais jovem do que Ying. Mais tarde, ao ver a peruca arruivada que lhe enfiaram na cabeça, ordenei que a escurecessem com alguma tintura, dentro da gama de tonalidades aceitáveis do cabelo chinês, e ele aceitou relutantemente a mudança. Agora, surge diante de mim para revista com pesado delineador de olhos, uma base espessa para aclarar-lhe a pele e "rouge". Para mim, ele está horrendo mas aqui intervém a cultura e faço um sinal a Ying, no meio dos atores, para que se aproxime e me dê sua opinião. Ele olha a diz:

— Está horrível!

Pior para a cultura. Lá vai Howard de novo para o seu camarim, para converter-se de novo em chinês.

Agora aparece Linda, quase irreconhecível mas, graças a Deus, com seu senso de humor intato. Em seu roupão de dona de casa e chinelos de quarto, ela exibe nada menos do que longos cílios postiços hollywoodescos, "bâton" vermelho sangue, cabelos cuidadosamente penteados e parece uma foragida da Ópera de Pequim. Bastou um pouco de persuasão para que ela voltasse rapidamente a seu camarim, reaparecendo minutos depois com cílios curtos, muito menos delineador de olhos e um "bâton" mais discreto, tudo muito mais condizente com o aspecto de uma senhora de sua idade e classe no Brooklyn.

Serem fotografados no estúdio que Inge improvisou no palco, sob enormes e obsoletos *spotlights* contra um pano de fundo preto, seus rostos humanos normais — um evento sem precedentes — registrados para a posteridade pela máquina fotográfica, trouxe todas as dúvidas desses artistas à tona.

— Nós usamos mais maquilagem do que isto, mesmo em peças chinesas realistas — comentou um dos atores —, e agora estamos representando americanos sem praticamente nada!

Se isso tem para eles o ar de uma pequena revolução, estou ainda menos seguro do que o público irá pensar. Maquilagem é sinônimo aqui de máscara, não de realce da expressividade do rosto. O palco é um lugar artificial onde pessoas de aspecto comum nada têm a fazer. Por outro lado, se camadas sobre camadas de máscara permitem que os atores se convertam em símbolos, de fato, em vez de pessoas em todas as suas dimensões realistas, eles estarão malogrando suas próprias tentativas para atuar com a realidade, e não contra ela. A poesia nesta peça não decorre de tais aparências mas da expressão do real em muitas dimensões do sonho, memória e projeções da imaginação de Willy; mas sem o real não funcionará.

Tendo fracassado todas as tentativas da modista para refazer o vestido matronal de Letta e convertê-lo em algo mais sedutor, Inge tem a brilhante idéia de pedir emprestado um vestido de Jamie Horsely, a nossa amiga advogada americana, para que a modista de teatro o copie. Resulta perfeito — esguio, bem talhado — e foi comprado por Jamie numa loja de Pequim!

Letta está contente porque a maquilagem *dela* é muito pesada mas certa para o seu papel. E o mesmo ocorre com a Mulher, Liu Jun, cuja combinação de cetim, entretanto, ela receia que seja demasiado curta. Ela ondula sobre o tamborete instalado no palco para as fotos de Inge, com sua branca e vaporosa echarpe e deslumbrante maquilagem, e atrai os olhares de todas as outras mulheres na peça, que lhe dão palpites sobre como posar de um modo *sexy* — que perna levantar, como colocar o ombro — e se existe inveja entre elas, é imperceptível. Por um momento, enquanto a observo revolvendo-se no tamborete para conseguir uma pose de modelo sensual de revista ilustrada, seu apartamento cor de lama vem e dissipa-se diante de meus olhos, a vista da rua inacabada desde suas janelas. . .

O jornal noticiou hoje que, nos primeiros três meses deste ano, o "valor de produção" de bens da indústria ligeira caiu em 30 milhões de yuan, dos quais 16 milhões resultaram da manufatura de "artigos invendáveis". A minha mente, ao ler isso, foi para o vestido de Linda e o terno de Biff, a saia dela desordenadamente ondulada e as casas dos botões do paletó dele cosidas irregularmente a mais de três centímetros da borda. Será isso causado pela manutenção dos incompetentes, que não podem ser removidos dos cargos uma vez que tenham entrado na mamata? Terei que desfazer tudo aquilo e recomeçar do princípio. E tiveram seis semanas para fazer esses poucos e simpels costumes!

30 de abril

Ontem, Harry Moses e sua equipe de cinegrafistas trabalharam durante o ensaio para o programa de meia hora de Bill Moyers da CBS que eles estão montando. Penso que isso prejudicou a concentração e a todos deixou exaustos. Felicito-me por ter rejeitado as solicitações insistentes das pessoas que fizeram o documentário *Mao to Mozart,* de Isaac Stern, para me filmarem durante esta aventura. A estas horas já estaria morto. E hoje as cadeias de televisão norteamericanas também estarão filmando durante um par de horas. Considero importante que os americanos vejam nem que seja apenas alguns minutos da peça, ao menos para sentirem alguma conexão com o intercâmbio de eventos culturais. Certamente os chineses, mesmo nesta data inicial, estão notoriamente surpreendidos ao constatarem quanto compartilham conosco no sentido humano, em resultado do aparecimento de Willy entre eles, falando na própria língua deles.

Esta manhã será o nosso primeiro ensaio geral no palco. Estou rezando para que a iluminação seja, no mínimo, passável. Disporei apenas de um dia para aprimorar as luzes, uma tarefa que requer pelo menos dois ou mesmo três para que a coisa seja feita corretamente. E tenho que dizer meia dúzia de preces para que o gravador de fita de 28 anos que toca a música não enguice a meio caminho. Ontem, numa conferência exclusivamente para a imprensa chinesa, decidi ser franco com eles e disse que o edifício estava em necessidade extrema de consertos e pintura, as canalizações tinham vazamento em todos os andares, o equipamento era absoleto há várias décadas e os atores muito mal pagos. (Não incluí que, como estou certo de que é verdade, um grande número deles na folha de pagamentos não é realmente usável em papéis de alguma importância.)

— Talvez — disse eu — quando a China for rica, principie modernizando o teatro, a par do resto da sociedade.

Houve alguns sorrisos mas, para a maioria, parecia estar eu dando a notícia de que encontrara o teatro em perfeitas condições, nada lhe faltando. Ninguém se atreve a dizer o que realmente sabe ou pensa, ou a dizê-lo com certa freqüência, pelo menos. Em comparação, a nossa maneira americana de falar sem rodeios é um penoso mas salutar alívio. É claro, ainda somos incapazes de enfrentar as depredações do brutal comercialismo do teatro da Broadway, um assunto que *The New York Times,* por exemplo, não pode arranjar tempo para investigar realmente, embora se trate de um verdadeiro escândalo. Os chineses talvez estejam habituados a patinhar na imundície para entrar numa latrina pública, mas nós, americanos, fomos insensibilizados por algumas coisas igualmente repugnantes, que não são tão óbvias mas podem causar-nos muito maior dano.

1.º de maio

Hoje é o dia da festa da primavera. Um caos quase total durante todo o dia de ontem, entre as tentativas de iluminação da peça e, ao mesmo tempo, satisfazer o pessoal da imprensa e da televisão, e fracassando até certo ponto em ambas as áreas.

O inferno ameaça desabar rapidamente sobre nós. O teatro assumiu a posição de que as redes de televisão devem pagar uma taxa para fotografar no interior. Isso também acontece em Nova York, a menos que respeitem um limite de minuto e meio. É claro, eles querem aqui dispor de muito mais tempo do que isso. Seja como for, a NBC recusa-se a pagar taxas para cobrir quaisquer eventos com características noticiosas e ficou de fora, assim como a TV canadense, que provavelmente adotou a mesma postura. A CBS está trabalhando dentro do teatro porque decidiu pagar a taxa de $250 dólares. Quando chegamos no carro à porta que dá sobre a alameda lateral do edifício, uma multidão de repórteres aguardava. Logo destacaram um deles para me perguntar se os profissionais da imprensa escrita seriam admitidos para cobrir o espetáculo, e não vi por que não, ignorando a existência de qualquer proibição nesse sentido. Assim, instruí o nosso assistente de direção para que as portas fossem franqueadas aos jornalistas e logo uma dúzia deles se precipitou teatro adentro, para assistir ao que é, sem dúvida, um processo sumamente enfadonho para todos os que não estão envolvidos numa montagem teatral.

Além da equipe de Bill Moyers, havia também as câmeras da CBS, mais uns cinco cinegrafistas chineses e alguns fotógrafos. O tempo felliniano tinha chegado finalmente à China. Não podia voltar-me para nenhum lado, literalmente, sem que um *flash* explodisse em meu rosto. Nesse meio tempo, o desalento ia se apoderando insidiosamente de mim, toda a vez que pensava nas probabilidades de êxito da produção.

O departamento de adereços resolvera brilhantemente, de fato, alguns dos problemas mecânicos da montagem. A ação requer que Happy e Biff estejam deitados em suas camas no quarto de dormir do segundo andar e, alguns minutos depois, surjam dos bastidores quando adolescentes. Depois, têm que sair, após a cena deles nas recordações de Willy, e reaparecer de novo como homens de 30 e poucos anos, em pijama, nas camas do andar de cima. Na produção original, Mielziner tinha arquitetado um elevador que descia as plataformas das duas camas, deixando intatas as roupas de cama. O mecanismo funcionava com um guincho e enguiçava periodicamente, exigindo que um caudaloso e improvisado "bife" jorrasse da boca de Willy no palco, enquanto se procedia ao conserto da engenhoca.

Recordando isso no avião para cá, eu tinha desenhado uma prancha articulada por dobradiças para cada cama e que simplesmente abaixava, permitindo que os dois atores deslizassem para o andar de baixo, como num tobogã, sem serem vistos do público. Quando mostrei o meu esboço ao maquinista de cena, ele apresentou-me também a sua solução, basicamente a mesma idéia. Mas, na construção, aprimorou-a: as duas pranchas em que os atores estão deitados, sob as roupas de cama, são escoradas por duas sólidas vigas em T, bastando que os carpinteiros de cena a retirem, no momento requerido, da posição vertical, para que a travessa do T se incline e os dois atores deslizem rapidamente ao nível do palco. Dois irmãos significam dois carpinteiros encarregados exclusivamente dessa manobra, mas o que não falta na China é gente. Em Nova York, isso significaria um acréscimo de 900 dólares por semana.

Decidi "dirigir" para as câmeras, pedindo a Biff e Happy que experimentassem o mecanismo e fizessem a mudança de roupa, a fim de checar se tudo isso poderia ser executado no tempo requerido. O único problema é que eles teriam de dormir com as meias calçadas, pois levaria tempo demais tirá-las e pô-las de novo; assim, disse-lhes que não usassem meias sob as calças compridas como adolescentes. Essa instrução ficou imortalizada em *tape*.

A cena de abertura tinha uma atmosfera extraordinariamente densa — o que iria resultar verdadeiro ao longo de todo o Primeiro Ato, mas a iluminação tristonha deve dar lugar a níveis mais elevados de luz. O técnico de iluminação não dispunha de luzes suficientes para elevar o nível. Teríamos de fazer a peça em semi-escuridão, algumas áreas decentemente iluminadas, outras em catastrófica penumbra.

O teatro possui dois projetores móveis e ordenei que ambos ficassem acesos, embora seja irritatne assistir a uma peça sob focos de luz em movimento acima das cabeças durante toda uma longa noite. Com algumas religações, um nível de iluminação algo mais elevado, ainda que escassamente adequado, poderia ser obtido. Estamos agora em apuros, pensei eu. Como um último recurso, o Velho Feng poderia retirar os filtros amarelos dos *spots* da área básica, o que elevaria o nível, embora endurecesse também o efeito.

Tudo isso somado sublinha a pobreza do teatro e do país, mas o mais surpreendente era o conhecimento precário das técnicas básicas de iluminação cênica. É óbvio, por exemplo, que um contraste muito forte — luz branca contra um fundo preto — fatiga a vista durante um período muito longo; no entanto, a única iluminação estava no palco, sem absolutamente nada detrás dele. Um ator saía por uma porta para a escuridão total. Providenciei a instalação de algumas lâmpadas para aliviar a escuridão atrás da porta do quarto dos Lomans e evitar, pelo menos, que Willy não despencasse de considerável altura ao sair por ela.

Inevitavelmente, suponho, o mais difícil problema foi o mais elegantemente resolvido: o efeito de luz filtrando-se através das folhas de dois ulmeiros que outrora existiram defronte da casa dos Lomans. Quando Willy começa falando consigo mesmo, dirigindo-se a uma cadeira vazia na cozinha, como se visse Biff-quando-rapaz sentado nela, o tempo recua e os contornos das folhas espalham-se por todo o palco. Na realidade, nunca tínhamos obtido grande êxito com isso na produção nova-iorquina original, a qual foi, em todos os outros aspectos, um triunfo cênico, pois as folhas, por alguma razão, resultavam em salpicos escuros aqui e ali, cujo significado nunca ficou muito claro. Aqui, graças a meios inventados por ele próprio, o Velho Feng, sentado ao meu lado na platéia imersa em trevas, ordenou que se acionasse o efeito por ele imaginado.

Era excelente, produzia realmente a sensação de luz do sol coando-se através dos galhos e da folhagem densa de uma grande árvore. Apertei-lhe a mão e feliictei-o, e ele ordenou imediatamente a seqüência seguinte, a fim de esconder seu imenso alívio e prazer.

Após umas duas horas ininterruptas na sessão da manhã e cerca de três horas e meia na da tarde, havíamos coberto apenas os efeitos de luz para um pouco mais de metade do Primeiro Ato. Tínhamos de concluir esse ato e, além disso, todo o segundo, até às cinco horas do dia seguinte (segunda-feira), quando uma vez mais seríamos postos fora do teatro para que eles, por incrível que pareça, desmontem todo o cenário, modifiquem todo o esquema elétrico e fiquem em condições de apresentar *Sinais de Advertência.* Somente na terça-feira voltarei a ter o teatro à nossa disposição dia e noite.

Do mal o menos, o céu esta manhã estava de um azul luminoso, o ar lavado pela chuva estava livre de poeira e pedalamos durante três horas até ao que hoje é o Palácio da Juventude e foi antes a residência de Chiang Ching, quando ela governava o país. É um vasto palácio adequado para uma imperatriz, com piscina e sua própria sala de cinema, tudo cercado por um muro de tijolo cinzento de seis metros de altura, com portas de aço na entrada da rua. E era ela a grande niveladora! Agora, abriga salas de ensaios para exibições de arte infantil, demonstrações científicas, alguns jogos de guerra de TV que as crianças podem manejar, e o teatro onde montam peças e concertos juvenis. O lugar estava coalhado de jovens pais e suas proles. Lamentavelmente, éramos seguidos por uma discreta mas nunca distante equipe da TV chinesa com duas câmeras. Segundo parece, nada de mais interessante estava acontecendo em Pequim nesse dia.

Ocorre que um disco de "Laura' por grande orquestra estava sendo tocado a pleno volume nos alto-falantes que cobrem os jardins circundantes — uma suave e estranhamente comovente canção que a geração da década de 40 adorou, tocada, creio eu, pela orquestra de Tommy Dorsey ou outra muito parecida. E isso fez-me ver todo este indecentemente perdulário complexo de salões, corredores e puro apetite de poder, à maneira de Versalhes, tal como Chiang Ching poderia tê-lo visto: a realização de um sonho de Hollywood, mas numa escala que nem mesmo Louis B. Mayer teria se atrevido a tentar. Aqui, ela podia bancar a rainha toda-poderosa, essa ex-atriz de Xangai entregue à miopia e aos estragos de uma idade não confessada, e reunir à sua volta os ignorantes selecionados de seu reino, notáveis até entre os bajuladores de outros ditadores em outros lugares, pela ausência entre eles mesmo de imbecis educados. Se havia um objetivo na direção imposta por ela à nação, era destruir literalmente o espírito da China.

Almoço esta tarde com Christopher Wren de *The New York Times* e sua esposa, Jacqueline. Tendo-nos ido apanhar no Hotel dos Jardins de Bambu, onde ele nunca estivera antes, recordou ter ouvido que nos subterrâneos destes encantadores jardins e esculturas em pedra, o chefe da polícia de segurança de Mao, Wang Donxing, cuja residência era aqui, tinha instalada uma câmara de tortura. Ocorreu-nos, a Inge e a mim, que defronte do terraço do restaurante *há* uma abertura estranhamente situada, aberta na pedra de um pequeno cômodo artificial, de uns quatro a cinco metros de altura, decorado com arbustos e outras plantas. Pensando que isso poderia ser, pelo menos, uma pista, nós quatro atravessamos o pátio central e desembocamos num segundo pátio menor, com a "colina" em seu centro. O almoço estava sendo servido no terraço ensolarado. Atravessei a abertura abobadada e deparei-me com um beco sem saída, após um par de metros e, à direita, uma tremenda porta de aço fechada por dois grampos, em torno dos quais tinham sido fixados grossos arames com cadeados. Diante dessa catacumba, a uma distância de pouco mais de cinco metros, eu fiz meu café da manhã, almoço e jantar na maioria dos dias, reclamando do cômico serviço — tinha. às vezes, três bonitas moças atendendo-me e "ajudando-se" umas às outras para receberem o meu pedido, e todas as três esquecendo o que era até que, após uma espera de 15 minutos, uma delas reaparece da cozinha e reage com choque juvenil à minha presença. Ela trata então de inventar um pedido que jura estar quase pronto. E acabo por aceitar uma refeição que não pedi, faminto e derrotado. Desconheço uma outra nacionalidade que pudesse escapar impune à semelhante conduta, mas não reclamei nada porque as moças são muito bonitas e, sobretudo, muito burrinhas. Também espero comer aqui amanhã, defronte da sombria caverna para onde me teriam arrastado, altas horas da noite, sem dúvida, por "oposição ao pensamento do Presidente Mao", de acordo com o *diktat* da ex-atriz de Xangai.

2 de maio

Manhã de segunda-feira e a uma semana de nossa partida. Estreamos no próximo sábado à noite. Assim espero.

A habilidade chinesa com o papel mâché continua a surpreender-me. Além da geladeira dos Lomans, impossível de distinguir de um objeto de porcelana, eles também fizeram em papel mâché dois capacetes de futebol americano, copiados do que eu trouxera dos Estados Unidos, e pintaram-nos de ouro — sendo o modelo original feito de materail plástico, duro e macio, não admitiria tinta. Um mestre do papel mâché, de 80 anos de idade, encarregou-se de supervisar essas construções. Ele está agora aposentado mas seus alunos executaram o trabalho para nós. Por incrível que pareça, o velho mestre realizou coisas como mesas de banquetes completas com pratos, copos e bandejas, e carregadas de iguarias, tudo em papel mâché, podendo o conjunto ser todo levantado com uma só mão e levado para fora do palco.

Ele aprendeu a técnica quando jovem, em época pré-revolucionária, a fim de construir objetos funerários. No caso de um homem rico, o artista era levado à casa do defunto, permitindo-se-lhe que ficasse simplesmente passeando por ela, sem pressa; nunca tirava medidas com fita métrica mas, a coberto de suas volumosas mangas, imprimia sinais de medição em pedaços de papel com o polegar. Corria então para a sua oficina e construía a *casa inteira,* incluindo todos os cômodos e as peças mais importantes de mobiliário, à qual seria ateado fogo no funeral. Finalmente, a destruição de suas obras tornou-se muito dolorosa para o nosso especialista e isso levou-o ao teatro, onde suas criações eram preservadas e usadas.

Falando de adereços, a cesta de roupa originalmente fornecida a Linda para carregar como jovem esposa era escura, pesada, tinha uma só pega arqueada e difícil de manejar. Fiz um desenho de uma cesta americana comum para roupa suja, com duas pegas, tal como existia, pelo menos, em minha mocidade; mas, surpreendentemente, nunca tinham visto uma. Eu teria apostado que elas eram até feitas na China, nos velhos tempos. O jovem encarregado dos adereços, às escondidas de todos, viajou então mais de 150 quilômetros até uma aldeia onde, de fato, tais cestas ainda são, por vezes, usadas. Para aí chegar, ele teve que ir num desses perigosos triciclos motorizados que circulam, arquejantes, pelas ruas de Pequim e jamais se destinaram a uso em rodovias. Eu ignorava que o pai dele era um dos diretores do teatro mas contou-nos essa história durante o chá com Cao Yu ontem, no terraço do restaurante do Hotel dos Jardins de Bambu, defronte da caverna recém-identificada.

Cao Yu insistiu em vir de Xangai para a estréia da peça, apesar de não estar ainda inteiramente recuperado de uma operação. Um homem franzino e de aspecto felino, em seus 70 e tantos anos, ainda cheio de entusiasmo, usando uma boina francesa marrom e bengala, faz-se acompanhar da mais nova de suas seis filhas, que está no último ano da escola médica e é o retrato do pai. A par de *Casa de Chá,* de Lao She, *A Trovoada* de Cao Yu ainda constitui o núcleo do repertório do teatro; toda uma companhia foi formada em torno dessa peça e, de fato, alguns dos seus membros estão no meu elenco.

Para a sua geração, a geração da Revolução e da Guerra Civil, a China de hoje deve ser mais uma questão em aberto do que qualquer espécie de afirmação convicta de uma anterior teoria social. Após a vitória de 1949, eles acreditavam que dentro de, no máximo, 10 anos, algo chamado “socialismo” ergueria literalmente a China não ao status de uma grande potência — uma coisa que eles não estavam desejando então — mas ao nível de uma inspiração transubstanciada para os pobres do mundo inteiro, para quem a China iluminaria o caminho no rumo da irmandade sem Estado de toda a humanidade. Era um renascimento do milênio cristão, o Segundo Advento sem o Cristo.

Sei que ele se bateu denodadamente para trazer aqui *A Morte de um Caixeiro Viajante* como uma abertura para o mundo moderno para os atores e públicos chineses, e agora dá socos na mesa e insiste em que a peça terá uma longa carreira aqui. Aguardo o fim dos meus problemas, embora seja agradável ouvir tanto otimismo. Quando o levo até à boca da caverna para mostrar-lhe a porta de aço, ele pára por instante, abana a cabeça e nada diz, enquanto repito a conjetura de Wren de que pode ser essa a entrada para a câmera de torturas do chefe da polícia de segurança de Mao. Seguimos depois adiante, subindo os cinco degraus para o terraço banhado de sol e ficamos conversando. Em momentos como este, só se pode simpatizar com a incapacidade para reunir numa só imagem Mao, o salvador, a China, a luz do mundo, e uma caverna como aquela. Não é que paradoxos como esse existam só na China, mas que a escala de todas as coisas se situa além dos poderes da mente para abranger num único conceito.

3 de maio

Às sete desta manhã toca o telefone, com a voz clara e segura de nossa filha Rebeca explicando que ela e sua avó estão muito bem mas que metade da casa no Connecticut ardeu durante a noite. Os vizinhos estão sendo muito obsequiosos, e ela contratou um guarda para permanecer no local até ao nosso regresso. Uma hora depois, um dos jovens que dirigem este hotel entra em nosso quarto e, com um ar de agradável confiança, diz que terá muito prazer em ajudar-nos na mudança. Não tínhamos a menor idéia de que iamos mudar mas, ao que parece, vai ser-nos dada uma ampla suíte para clímax de nossa última semana na China, em vez dos dois acanhados quartos em que vivemos até agora. Toda a sorte de boas notícias hoje, não há dúvida.

O puritanismo chinês vem sendo há muitos anos uma característica certa do país, o que torna ainda mais estranho que a dúzia de garçonetes adolescentes no restaurante, do qual somos agora os fregueses mais duradouros, possam ser encontradas quase a qualquer hora do dia agrupadas no bar, onde ainda estou por ver um cliente, batendo um excitado papo a respeito de cabelos — como os ondular, lavar, cortar e apartar. O recebimento de pedidos atingiu agora níveis épicos de completa decomposição. Esta manhã, perguntei timidamente — nunca se sabe — se tinham suco de laranja, não laranjada, se faz favor. Se tiverem. . . Mas antes que eu pudesse fazer o resto do pedido, a garçonete sai para investigar. Isto é conhecido como Espera Número Um e termina em cerca de quatro minutos com o regresso da jovem, trazendo uma lata de suco mas sem copo. Poderia trazer-me um copo, por favor? Sim, claro, mas agarro-a por ambos os braços antes que ela desapareça de novo e forço-a a anotar o resto do pedido: quatro panquecas de presunto e um iogurte, e uma maçã, se tiverem uma ao alcance. Ela então parte, a fim de se cumprir a Espera Número Dois. Uma segunda garçonete, após cinco minutos, surge com duas xícaras de café, pelas quais estamos gratos. E desaparece para a Espera Número Três. A lata de suco de laranja permanece impassível. Agora chega a primeira garçonete com um copo cheio de suco de laranja e, ao colocá-lo diante de mim, olha atônita para a lata por abrir e pergunta-me o que deve fazer com ela; digo-lhe que está tudo bem, que não vou precisar de outro copo, e provo-lhe como posso beber o suco de laranja pelo copo que acabou de trazer, sugerindo-lhe que leve de volta a lata. Enquanto falamos, uma terceira garçonete, tendo sem dúvida ouvido que havíamos pedido café, chega com mais duas xícaras cheias dele. Tendo terminado o suco de laranja e duas xícaras de café, são-nos servidas as panquecas e, com um certo temor premonitório, pergunto se poderemos ter mais um pouco de café para acompanhar as panquecas, mas sugiro que não precisamos que nos tragam duas xícaras para cada. Percebo a perplexidade da moça: como poderemos beber café sem xícaras? Mas uma terceira ou, possivelmente, uma quarta garçonete entra com uma cafeteira cheia de café, e as colegas pasam-lhe a mão pelos cabelos e conversam alegremente, enquanto regressam todas do terraço à sala de jantar. A imperturbável alegria de viver delas é impressionante e sua solicitude em ajudarem-se mutuamente chega a comover. Mas não tem ligação alguma com as soturnas virtudes puritanas. Eu diria que elas estão bem longe de cultuarem a mística do dever disciplinado e parecem mais sulistas do que nortistas em seu relaxamento enquanto as coisas simplesmente se escoam cano abaixo.

No ensaio geral de ontem do Primeiro Ato, quando se procedeu à primeira tentativa de operar os efeitos de luz simultaneamente com a representação, a Mulher, Liu Jun, estava muito perturbada com a possibilidade de que sua longa echarpe de seda branca, que ela traz sobre os ombros com as pontas envolvendo voluptuosamente os braços, desoriente a platéia chinesa e a leve a pensar em luto; por isso queria que a trocassem por uma echarpe rosa ou vermelha, com o que eu concordo. Ela também queria que sua calcinha preta, com a qual se apresenta durante toda a sua atuação, fosse mais comprida, porque está cada vez menos satisfeita com suas pernas à medida que a estréia se aproxima. Isso seria absurdo e recebeu o meu veto.

Os nossos ensaios tiveram que ser cancelados esta manhã a fim de dar tempo ao Velho Feng para montar o que ele chama as suas "reservas" de luz, com o objetivo de elevar a luminosidade geral a um nível tolerável de claridade. Fi-lo recapitular todas as entradas do Primeiro Ato, iluminando cada cena por ordem, e observei que se deleitava fazendo todos os papéis enquanto murmurava "blá-blá-blá" e caminhava por todo o palco, ocupando as posições principais em que estariam os vários artistas. Veste sua usual blusa azul e tênis de sola branca. Felicitei-o por sua performance, que ele retribuiu com um sorriso agradecido.

Dentro de dois dias teremos a nossa primeira apresentação pública e, a esta hora da manhã, não estou certo de que teremos tempo para fazer mais de um ensaio geral com costumes, maquilagem e luzes. Hoje, três dias e meio antes da estréia, é a primeira vez que terei o teatro o dia todo e parte da noite. Mas ainda acredito que o elenco está sólido na peça. Poderiam fazê-la no metrô. Ou talvez não.

A um canto de praticamente todos os pátios de Pequim há uma pilha de velhos tijolos usados, perfeitamente arrumados. Ocasionalmente, vê-se até uma pilha defronte de uma casa e perguntei ao elenco, o outro dia, enquanto estávamos todos sentados discutindo as minhas notas para uma de suas atuações, o que significavam esses tijolos. Biff disse que eles tinham sido roubados, com efeito, de um ou outro dos inúmeros prédios em construção por toda a cidade; quando um homem acumulou uma quantidade suficiente, poderá construir um quarto adicional ou consertar uma parede que ameaça ruir. Com um sorriso que acabou explodindo numa de suas características gargalhadas juvenis, ele acrescentou:

— Eu mesmo acabei de construir um novo quarto!

— Então você sabe o que se sente... quanto Willy diz a Biff que esteve trazendo para casa toda a sorte de madeira do lugar onde estavam construindo um edifício de apartamentos.

— Claro! Essa é uma das principais ocupações em Pequim! — gritou ele e todo o mundo caiu na gargalhada. Mais um "americanismo" que tombava por terra.

Conversamos ocasionalmente acerca das relações entre pai e filho na China — estou tentando ainda fixar os sentimentos dos atores acerca desse conflito, que é tão central para a peça. Sei, por exemplo, que só na briga final na cozinha é que Biff, na tradução de Ying, está usando o íntimo pronome pessoal. Só então, quando tenta desesperadamente aproximar-se do pai, pode dirigir-se-lhe com essa intimidade! Entretanto, em termos de sua atuação, ele está, é claro, sob a minha direção e conduz-se exatamente como um americano o faria, com a mesma violência e cólera. Mas esse formalismo teria de subsistir até ao último momento ou faltar-lhe-ia credibilidade para uma platéia chinesa.

Isso trouxe à baila os "Vinte e Seis Atos Filiais", um código instituído durante a Revolução Cultural, sobre o qual o elenco ri agora, para reger, as relações pai-filho em famílias convenientemente organizadas. Por exemplo, o jovem filho aqueceria a cama gelada de seu pai, antes deste se meter nela nas noites de inverno. Um bom filho é particularmente elogiado por ter-se deitado sobre o gelo a fim de o derreter o bastante para obter um copo de água para seu papai. O grande escritor Leo She denunciou tudo isso como deslavada hipocrisia, mas pergunto-me se algo não está remanescido na psique.

Trava-se agora uma renhida batalha entre a NBC e, em menor grau, a TV canadense, e a administração do Teatro Capital, em torno da recusa daquelas em pagar uma taxa para filmar trechos da peça. A CBS pagou e voltou a filmar ontem enquanto eu trabalhava para reanimar alguns detalhes de atuação que Willy e Biff tinham perdido em resultado da suspensão do nosso trabalho durante dois dias. Os chineses tinham agora decidido, ao que parece, mudar sua postura na questão da NBC-TV e "deixar a decisão para o Sr. Miller" — o que é simplesmente maravilhoso, agora que necessito de cada minuto do tempo de ensaio nos poucos dias que restam antes da estréia. Não podiam ter escolhido melhor oportunidade para me jogar no fogo. O problema é que, além de se recusar a pagar a taxa, a NBC também quer sua própria sessão separada com os atores, o que foi precisamente o que declarei não ter tempo para conceder-lhes, logo na minha primeira conferência de imprensa; eu disse então que todas as câmeras teriam que trabalhar no mesmo dia, com tomadas idênticas das cenas escolhidas. Mas só a CBS provou estar preparada para trabalhar.

A noite passada, o Tio Ben entrou em sua primeira cena carregando uma bolsa de viagem de um estilo jamais visto no planeta. Resultou ser também de papel mâché mas parece de bom couro marrom e ter viajado da África ao Alasca e volta um bom número de vezes. Entretanto, alguns dos atores pensam que ela se parece mais com o tipo de bolsa que os "vendedores de venenos para ratos" costumavam usar, se bem que não haja unanimidade quanto a essa semelhança.

Repus "Jack Benny" na fala entusiástica de Howard sobre as virtudes do seu gravador. Eu mudara-a no começo dos ensaios para "Bob Hope (Boba Hopa) mas, mais tarde, recordei como, num avião para Los Angeles, em meados dos anos 50, ergui os olhos da minha revista para me deparar com Jack Benny, que se inclinava para a minha poltrona, apresentando-se. Ele e sua esposa estavam viajando com George Burns e Gracie Allen, disse ele, e queria apenas contar-me que tinha visto *A Morte de um Caixeiro Viajante* algumas noites após a sua estréia com Lee Cobb e quando ouviu seu nome mencionado duas vezes na fala de Howard, "Dei-me conta de que era agora imortal!" De súbito, pareceu-me não estar certo retirar o nome dele, muito embora Jack Benny não signifique nada aqui, ao passo que os chineses conhecem Boba Hopa graças ao programa de televisão por ele filmado em Pequim. De modo que resolvi deixar mesmo "Jacka Bennyah", a quem se pode ouvir a meio da noite se a empregada tiver ligado a aparelho para gravar o programa dele durante a ausência de seu patrão.

Jacky Benny lembra-me "vaudeville", e "vaudeville" de um mau hábito dos atores chineses de intrometerem pequenos "uh's" e "ah's" quando deveriam estar escutando em silêncio. A intenção é fazer as coisas parecerem vivas e ativas mas, por vezes, isso tem que ser eliminado porque quebra de modo absurdo as falas dos que com eles contracenam. A maioria das vezes, porém, é inofensivo e deixa-os satisfeitos, pois essas interjeições, na opinião deles, fazem *parecer* que estão prestando muita atenção às falas dos outros.

4 de maio

Passando agora à instalação elétrica, e após seis semanas de ensaios, quando tudo parecia entrar nos eixos, a execranda precariedade do equipamento de iluminação, merecedora de aposentadoria num ferro-velho, fê-lo enguiçar de vez. Estamos literalmente usando a última gambiarra e não é realmente suficiente. Toda a área atrás do cenário está às escuras e só por um grande esforço de imaginação será possível acreditar que qualquer cena está transcorrendo à luz do dia, como a abertura do Segundo Ato, bem como as cenas no passado, que deveriam estar banhadas de uma luminosidade otimista.

O Velho Feng está exausto, tentando remendar tudo. Acabei por dar-me conta de que não se trata apenas da relutância deles em expressarem quaisquer reservas ou críticas diante de estrangeiros; duvido muito que o façam diante de seus próprios dirigentes. Esta peça está sendo apresentada ao público com o que se resume a dois ensaios técnicos, um dos quais foi quase inteiramente dedicado à revisão do esquema elétrico que fora preparado antes. O problema era ou iluminação desoladoramente pobre ou iluminação brilhante no centro das cenas, declinando violentamente nas periferias.

Receio ter estado tentando compensar a habitual reticência deles ao dizer abertamente a quem quiser ouvir que, do ponto de vista técnico, este teatro simplesmente não existe. Um Sr. Wang passou pelo teatro ontem para me cumprimentar, na companhia de Mme. Chu (Joe), nossa amiga e ligação com a Associação Teatral, os patrocinadores do lado chinês; Wang está de partida para Washington, a fim de assumir seu posto de conselheiro cultural na embaixada chinesa. Imaginei que deveria ser pessoa importante na hierarquia e, durante uns 15 minutos mantive-o um pouco menos do que fascinado com uma aula sobre o que teriam de fazer se estivessem pensando seriamente em criar aqui um teatro de categoria mundial. Ele parecia estar entendendo tudo mas também podia ser sua maneira de manter-se acordado, nunca se sabe. Quanto a Joe, parecia sentir-se apoiada pelo que eu estava dizendo, já que isso favorecia suas próprias idéias; deposito mais esperanças nela como alguém que passará adiante minhas atitudes.

Assim, esta manhã ensaio de novo todo o Segundo Ato, basicamente para ensaiar as luzes para a equipe elétrica, e à tarde teremos um ensaio geral completo, com luzes e roupas. Teremos público amanhã à noite, que Deus os ajude.

Ainda estou atônito com o tremendo interesse nesta produção por parte da imprensa e da comunidade política. Há uma corrida à bilheteria, também — ou assim me disseram. É certamente um sinal do isolamento e sigilo da China que a montagem de uma peça — qualquer peça — pareça ser algo que marca época. Metemos todo o elenco e pessoal técnico num ônibus rumo à embaixada americana para uma recepção em minha honra e devia haver uma centena de membros do corpo diplomático perambulando pelo pátio retangular do edifício de fachadas de vidro em estilo moderno. Dispunhamos apenas de uma hora para isso e perderíamos o jantar, de modo que o elenco e eu dedicamo-nos diligentemente a interceptar os canapés que passavam ao nosso alcance, nas várias bandejas que surgiam flutuando nas mãos dos garçons. Estavam presentes os embaixadores da Grã-Bretanha, Alemanha Federal, Irlanda, Sri Lanka e um certo número de outros que não retive. Dois dos americanos presentes, um texano de fala macia e sua esposa, exprimiram seu enorme prazer por me conhecerem aqui em Hong Kong!

Inge e eu estamos tentando não pensar a respeito do incêndio em nossa casa. Quando dei a notícia à mulher de Ying Ruocheng, Wu Sheliang, e mencionei que todos os nossos melhores livros tinham sido destruídos, ela disse compreender:

— Foi exatamente o que nos aconteceu na Revolução Cultural.

* * *

No ensaio de iluminação desta manhã, cerca de metade das luzes ou acenderam tardiamente, ou nunca acenderam, ou quando acendiam estavam estranhamente mais mortiças do que se combinara ontem. Senti que a cólera subia em mim; estava tudo sistematicamente errado. Quando chegamos ao fim, avancei para o Velho Feng, que me encarou surpreso:

— Mas agora é manhã! — explicou ele.

— E o que é que isso tem a ver?

— A voltagem de Pequim cai durante o dia porque as fábricas estão funcionando. Tudo estará mais claro logo à noite.

Sentei-me de novo mas folheei uma lista de quatro páginas de suas falhas, a principal das quais é fornecer luz do dia em qualquer cena da peça.

— Mas isso é por causa do cenário ser tão aberto — desculpou-se.

A verdade, que surgiu lentamente, é que ele interpretou de maneira errada o esquema de iluminação, supondo que ela indicava praticamente todas as cenas como fazendo parte das fantasias de Willy — e a fantasia é sempre iluminada de forma difusa. Ele agora entende que há fantasia e há realidade, afirma, e tratará de fornecer luz do dia quando for requerido. A primeira cena do Segundo Ato, no fim de contas, não pode ser confundida com uma fantasia, quando Willy está cheio de energia e de planos para convencer Howard a dar-lhe trabalho no escritório de Nova York. Mas é iluminada como se tivesse lugar à meia-noite.

— Willy não é um trabalhador noturno, Feng — acabo por dizer, e a isto não deu resposta, além de prometer outra vez luz do dia.

Lembro-me subitamente, ao observar Biff sentado em sua mala no quarto do hotel de Willy em Boston, que o personagem, na produção original, vestia uma capa de chuva sobre seu suéter esportivo, e que isso era uma espécie de detalhe estranhamente concreto que indicava ter ele viajado desde Nova York. Também que chovia, um outro toque de realidade em Boston. De modo que convoquei o homem do guarda-roupa, e Ying Ruocheng pediu-lhe uma capa de chuva para Biff. O sujeito olhou-nos um pouco indeciso e perguntou que tipo de capa de chuva, e eu disse-lhe que qualquer tipo ocidental estaria bem mas castanho claro seria uma boa cor.

Acontece que o homem dos adereços encontrava-se no palco nesse momento, consertando qualquer coisa no piso; tinha a aparência de Buster Keaton, uma expressão terrivelmente séria, fechada, incapaz de esboçar um sorriso e, ao mesmo tempo, estranhamente distante e sonolenta. Anda em torno de seus 60 anos, caminha compassadamente e sem ruído, e espia sob qualquer coisa que tenha espaço por baixo — para quê, ninguém parece saber. Tendo escutado a nossa discussão a respeito da capa de chuva, piscou os olhos e olhou para o nosso grupo, espalhado pelas cadeiras de orquestra.

— Por que não arranjar para ele uma capa de chuva do Exército Popular de Libertação? São as melhores, vocês sabem.

Que Biff Loman usasse uma capa de chuva comumente reconhecida do EPL em Boston poderia ser uma nota original que jamais lhe passaria pela cabeça, e Ying, com sua inquebrantável paciência e simpatia por essas pessoas, absteve-se de rir e simplesmente mudou de assunto.

O proscênio, no qual se passam várias cenas vitais, consiste em vários comprimentos de tábuas pintadas de preto que foram obviamente emendadas e unidas por falta de comprimentos uniformes de madeira. Algumas tábuas não assentam em nenhuma outra coisa senão boa vontade, e cedem quando nelas se pisa; além disso, foram serradas irregularmente e soltam estilhas. Queixei-me ao cenarista que, penso eu, achou que eu estava querendo luxo demais nesse particular, mas no dia seguinte àquele em que Happy tropeçou e o substituto de Ying enfiou uma perna num vão aberto entre duas tábuas, apareceu uma equipe e estendeu sobre as tábuas tiras de lona; mas são muito pouco espessas e, embora ofereçam uma superfície macia, ainda enrugam, sobem e descem, sob o peso dos atores. Linda caiu agora ao tropeçar num peso de ferro deixado no chão atrás do cenário, onde está sempre totalmente escuro, tal como eu tropeçara dez minutos antes. Evidentemente, as pessoas esperam que cada um cuide de sua própria segurança.

Para iniciar a cena na cozinha, após o regresso de Happy e Biff de sua noitada na cidade, em seguida à cena do restaurante, Happy terá que afastar a cortina para a sala de estar e fazer menção de entrar mas recua ao ver Linda aí sentada. No ensaio de ontem, tínhamos ficado tanto tempo discutindo as luzes que, quando Happy entrou finalmente em cena e afastou a cortina, deu um salto para trás, sobressaltado, e depois começou rindo histericamente. Linda surgiu, enfim, segurando a cabeça e também rindo: ela ficara esperando por tanto tempo que acabou por adormecer profundamente e quando Happy afastou a cortina, Linda quase caiu de sua cadeira.

Como diretor do teatro, Cao Yu tem, entre outras regalias, um carro com motorista permanentemente à sua disposição, bem como um espaçoso e arejado apartamento em um novo edifício numa das recém-criadas avenidas da cidade moderna. Ele foi vitimado pela Revolução Cultural, quando sua biblioteca lhe foi confiscada e nunca mais devolvida, mas não faz muito tempo a bela mesa de tampo de mármore onde ele trabalhara durante anos voltou a ser-lhe entregue. Os Guardas Vermelhos tinham retirado da casa de Cao Yu todos os seus obejtos de valor e guardaram-nos por quase uma década num armazém onde existem ainda dezenas de milhares de "pacotes" cujos proprietários morreram ou se dispersaram. É geralmente admitido que os Guardas Vermelhos, em seu todo, eram jovens idealistas honestos mas um número considerável deles apossou-se dos bens resultantes de seus saques e depredações.

No almoço de hoje em seu apartamento, Cao Yu, exuberante e com a tendência para gritar entusiasmado no que parece ser uma apreciação excessiva de qualquer coisa que lhe chame a atenção, apanhou um álbum em sua estante e mostrou-nos uma carta de muitas páginas, maravilhosamente escrita numa caligrafia que até eu pude apreciar, do seu velho amigo Huang Yongyü, o famoso pintor. A essência dela, conforme Cao Yu a traduziu, palavra por palavra, era a seguinte: "Meu mais querido e velho amigo, tal como amo a China assim te amo e devo, portanto, dizer-te a verdade. Como artista e escritor, eras outrora um oceano e agora converteste-te num riacho gotejante. Quando cobrirás de novo as nossas páginas de grandeza? Tudo o que escreveste a partir de 1942 é desprovido de verdade, de beleza e de utilidade. O que fez o nosso país ao teu inestimável talento, e o que fez para merecer perdê-lo?"

Isto só pode ser uma tradução aproximada e sofrível, que cito de memória, de uma crítica densamente composta e devastadora ao escritor que a estava lendo com intensa emoção para Ying Ruocheng e sua esposa, Inge e eu, e suas duas filhas mais novas. Eu sentava-me a seu lado, perto dele, num pequeno sofá de vime, com Ying Ruocheng do outro lado traduzindo as oito fileiras horizontais de caracteres fortemente tintados em sucessivas páginas, cada uma das quais pregava mais um prego no caixão de sua arte morta. Uma vez terminada a carinhosa saudação e iniciado o lamento sobre seu apagado talento, pensei por um segundo que seria uma piada, algum espécime de refinado espírito chinês cuja crueldade, no último momento, seria contornada por uma frase graciosamente irônica que repusesse tudo num quadro encorajador, ainda que admonitório. Mas isso não aconteceu até ao fim. O que poderia haver no coração de Cao Yu não só para respeitosa e até carinhosamente fixar essas páginas arrasadoras num álbum especial mas, além disso, as ler para nós?

Huang Youngyü tinha sido nosso hóspede no Connecticut dois anos antes, e contava na carta para Cao como tinha acabado de regressar de um bosque, sentado a meu lado no reboque do meu trator e na companhia de um carregamento de lenha que eu estivera cortando, e como na véspera passara alguns momentos assistindo ao ensaio de uma nova peça que eu estava dirigindo. Assim, a carta começou com um contraste entre o que ele considerou minha energia e livre criatividade e a anuência de Cao Yu em ser um funcionário — por conseguinte, um criado do regime — assim trocando seu talento por mordomias. Daí deduzi que um impulso foi o desejo de Cao Yu de me elogiar de forma convincente. Mas, sendo ele um dos principais patrocinadores da produção de *A Morte de um Caixeiro* em Pequim, eu não necessitava de mais essa prova de seu apreço por mim. Houve mais.

Suas duas adoráveis filhas mais novas balançavam afirmativamente a cabeça à medida que cada ideograma era lido dessa penosa crítica ao pai delas — em sinal de reconhecimento da validade de cada farpa que a carta desferia tão poética mas contundentemente. Mas sem qualquer emoção evidente — pelo menos, nenhum constrangimento ou sensação de angústia pelo que o pai estaria sentindo. O que poderia ser aduzido dessa evidente aprovação de tão severa condenação da vida do pai delas? Era assombroso, e a leitura prosseguiu implacavelmente, com o inglês inteligente de Ying, que nunca, nem por um instante, se alterou ou reconheceu sequer o conteúdo do que estava lendo.

Todo esse tempo, Cao Yu, cujo inglês é precário mas usável, tentou acompanhar Ying, submetendo-se ocasionalmente a que seu amigo mais jovem lhe corrigisse uma tradução inexata, mas avançando ao lado dele, de qualquer modo, frase após frase. Terminada a leitura, esse homem pequenino bateu repetidas vezes com o indicador no álbum e gritou:

— A verdade! Isto é obra de um verdadeiro amigo! Absolutamente verdadeira!

E olhou para mim, apenas a alguns centímetros de distância, uma tempestade de sentimentos em seus olhos, e uma certa ferocidade também.

Ainda não consigo absorver isso inteiramente. É possível que, após tantos anos, décadas, de se ver cada vez mais afastado de sua atividade de simples escritor, o que ele sabia ser verdade, Cao estivesse agora tentando, a todo o custo, resgatar sua vida real — mesmo soltando a pele falsa com que ele simulava ser da mesma cor e padrão que todo mundo — do único modo que lhe restava: lendo a condenação afetuosa, por um amigo, de sua pior obra, artificial e compulsória. A carta isolava claramente sua melhor obra como tendo sido a realizada antes da Libertação e antes da mão do Partido começar pesando sobre a de Cao. Para além do meu constrangimento, meu respeito e admiração por ele subiram às alturas.

Um pouco depois, ele não nos deixaria sair sem nos levar primeiro a conhecer o resto da casa, mostrando-nos a cama esculpida em pau-rosa que sua segunda esposa, vinte anos mais nova, com quem casara alguns anos após a morte da primeira, trouxera como dote. E depois, em seu gabinete de trabalho, mostrou a recém-devolvida mesa de tampo de mármore.

— Finalmente tive-a de volta, mas os Guardas Vermelhos tomaram todos os meus livros, e nunca mais os verei de novo.

Esse pequeno giro por sua casa, conscientemente ou não, parecia relacionar-se com a leitura da carta para nós. Pois a Revolução Cultural, na verdade, toda a Revolução, teve de infligir certos custos para compensar seus ganhos, e um deles foi a constante suspeita, quando não o desprezo declarado e a perseguição violenta, dos intelectuais. A humilhação a que foram submetidos deixou uma indelével marca em escritores e artistas. Ainda hoje se publicam relatos sobre engenheiros — eles são classificados entre os intelectuais — que abandonam a China frustrados por terem sido tão cerceados pela gerência das fábricas que sua valiosa contribuição para a produção tornou-se inútil. No ocidente esquece-se usualmente que a revolução da China foi uma revolução camponesa e que Mao era um camponês. Para a mentalidade deles, a atividade intelectual é, no máximo, um ornamento, em comparação com a verdadeira criatividade da produção de alimentos. O reverso da medalha, é claro, consiste no fato de que, tradicionalmente, a China criou uma classe de intelectuais cuja única função era serem aprovados nos exames imperiais, após o que não eram obrigados a fazer coisa nenhuma o resto de suas vidas. A pura inutilidade dessas pessoas é simbolizada pelo fato de um dos elementos mais vitais e decisivos nos exames ser uma prova da habilidade dos candidatos em comporem poemas líricos padronizados. Para muita gente, a atividade intelectual ainda não é trabalho de verdade. Talvez a tradição anti-intelectual americana — ou a paralela animosidade russa — não esteja totalmente deslocada aqui. Mas em nenhum país foi esse sentimento transferido para a perseguição política numa escala tão vasta e durante tanto tempo.

Inevitavelmente, portanto, na China — e quase no mesmo grau na Rússia — existe uma qualidade obsessiva em seu culto de integridade intelectual. Nunca posso fazer perguntas em torno da Revolução Cultural sem pressentir um misto de vergonha e de culpa implícita. Nada de importância foi ainda escrito acerca dessa mais recente e mais complexa das catástrofes chinesas, e a explicação é sempre a mesma: ela ainda parece insolúvel em suas ambigüidades, mais tempo terá que passar antes que ela possa ser abordada. Mas parece freqüentemente que a geração que a sofreu estava ou, pelo menos, sente que estava implicada, de algum modo, nela — um movimento que começou num impulso de idealismo contra o tosco socialismo burocrático e degenerou em completa anarquia, controlada no topo por uma máfia de ignorantes que se apoderara do próprio Partido. O pior de tudo é impossível fixar os olhos no próprio Mao e em seu papel na Revolução sem ficar cego. É horrível demais — o salvador da China e, muito possivelmente, a sua ruína.

A Primeira Pré-Estréia

O Teatro Capital é muito espaçoso, cerca de 1.300 lugares, mais do qualquer teatro de Nova York, exceto o maior de todos, mas a acústica é muito boa. Mais ou menos à metade da platéia há uma coxia transversal, na qual tenho um assento com Shen a meu lado, em caso de que necessite de intérprete. Às 7:15 da tarde, as poltronas estão ficando rapidamente cheias para o início do espetáculo às 7:30; é uma platéia que não pagou ingressos — empregados do teatro, suas famílias e amigos, que parecem, em sua grande maioria, pessoas jovens, de menos de 25 anos. Alguns trouxeram até os filhos pequenos. O nível de ruído paira entre o de um numeroso público numa conferência nos Estados Unidos, antes da entrada do conferencista, e o de um público de basquete colegial, antes das equipes entrarem na quadra. Um jovialmente enérgico bater de assentos quando pelo menos metade do mais de um milhar de pessoas presentes decide levantar-se e trocar de lugares com a outra metade. (Ao investigar mais tarde a violência do som de batidas de assentos, descobri que os amortecedores de borracha sob os tampos das cadeiras estão completamente gastos, de modo que o horrível som é metal contra metal, como tiros de pistola calibre 22.) Pressinto algo turbulento no público, algo bravio, indômito e ávido, e, à falta de melhor palavra, rústico. Já os bebês estão sendo conduzidos para fora — para os banheiros, presumo. Poderíamos estar num circo ou numa palestra demonstrativa de puericultura que a diferença não seria muita. Mas, ao invés da situação comum há cinco anos em teatros chineses, ninguém está cuspindo no chão. A minha mente, entretanto, relembra o comentário do adido cultural americano, quando me disse que este público na China não era "refinado". Estaremos perdidos?

Assim que o teatro fica às escuras, há um declínio perceptível de ruído. Sem pano de boca, o cenário esteve exposto desde o momento em que o público entrou no teatro, de modo que, quando as luzes se acendem de novo, os espectadores estão habituados à exposição da estilizada casa dos Lomans; e agora estão razoavelmente silenciosos, excetuando o incessante zum-zum de conversas entre dentes, uma espécie de marulho oceânico que, na China, é o equivalente do silêncio. Naturalmente, algumas pessoas, não mais de duzentas, ainda estão trocando de lugares.

Agora, Willy penetra na faixa de azulada luz noturna que envolve o proscênio, carregando sua lendária mala, colocando-a no chão, e entrando em casa para ser acolhido pelo "Willy!?" da mulher, que acaba de despertar. Mais ou menos uma centena de outras pessoas decide agora regressar aos assentos que tinham anteriormente trocado, e algumas delas sobram, inevitavelmente, e ficam vagando para cima e para baixo nas coxias. Willy e Linda iniciam sua cuidadosamente ensaiada e belamente modulada cena em que a condição mental de Willy é revelada pela primeira vez, sua falsa crença de que esteve conduzindo o dia inteiro um carro que ele não possui há vinte anos. Essa informação veiculada de um modo algo sutil parece desencadear uma exuberância oculta no público, que recupera subitamente seus poderes vocais, após a breve pausa dos momentos prévios.

Diretamente à minha frente sentou-se um jovem que afundou na cadeira e penteia o cabelo com um vigor quase feroz. Uma vez mais, os assentos estão batendo ruidosamente à minha volta e parece ter surgido um tema de conversação tão comum a todos os presentes que o som se propagou de maneira uniforme a todo o auditório. O jovem à minha frente está mudando agora a risca do cabelo da direita para a esquerda mas, estranhamente, seus olhos continuam pregados no palco. A meu lado, um jovem e descontraído casal está discutindo alguma coisa no mesmo tom de voz que usariam em sua própria sala de estar. Entretanto, numa observação mais apurada, eles não parecem estar divorciados do que se passa no palco, apesar de continuarem discutindo.

Tudo isso estarei em breve classificando de silêncio tumular em comparação com o que acontece quando Willy, depois da cena de Biff e Happy no quarto de dormir, surge na cozinha vazia e começa falando a Biff, do outro lado da mesa, estando Biff invisível. Nesse momento, os dois atores estão sendo baixados de suas camas para o piso do palco e um revelador movimento das roupas de cama foi assinalado. Desenvolveu-se um vozerio de dimensões médias, através do qual Ying está falando alegremente para uma cadeira vazia da cozinha, na qual ele vê sentado, com os olhos da mente, seu amado filho caçula. Agora, ele segue Biff com o olhar fixo, e levanta-se, atravessa a linha da parede da casa para a explosão de luz solar no proscênio, e num momento, ambos os rapazes, que tinham sido homens de 30 anos no quarto de dormir, surgem, vindo da direção para onde Willy falava, como adolescentes, carregando uma bola de futebol americano e uma *punching-bag*. O teatro enche-se de excitado alarido.

Shen está gritando a meu ouvido:

— Estão tentando imaginar se são os mesmos atores, ou se você descobriu atores que são gêmeos, ou o que aconteceu! — E também ela está deliciada, enquanto olha rapidamente à sua volta. — Sim! Estão espantados como foi que eles desceram das camas!

E Shen tem uma expressão triunfante, como se o nosso ardiloso sistema mecânico tivesse funcionado às mil maravilhas, em vez de fracassar redondamente em criar uma ilusão do passado ganhando vida na mente de Willy e, esperamos, na do público também.

Toda a platéia está agora meio levantada, braços agitam-se e pessoas riem loucamente, ao mesmo tempo que se cutucam e dão palmadas uns nos outros. Várias crianças estão sendo levadas às pressas para os banheiros.

Eis que perpassa em meu espírito o pensamento, que bruscamente rechaço, de que foi então para isso que eu estive dedicado quase dois meses de trabalho árduo. Entretanto, não posso senão negar que nesta sala exista alguma coisa parecida com desinteresse ou tédio. É mais uma ausência total e irremediável de compreensão. Não há e nunca pode haver uma unidade completa de humanidade, etc.

No intervalo, dificilmente consigo suprimir minha cólera não só contra o público chinês mas também contra a minha própria presunção. Percorro o escuro e desolado corredor de acesso aos camarins, o odor fétido dos banheiros assaltando uma vez mais as minhas narinas — nas últimas semanas de quase vitória não pareciam cheirar tão mal — e sento-me ao lado da mesa de toucador de Ying Ruocheng. Charley, Biff e Happy espiam-me, à espera de minha reação, mas não tenho força bastante para dissimular.

— Vocês são de ferro, para conseguirem representar diante de uma turbamulta de baderneiros como essa — digo em meu azedume. — Tenho que lhes render minhas homenagens. — Ying ri.

— Realmente eles não são tão barulhentos assim. E ninguém tossiu. Isso significaria que estavam entediados, e nada disso aconteceu. Acho que estão gostando.

Procurei os olhos de Ying, mas pareceu-me ter sido sincero no que disse.

Há uma consolação mais fria por parte dos outros e eu regresso, relutante, à minha cadeira. Recapitulando o Primeiro Ato, tenho que admitir que o público, de um certo modo que ultrapassa os meus poderes de compreensão, acompanhou o desenrolar da peça — Zhu Lin, dizendo suas longas falas com os dois rapazes na cena da cozinha, quando revela as tentativas de suicídio de Willy, provocou um silêncio mortal na sala. E riram nos momentos certos, durante a cena do jogo de cartas. Tinha sido o espanto causado pela aparição de Happy e Biff como adolescentes, depois que os tinham acabado de ver como adultos, o que deflagrou aquilo que me pareceu ser um caos de ruído e desatenção. Como alguém que não é mais parcial em face da realidade do que o seu vizinho do lado, decido enfrentar a possibilidade de que a peça talvez esteja penetrando naquela turba, mas não me perguntem como.

Parece-me que, à parte o êxito de Linda no Primeiro Ato em silenciar até esta platéia, a vez seguinte em que eles ficaram realmente domesticados foi no confronto de Willy com Howard. Estariam eles farejando uma "mensagem" e, com isso, um território familiar? Talvez. Mas, com a saída de Howard, Willy evoca seu irmão morto, Ben, cuja aparição da penumbra provoca um murmúrio de comentários, mas muito menos do que no Primeiro Ato. Parece terem absorvido a forma, finalmente.

No final, marcado apenas por um gradual escurecimento do palco, seguido pela iluminação forte dos prédios ao fundo, todo o público se põe abruptamente de pé, em meio ao estrondear dos assentos, e rompe em aplausos. Ao mesmo tempo, há pessoas saindo em disparada do teatro, ansiosas por pegar os últimos ônibus na noite.

Nos bastidores, Ying e a companhia estão surpreendentemente aureolados por uma radiante expressão de sucesso. Para uma platéia chinesa, tais aplausos são extremamente raros: ter uma grande maioria permanecido para bater palmas, correndo o risco de perder o último ônibus, é um verdadeiro tributo, afirmam eles.

Só houve descontração suficiente no dia seguinte para discutir a pré-estréia com o elenco, em sua maioria, é claro, com longa experiência desse público. Só então Ying revelou o fato de que a platéia era predominantemente composta de trabalhadores que fornecem a cantina do teatro com legumes e carne, pessoas que nunca vêem peças teatrais e a maior parte deles com pouca educação. Em tais circunstâncias, acreditavam que eles tinham ficado fascinados. O teatro dera-lhes entradas para assegurar-se de que obteria no futuro as melhores peças de carne, as galinhas mais frescas e um mínimo de cebolas estragadas.

Mas o elemento mais surpreendente de todos para eles, o que nunca me ocorreu, foi a ausência de maquilagem em atores representando estrangeiros. Segundo Charley e Biff, muitos espectadores disseram à saída que, pela primeira vez, "isso fez-nos sentir iguais a *eles*," isto é, ocidentais. Se esse for também o caso para as futuras platéias, justificará por si só a produção de *A Morte de um Caixeiro Viajante* aqui, pelo menos para mim. Isso pode realmente abrir o repertório mundial para a China, não meramente como uma curiosidade, mas como uma experiência em que eles podem participar e que em muito contribuiria para penetrar o isolamento deles como cultura, uma façanha de vulto cujas ressonâncias podem propagar-se em muitas e surpreendentes direções.

Para mim, esta primeira pré-estréia ainda continua ambígua. A única satisfação real é que a companhia manteve sua concentração rigorosamente sólida, nunca ampliando a performance a fim de atrair a atenção do público. Sinto agora que, seja qual for a extensão da carreira da *Morte de um Caxeiro* em Pequim, não trairá a performance que nos esforçamos por tanto tempo em forjar.

A Segunda Pré-Estréia

Como Ying previu, esta segunda platéia é de natureza diferente, sendo o espetáculo dedicado a editores, autores, artistas e acadêmicos, bem como aos amantes do teatro que conseguem arranjar caronas. Mas todos os lugares são gratuitos, uma vez que ainda estamos chamando a estas apresentações ensaios. Tal como nos Estados Unidos, nenhuma reação do público é "autêntica", a menos que as entradas sejam pagas. Aqueles que pagam constituem o melhor público, dizem eles.

Cao Yu decidiu ver esta representação, bem como a estréia oficial amanhã à noite. Uma vez mais, acode-me à lembrança quanto depende do nosso êxito para ele, e Ying, e outros que compartilham das opiniões de ambos. Para um homem de 70 e tantos anos que se submeteu a uma grave cirurgia há apenas algumas semanas, ele está realmente muito bem, considerando ainda que horas antes fez as honras da casa num almoço-banquete de três horas bem puxadas, oferecido ao elenco, a par de uns dez ou doze americanos, amigos de Inge e meus que decidiram aproveitar esta ocasião para fazerem sua primeira visita à China. Todos eles estarão na *première,* amanhã à noite.

O público deste segundo espetáculo, embora não silencioso como entendemos o silêncio no ocidente, está, não obstante, nitidamente atento e profundamente comovido. Mas subsiste o problema de fazer deslizar os rapazes de suas camas sem que as roupas de cama se mexam nem dar a entender ao público que algo insólito está acontecendo no segundo andar. Vejo, de súbito, que os lençóis brancos, movendo-se ainda que ao de leve contra o fundo preto, atraem os olhares, e podem ser simplesmente cobertos com mantas escuras.

O Velho Feng iluminou finalmente o espetáculo com um equilíbrio decente entre tonalidades melancólicas e visibilidade dos rostos dos atores, e quando lhe aperto a mão e o felicito, dirige-me um sorriso meio acanhado e diz:

— Tinha que fazer direito. . . era a minha obrigação.

Fico imaginando por que Ying tropeçou nas palavras num dado momento de sua última cena com Ben, quando está discutindo seu suicídio. Ele explica-me que há duas palavras diferentes para morte; uma refere-se-lhe como mera morte; a outra inclui também respeito por um parente. Ele tinha inadvertidamente mencionado o primeiro uso e, depois, quando se apercebeu do erro, hesitou.

A animação é grande e todos falam pelos cotovelos. É como um espetáculo que promete ser um êxito em qualquer parte do mundo: solta as línguas nos bastidores. Charley conta-me que, no final de um espetáculo durante o reinado de Chiang Ching, faziam um figurante carregar uma enorme bandeira vermelha num longo mastro e atravessar o palco, para assegurar os aplausos do público em pé!

O assistente de diretor admite agora que, quando leu a peça pela primeira vez não conseguiu entendê-la nem como poderia funcionar, pelo menos com um público chinês. Só quando chegou à cena, perto do final do Primeiro Ato, em que Linda revela as tentativas de suicídio de Willy, é que ficou interessado, voltou ao princípio e releu tudo de novo. Enquanto ele me conta isso, posso ver nos rostos dos outros atores que o mesmo aconteceu com eles. Quantas dúvidas devem ter tido quando cheguei! — e nunca me apercebi disso.

Ainda estou envergonhado pelo que aconteceu durante um ensaio há três noites. Levantei-me e suspendi a representação após alguns minutos, na primeira cena Linda-Willy, quando um fotógrafo simplesmente avançou dos bastidores até à ribalta e começou batendo fotos com *flash.* O que foi estranho, nessa ocasião, foi que tanto Shen, que estava sentada a meu lado no fosso da orquestra, quanto Ying, no palco, se dispuseram a traduzir minhas ordens furiosas para que o fotógrafo saísse do palco e se sentasse. Finalmente, Ying conversou com o homem, que me olhou surpreendido, irritando-me ainda mais, e sentou-se. Pedi a Ying que iniciasse de novo a cena. Esta manhã, acudiu-me simplesmente que ele é, de fato, o nosso próprio fotógrafo teatral, um homenzinho doce e prestável que colabora em tudo o que lhe peça. Pouco depois encontro e dirijo-me a ele a fim de pedir desculpas mas, ao aproximar-me, bateu prontamente em retirada como se eu fosse invectivá-lo outra vez.

De qualquer modo, nada mais há realmente que eu possa fazer e acho que é hora de partir. Descubro em mim uma ausência não surpreendente de ansiedade ou mesmo desejo; agora que os meus poderes estão esgotados, eu poderia perfeitamente ser qualquer outra pessoa. O que resultará de tudo isto, já não está ao meu alcance influenciar de agora em diante.

7 de maio, a Estréia

É impossível dormir depois das seis, de modo que, quando me levanto, revejo as minhas notas para qualquer coisa que possa ter esquecido de recomendar ao elenco antes de "estrearmos". De fato, só nominalmente se trata de uma estréia, uma vez que, quaisquer críticas que venham a ser feitas, só serão publicadas ao longo da próxima semana e não amanhã de manhã. Descubro mais apontamentos sobre ambas as pré-estréias do que me recordava sequer de ter anotado — quando a função de uma pessoa se esvai, suas notas proliferam.

Miss Forsythe continua batendo na cabeça da raposa de sua estola, pendente de um ombro, e olhando enternecida para seus olhinhos de vidro. Eu solicitara uma estola de pele com o intuito de atenuar o excessivo decoro de seu vestido, mas agora ela converteu o pobre adorno num bicho de estimação. Mas suponho que Miss Forsythe faz isso convencida de que se trata de um insinuante gesto de convite. Será que funciona desse jeito com o público?

Na segunda pré-estréia houve subitamente uma interrupção na música que precede a cena do restaurante, e soube imediatamente que o malfadado gravador tinha finalmente exalado o suspiro final. Isso significaria que Willy não teria as deixas da telefonista do Hotel Standish Arms, prenunciando sua cena final com a Mulher em Boston, ou a música desenfreada que o força a pôr-se de pé no diálogo febril com ambos os filhos. Mas, após um breve hiato, o som voltou e continuou funcionando até ao fim. Soube mais tarde que, na escuridão dos bastidores, o técnico do som tivera que emendar uma nova conexão para uma nova tomada macho. Façanha heróica em plenas trevas.

Risos insólitos que ainda não entendo completamente: por que riem da resposta de Willy ao conselho de Bernard para "cair fora e deixar correr as coisas", se elas não estiverem correndo bem — "Mas se você não puder cair fora?" Será um reconhecimento da pesada mão do destino?

Com Charley, que insiste em oferecer-lhe um emprego, Willy diz encolerizado: "Eu tenho um emprego". Charley responde: "Que diabo de emprego é esse sem salário?" pois ele vem emprestando dinheiro a Willy há meses. O público riu com o que, nessa passagem, acho ser uma certa crueldade. O mesmo ocorre quando Charley fica farto de ouvir Willy, ao dizer-lhe este, "E lembrar-me de que fui eu quem o batizou, quem lhe deu o nome de Howard!" — seu patrão que acaba de o despedir — e retruca escarninho: "Você batizou-o, mas não pode vender isso!" Grandes gargalhadas.

No final da manhã somos visitados em nossa suíte pelo professor Ye, o cavalheiro que falou de acordo comigo no encontro do Instituto de Idiomas Estrangeiros, que escreveu sobre Hans Christian Andersen assim como seus próprios romances. Passou a II Guerra Mundial em Londres, trabalhando para o governo nacionalista, e regressou com a Revolução, aqui permanecendo. É um homem bonito, de fala suave, nos seus 60 anos, e melancolicamente apaixonado por "este país terrivelmente antiquado". Um romance que ele escreveu na década de 1940 e que estava esgotado há muito, foi agora reeditado e é agora o livro de maior sucesso, o que obviamente lhe agrada muito, sobretudo porque foi descoberto pelos jovens. É uma obra isenta de ideologia.

Ele acredita que uma batalha com os conservadores ainda está em curso, mas não haverá retorno à velha rigidez revolucionária, que mais não seja porque a política atual está elevando a renda individual, sobretudo no campo, onde vive 90 por cento da população chinesa. Surpreendentemente, insiste em que não há censura agora — dentro dos limites muito amplos do necessário apoio, ou não-oposição, ao "socialismo". Não é, porém, uma questão de política anticensura ou de compromisso liberalizante, mas de que "não existe um só, desde a morte de Mao, que tenha o prestígio bastante para expedir uma instrução que suste a publicação de um livro ou a apresentação de uma peça". É claro, estão sendo feitas opções sobre o que publicar, como existem por toda a parte, "mas a mão pesada do governo está agora inerte." Interpreto isso no sentido de que não existe censura *de fato,* mas não necessariamente *em princípio.* Mesmo assim, se verdadeiro, esse é em si mesmo um passo enorme.

A Morte de um Caixeiro Viajante, pensa Ye, revolucionará o teatro e refletir-se-á em muitas artes, "não só por ser tão livre na acepção formal, mas também tão comovente", e isso é dito sem a menor sombra de dúvida, como se eu próprio nunca tivesse tido nenhuma a tal respeito. As incompatibilidades culturais — a inexistência de caixeiros viajantes aqui, as relações pais-filhos mais formais, etc. — são meros detalhes de comportamento exótico e não impedirão o público de atingir a essência da peça.

Fico meditando, uma vez mais, sobre Mao: estaria ele ciente de que fracassara, em seus últimos dois ou três anos?

— Oh, há mais tempo do que isso. Ele, na verdade, nunca encontrou o caminho certo, foi tudo uma série de hesitantes incursões no desconhecido, e a Revolução Cultural foi meramente a última delas.

Mas ele ainda não está pronto para chegar a um julgamento final sobre a Revolução Cultural, na qual também ele sofreu muito e, nisso, ele parece típico.

— É terrivelmente complicado, uma corda tecida de bem e de mal, impossível ainda de destrinchar um do outro.

Ao despedirmo-nos, ele oferece uma gravura como presente, um desenho bastante sentimental de um gato — composto de um modo nada tradicional, segundo me parece. Fico pensando se, como o resto de nós, os chineses estão num terreno muito incerto de gosto, depois que deixaram para trás suas próprias tradições nativas. Inge regressa quando Ye está prestes a sair e fica tão animado, subitamente, por poder conversar com ela em chinês! Penso que é menos o fato de ele sentir-se aliviado por não precisar de falar em inglês, o que ele faz com perfeita fluência, do que simplesmente alegrar-lhe o coração saber que uma pessoa estrangeira amou suficientemente o idioma dele para tê-lo aprendido tão bem. A minha oferta de lhe obter duas entradas para a peça deixa-o sem fala e, enquanto me agradece efusivamente, pergunto-me por que deve ser, como evidentemente é, tão impossível a um homem como ele adquirir um par de ingressos.

* * *

À tarde, vou uma vez mais à casa de Ying Ruocheng e Wu Sheliang para ficarmos batendo papo juntos. E também para me dar uma oportunidade de fazer algo que ainda não tivera tempo de fazer; tenho estado impaciente por anotar algumas amostras das imagens que Ying usou em sua tradução da peça e que diferem do original. E enquanto

Inge e Wu Sheliang se sentam juntas na fria sala de estar forrada de livros fronteira ao pequeno pátio, Ying tenta recordar algumas de suas imagens.

Eu nunca tivera este gênero de relacionamento com um ator — principalmente, penso, porque Ying é também um erudito e aborda os conceitos com paixão; assim, ele pode extrair sentimento de idéias, bem como da pura experiência psicológica. Eu realmente nunca me vira como diretor, talvez porque os atores só podem habitualmente usar um impulso de cada vez, em lugar dos complexos de impulsos que a vida oferece em qualquer momento dado. Tenho de me acautelar contra a tendência para complicar excessivamente as coisas, algo que pode levar um ator a uma dura interpretação intelectualizada, em vez de uma performance sentida. Nesta produção, forçado a descobrir as linhas centrais de movimento pelas puras dificuldades de tradução, submeti-me inadvertidamente a uma espécie de exercício que me manteve estimulado e sensibilizado para uma peça que escrevi há mais de três décadas. Ying Ruocheng tem sido a minha rocha, um homem de dupla consciência, oriental e ocidental, literária e dedicada ao *show business*. E ele tem conseguido conter seu necessário egoísmo de ator através de todas as nossas provações. Sinto-me feliz por estar nesta casa agora, sem nada que dizer além de desfrutar da deliciosa ausência de necessidade. Vamos falar meramente de imagens.

Na cena de abertura do Segundo Ato, Willy está cheio de otimismo e promete falar com seu patrão, Howard, a respeito de lhe dar um emprego em Nova York. "Vou falar-lhe sem rodeios, palavras claras e simples. Ele tem simplesmente de me tirar da estrada. Estou farto de viagens".

A tradução é uma imagem de quatro caracteres: "Abrir porta ver montanha", ou, por outras palavras, uma confrontação direta. Ying explica:

— Existe um verso famoso de um poeta da dinastia Tang que diz: "Fim da montanha, fim do rio, assim pressente-se que a estrada deve terminar aí; entretanto, com a sombra do salgueiro e o brilho das flores, a estrada serpenteia e prossegue." Isto, evidentemente, é a imagem oposta. Mas, para Willy, não pode haver mais caminhos sinuosos: ele abrirá a porta e enfrentará a montanha bem defronte da porta.

Indago a respeito do repertório de frases feitas, gastas pelo tempo e usadas na própria peça, como "Negócios são Negócios" — um chavão sem qualquer significado em chinês.

— Verti-o, com efeito, para "Família é Família, Dinheiro é Dinheiro" — diz Ying.

Isso ressoa, destrutivamente no repetido "E lembrar-me que fui eu quem o batizou, quem lhe deu o nome de Howard" — sua tentativa de transcender a relação de dinheiro com o patrão.

Isso lembra-me "O sangue é mais espesso do que a água", o que, por sua vez, recorda a Ying ser essa precisamente a frase usada para descrever a separação de Taiwan da China, na medida em que, de fato, a família chinesa está separada por uma massa de água.

Referindo-se a seu falecido irmão Ben, Willy diz, "Esse homem era um gênio, esse homem era o êxito encarnado!" Eu sabia que essa hipérbole lomanesca intrigara Ying Ruocheng desde os nossos primeiros ensaios.

— Em chinês, essa é uma imagem muito densa e um trocadilho — explica ele. — Gênio em chinês é transmitido por um símbolo duplo: Céu-Talento, *Tian-Cai. Tian* escrito de um modo pode significar talento ou, de um outro modo, dinheiro... dinheiro de uma maneira algo abstrata, não a moeda ou nota, mais como "riqueza". Assim, a palavra *far-tian,* que usamos o tempo todo nesta peça, significa "ficar rico" mas também "sucesso". Em Hong Kong, as pessoas comem uma planta aquática que parece cabelo e chama-se *far-tian,* elas comem-na para dar sorte. Durante milhares de anos, sempre que se diz que alguém tem *far-tian,* é porque se tornou um grande funcionário, ou um proprietário de terras ou de algum modo, teve um grande êxito financeiro.

— Agora — prossegue Ying —, "encarnar" traduzi por "enviado pelo céu", de modo que engloba a dádiva, como um talento que provém de fora da terra, combinando-se com dinheiro e sucesso e o poder de triunfar — tudo condensado numa só imagem. Assim... *tian-cai* é um trocadilho ligeiramente cômico sobre "céu", "sucesso" e "ganhar dinheiro". E o público riu disso a noite passada... eles captaram a coisa.

— Por outras palavras — concluí eu —, exagerando ligeiramente, é como ser abençoado pelo céu com o poder e o talento para cobrar hipotecas.

Através de nossas risadas, ambos reconhecemos a nossa mútua tentativa de encontrar o terreno comum subjacente em nossas respectivas culturas. Se os chineses possuem imagens mais pictóricas, eles expressam, não obstante, situações humanas idênticas num plano mais profundo. (E isso, compreendemos ambos, faz com que o êxito da produção seja muito mais importante do que um mero sucesso teatral.)

O que leva Ying a contar como sentiu a cultura americana a primeira vez que esteve nos Estados Unidos, anos atrás.

— Superficialmente, tudo é oposto entre os modos americano e chinês. Como comermos a sopa no final da refeição e vocês no começo; e a primeira vez que cortei o cabelo nos Estados Unidos fiquei espantado por me lavarem a cabeça antes do corte. Aqui, lavamo-lo depois. Mas existem grandes semelhanças e, para mim, a principal razão é o imenso tamanho de ambos os países; quando um país é tão grande, tende a desfazer a estreiteza de espírito porque a população tem a experiência do contato com todos os tipos de pessoas, ao invés do que ocorre em países muito pequenos. A América é muito jovem mas as pessoas têm se movimentado incessantemente por todo o país, e a China — pelo menos nos últimos 2.500 anos — é um Estado unificado; mas é um erro pensar que a China foi criada por uma única tribo, ela amalgamou um grande número de povos que se entremisturaram. Você esteve em Datong, nas cavernas das grandes esculturas da Dinastia Mao, que eram inteiramente nômades. Existem dúzias de outros exemplos de culturas muito altas que foram inseridas na cultura chinesa. De modo que você não encontrará aqui uma perspectiva provinciana, aquela estreiteza de vistas a que me referi.

— A China foi realmente um cadinho de raças e culturas.

— Oh, definitivamente. E, em muitos aspectos, o mesmo ocorreu nos Estados Unidos. A última vez que estive na Califórnia...

— A propósito, a Califórnia terá muito em breve uma maioria hispânica, você sabe...

— Isso não me surpreende. Quase todos os funcionários do hotel eram hispânicos, com uma fina camada de chineses acima deles, e os clientes eram todos brancos. — E acrescentou: — Além dos japoneses, é claro...

A minha imagem seguinte: — "Não vou levar na cabeça por causa disso" — foi traduzida como "Não carregarei nas minhas costas a panela enegrecida". E pergunta a Wu Sheliang, no outro canto da sala:

— Você sabe qual é a origem dessa "panela negra"?

Ela tampouco faz idéia, exceto que a fuligem enfarrusca a roupa de quem levar a panela às costas.

Imagino se os chineses realmente "vêem" um homem com uma panela quando usam essa frase tão comum entre eles, ou a imagem concreta de qualquer metáfora corrente.

— Claro que não — diz Ying. — Assim como vocês não vêem um pequeno rato quando dizem "silencioso como um rato", nem têm a visão de um cano quando alguém "entrou pelo cano" em seus negócios.

— Essas metáforas só são conscientemente poéticas para estrangeiros.

— Eu diria que em qualquer língua.

Ao despedir-se de Willy, no final da cena no escritório de Charley, Bernard tenta animá-lo.

BERNARD: — Adeus, Willy, e não se preocupe por causa de Biff. Você sabe, depois da tempestade vem a bonança...

WILLY: — Sim, oxalá que sim!

BERNARD: — E muitas vezes é melhor para um homem cair fora e deixar as coisas correrem.

WILLY: — Cair fora?

BERNARD: — Isso mesmo.

WILLY: — Mas se você não puder cair fora?

Como traduzira ele esta última fala? Nas nossas duas pré-estréias, o público tinha rido, inadequadamente, segundo me parecia.

Ying sorriu.

— Literalmente, "cair fora" não significa coisa nenhuma em chinês. Assim, Bernard diz: "É bom ser capaz de levantar coisas, mas também ser capaz de pô-las no chão". E Willy responde: "E se eu não puder largá-las no chão?" Ele está subentendendo que só é capaz de levantar coisas e, nessa altura, penso eu, o público identificou-se com Willy como um homem que apanha toda a sorte de coisas mas é incapaz de soltá-las. E isso é divertido.

Com os nossos ensaios agora terminados e a peça finalmente prestes a iniciar sua carreira, e um elenco bem preparado de atores descansando por toda a cidade, é tempo de saborear alguns dos frutos do trabalho: o poder que a peça obviamente exerceu sobre o público da segunda pré-estréia.

— Aquele público da primeira pré-estréia foi o pior que teremos em toda a China. Em primeiro lugar, não pagam e, além disso, não fazem a menor idéia do que é o teatro... são as pessoas que fornecem a nossa cantina.

— Pensam que o teatro é simplesmente o lugar para onde levam carne e hortaliças.

— Exato! — Ying ri. — E há também os nossos mensageiros. A maioria da nossa gente, incluindo eu próprio, é claro, não tem telefone, de modo que precisamos de mensageiros. E para comprar-lhes as melhores motos japonesas, ter um suprimento adequado de gasolina, arrumar-lhes um lugar para morarem — bem, é preciso manter toda essa gente feliz. Depois, vários clubes, universidades e fábricas estão em condições de pedir quinhentas, mil entradas de uma só vez — essas pessoas não estão realmente interessadas em arte, é a função deles obter entradas, e isso é tudo. O público do segundo dia, no que nos diz respeito, foi perfeito. Mas, é claro, com as nossas barulhentas cadeiras, tem-se a sensação de que todo o mundo está saindo, só porque quatro ou cinco se levantaram para ir aos banheiros. Mas, na última noite, com aquelas chamadas dos artistas à cena no final, fiquei realmente surpreendido e pensei: "Ninguém saiu!" Os chineses costumam sair rapidamente assim que termina o espetáculo, você sabe, e aquele tipo de aplauso no final é muito raro.

* * *

Eu tinha vontade de visitar um bar comum em Pequim e nunca tivera tempo disponível para isso. Por isso caminhamos agora um par de quarteirões até um local limpo, de paredes caiadas, onde cerveja, conhaque, vinho e pastelaria eram vendidos num comprido salão. É de propriedade privada, um dos muitos estabelecimentos que hoje existem na cidade nessas condições. O serviço é rápido. A algumas mesas de distância, quatro homens de aspecto mongol estavam sentados diante de uma porção de garrafas vazias de cerveja e conhaque. Um deles cumprimentava-nos repetidamente e oferecia-nos em silêncio um drinque, com um sorriso-toldado no rosto. Mas tive o pressentimento de que ele era forçado por alguma mão invisível, em nome da boa ordem do local, a permanecer pregado em sua cadeira, impedindo-o de levantar-se e caminhar até nós. Ying bebeu dois conhaques e eu um — delicioso e custando cerca de 20 cêntimos a dose. A atmosfera lembrou-me a *Casa de Chá;* a peça de Lao She, na qual Ying fez o papel do Proxeneta. A casa de chá, uma metáfora para a China no meio século anterior à Libertação, em 1949, é uma verdadeira coleção de personagens chinesas, sobretudo homes que estão silenciosamente buscando meios de sobreviver, a qualquer preço, à desintegração violenta da sociedade. Segundo Ying Ruocheng, a versão original começava com os personagens reunidos na casa de chá, mas a peça gerou depois uma polêmica em torno da questão constitucional. Os atores, Ying entre eles, persuadiram Lao She a retirar as alusões políticas e a concentrar-se no destino das personagens tão ricamente retratadas. A peça é hoje tão famosa quanto *E Tudo o Vento Levou* nos Estados Unidos, e encenada vezes sem conta em cada temporada.

Decidi usar camisa, gravata e um *blazer* azul esta noite, para reafirmar a minha real identidade como ocidental. Não sei exatamente por quê. A não ser pelo fato de, após dois meses de usar diariamente meu casaco *sport,* todos os botões terem aos poucos caído e ele estar realmente uma sujeira. Suponho saber de antemão que a peça é um sucesso, que mais não seja porque todo o pessoal do hotel quer fazer fotos comigo, e fomos atendidos para o desjejum, esta manhã, por nada menos de um rapaz e cinco moças. Mostraram-me a minha foto no jornal, mais ou menos do tamanho de um selo postal e irreconhecível, mas todos quiseram que a autografasse. Segundo parece, os jornais aprovam a peça mas isso não seria necessário — a própria publicidade é a coisa importante, o reconhecimento dos meios de comunicação de massa vem depois. Não será preciso dizer mais nada de uma década de nivelamento da Revolução Cultural.

No teatro, três quartos de hora antes de subir o pano, Harry Moses, produtor do *show* de televisão de Bill Moyers que será montado em torno deste espetáculo, conta-me que entrevistaram pessoas à saída da sessão de ontem à noite e ficaram de queixo caído quando ouviram de todas elas como "tinham compreendido profundamente a peça". Eu estou muito menos surpreendido do que teria ficado algumas semanas atrás mas, apesar disso, muito satisfeito. A tomada final do programa, diz Harry, será um *close-up* de um jovem chinês que fala algum inglês e diz algo a respeito da China estar cheia de Willys, sonhadores do sonho. O que é tão fantástico a respeito de tudo isso, é que em 1949 a peça feria profundamente as presunções do novo "Século Americano" que Henry Luce, entre outros, tinha proclamado. Com a exceção solitária de Willy Loman, a América era um completo sucesso. Agora, segundo parece, o mesmo Willy Loman representa a América ou, pelo menos, para algumas pessoas. Isso lembra-me que o embaixador Hummel, em nosso segundo dia em Pequim, quando nos recepcionou com um almoço na embaixada, deu-me alguns conselhos sobre como encarar o que então parecia ser a inevitável politização da reação chinesa à peça: que esta provava simplesmente a desumanidade e a decadência do capitalismo.

— Não dê atenção nenhuma a isso. Ninguém dá. A peça é um retrato de elementos trágicos na sociedade americana. E daí?

De fato, pode ser melhor para nós admitir o nosso sofrimento do que ficar mostrando ao mundo os nossos banheiros cinematográficos e incessantes êxitos. Mas penso que ainda levará algum tempo até que os seus efeitos sobre as opiniões chinesas acerca dos Estados Unidos possam ser corretamente lidos.

Quando visito os camarins, onde eles estão fazendo sua maquilagem, o comportamento dos artistas lembra-me de novo a réplica da vida humana que uma produção teatral representa. O ator começa numa dependência impotente, gradualmente cresce até sentir-se forte, rebela-se freqüentemente contra o diretor/autor e, finalmente, na maturidade, enfrenta o mundo como se ele próprio o tivesse inventado. Onde outrora me amaram como a um pai, agora deixam de fazer exagerados gestos de afeição para o que outrora foi seu líder, de quem já não precisam mais. Agora, o que interessa é o penteado, a linha das sobrancelhas, o laço da gravata, as unhas, os dentes. Agora estou na posição de uma tia bem amada que lhes ensinou, quando crianças, a tocar piano; mostram-se radiantes por me ver chegar e ainda mais por me ver partir.

Exatamente como deve ser. A óbvia confiança deles traz-me recordações do vasto oceano que cruzamos desde aqueles primeiros dias em que parecíamos impenetráveis uns para os outros, tão solitários quanto um navio em alto mar, cumprimentando-nos de um convés a outro com apenas os conceitos gerais mais rudimentares, sendo impossível decifrarmos algo mais sutil. Visito-os de camarim em camarim para desejar-lhes boa sorte e sair-lhes do caminho o mais rapidamente possível. Estamos, penso eu, tão próximos quanto estaríamos de sentimentais amizades americanas, mas um certo formalismo nunca é apagado aqui e tende a propiciar à nossa mútua afeição maior promessa de durabilidade. Happy — o primeiro, que adoeceu — entrega-me um presente, uma peça de seda azul com sua caligrafia de agradecimentos e bons votos; e de Biff, esse cavaleiro mongol, recebo uma pequena estatueta de um Buda reclinado, com uma confortável barriga redonda e um sorriso benigno e divertido. Espetando um dedo nele, Biff repete seu nome especial, "Mi-la", soando bastante como "Miller" para provocar em Charley e Ying, que repartem com ele o camarim, um riso caloroso que, na realidade, celebra o fato de termos cometido um ato de amor nesta produção.

Descubro que já não estou mais preocupado com Ying, e sento-me por alguns momentos observando-o enquanto cola suas sobrancelhas postiças. Ele está usando há dias o seu terno de Willy Loman para deixá-lo amassado; é num bonito tom cinza com finas listras cinzentas mais claras, e foi feito sob medida para ele pelo último alfaiate que resta em Pequim capaz de fazer um bom terno ocidental, um velhote de 80 e tantos anos. Ele só dispunha de tecido suficiente para fazer esse último terno e nem um centímetro mais, pelo que se recusou a cortar uma amostra para que eu visse se estava bem para Willy; assim, a peça teve que me ser trazida inteira para minha inspeção. Ying Ruocheng deixou de se sentir vazio na cena do confronto final com Biff, pela mesma razão que nenhum de nós se sente vazio quando o amor reside em nosso íntimo. Willy é um amante abandonado, em busca de um perdido estado de graça, e o grande momento da peça é a sua descoberta, no momento mais inesperado de ameaças e conflito, de que é amado por seu rapaz, o predileto de seu coração. De fato, não me preocupo agora com nenhum deles porque, de um modo ou de outro, todos aprenderam a tornar-se as notas diferentes mas relacionadas de uma canção de amor.

Sentado e observando Ying enquanto se maquila, sinto o seu completo domínio do papel, sua segurança nas circunvoluções do personagem. Willy, já foi dito milhares de vezes, é tão americano porque tem uma tão grande ânsia de amor; mas, então, por que este ator chinês reagiu tão rapidamente ao mesmo perfil de medo e nostalgia? Senti, no começo, que Ying albergava uma certa superioridade em relação a Willy, como se dissesse: "Eu entendo Loman mas não devo ser confundido com ele." Entretanto, quando renunciou à sua própria invulnerabilidade, começou reconhecendo suas afinidades com o personagem e, na transação, transcendeu-se a si mesmo. O ator ou artista que não suporta perder-se a si mesmo, tampouco triunfará jamais.

Dirijo-me aos camarins das atrizes, onde Linda está se maquilando, tão compenetrada que mal me ouve — e quem pode censurá-la, quando o seu papel é tão radicalmente diferente para ela e para o seu público habitual? Tem um presente para mim e para Inge, sua especial amiga. E a Mulher, e Miss "Fausit" e Letta — todas elas irradiando uma felicidade que deve derivar de comentários que leram ou ouviram. Mas ninguém me diz nada, sou um surdo no meio desta sinfonia, tudo o que posso ler é a ausência de medo nos olhos delas. E, sem dúvida, pensam não ser acertado transmitir-me os comentários — a mim, o homem que está acima de tudo isso. O nosso primeiro Happy pára-me no *hall*; tem nos braços seu filho de cinco meses, apresenta-me sua jovem esposa e não consigo rechaçar o absurdo do pensamento, terrível em sua difícil simplicidade naquele recinto envolto em penumbra: Deus é amor e a arte também, e nisso reside a sua universalidade para a espécie humana.

Sozinho de novo, paro no corredor, sabendo que justamente nesse momento, na frente do teatro, o público deve estar começando a entrar, junto com a dúzia de amigos americanos e o embaixador estadunidense, assim como outros embaixadores e altos funcionários; de novo me surpreendo com o fato de a importância deste evento ter sido tão ampliada, muito além de ser uma peça teatral ou uma obra de arte. Converteu-se num teste de alguma espécie, mas do quê, precisamente? A incomunicabilidade dos chineses? Se não posso pretender que conheço os meus atores, conheço-os tão bem ou tão pouco quanto seria o caso de um elenco americano. Já não posso invocar a noção da reserva chinesa. Sua língua é atrozmente diferente e a maioria de suas condições de vida também, mas eles próprios serão? Poderá ser que nos pareçam tão diferentes e, com freqüência, tão difíceis porque arrastamos nossas correntes, nós e eles, para a sala quando nos sentamos juntos: eles, com seu misto de inferioridade perante os bem sucedidos ocidentais (e japoneses) e de amargura em face de seus próprios sentimentos; nós, com a nossa condescendência, que com tanta freqüência assume a forma de deferência chinesa? Se nada mais houvesse, tratei-os como iguais, o que é muito fácil nesta arte, onde somos apenas o nosso talento, a nossa intuição, a nossa graça no palco, nada menos e nada mais. Assim, as relações das duas culturas são purificadas, por estranho que pareça, reduzidas ao cerne de humanidade em todos nós. Não nos encontramos defensivamente no teatro, muito pelo contrário — aí temos que nos abrir uns para os outros. Se não consigo entendê-los ou eles a mim, temos uma catástrofe mútua. Assim, pomos de lado a cultura, ignoramos a opacidade de nossos idiomas, e esforçamo-nos por penetrar, ao invés de nos justificarmos ou defendermos o longo passado. Com efeito, todo o nosso objetivo foi trazer à luz as nossas imagens comuns e histórias análogas — ainda que superficialmente diferentes. Se eles estão fazendo os Lomans intimamente compreensíveis a seus concidadãos chineses, é porque descobriram os Lomans neles mesmos. Foi por isso que eu não quis perucas na peça, tornando-a uma experiência exótica em vez de uma experiência pessoal para todos eles; as pessoas não teriam que sentar-se no teatro admirando ou "distanciando-se" de um bizarro grupo de figuras de aspecto humano, oriundas de alguma exótica Brooklyn, mas que absorver a peça, o mais profundamente possível, como uma experiência vital que ampliaria a própria experiência delas do mundo. A tarefa da cultura, sempre pensei, não consiste em fortalecer ainda mais as pessoas contra a contaminação por outras culturas mas servir de intermediária entre elas, a partir do terreno comum do coração.

O nosso assistente de direção (que só conseguiu entender a peça quando percebeu que Willy andava pensando em suicídio) encontra-me agora no corredor, a fim de me conduzir até ao meu lugar. Já não me pergunta, simplesmente me informa, na excitada tradução de Shen, que eu ficarei sentado onde o *spotlight* possa alcançar-me no final, porque irei juntar-me aos atores no palco — é o costume. E, com peremptório comando, leva-me corredor abaixo por um braço.

Louis Auchincloss está sentado à minha frente, o mais jovial e exuberante entre os excelentes romancistas que conheço, ainda fresco em minha mente o seu livro recente imitando Saint-Simon. Logo adiante dele e de sua esposa estão Milton Gordon, um rico homem de negócios, de rosto triste, espírito sensível e perspicaz, depois Geraldine Stutz, que dirige a cadeia Bendel's de lojas de departamentos para mulheres mas passa mais tempo no Conselho Estadual de Artes de Nova York, e Theodore White e a esposa bem no centro da platéia, e os Davisons. Ele é um banqueiro em Nova York e tem uma agradável tendência para rir com modéstia. Todos eles têm exemplares da peça abertos no colo, e seus olhares excitados para o público em volta lembra-me que o primeiro contato que se tem com uma massa de chineses como esta é uma circunstância excitante, quase chocantemente misteriosa. Os rostos americanos deles estão repletos de uma felicidade ingênua e, talvez, certo orgulho.

Logo do outro lado de Inge, em nossa fila, estão o embaixador Hummel e sua esposa. Estou certo de que ele teve que pensar duas vezes antes de decidir comparecer esta noite, depois que os chineses romperam as relações culturais com os Estados Unidos por causa da tenista, algo que ele obviamente lamenta e, penso eu, sensatamente propaga a quem se deve responsabilizar por isso. Não posso deixar de recordar que, no começo da década de 1950, uns dois anos depois da estréia d'*A Morte de Um Caixeiro Viajante,* o Departamento de Estado negou-me um passaporte para viajar à Europa, a fim de assistir à estréia de *O Cadinho* na Bélgica. Hoje, uma peça minha é o nosso único contato cultural com a China e um pelo qual o mesmo Departamento estará agora, sem dúvida, muito grato. O pensamento faz-me feliz pelo poder da arte.

A luz diminui no palco, ouve-se a melancólica flauta — ouço-a com imenso prazer, devo dizer, dada a condição do gravador — e pela primeira vez temos um silêncio tipo ocidental no teatro.

Inevitavelmente, suponho, sinto-me mais curioso por saber o que os americanos estão achando da peça do que os chineses, que, graças ao nível de desempenho, estou certo de que serão conquistados por ela. A minha idéia de colocar mantas escuras sobre os lençóis das camas dos rapazes resolveu o problema de não serem notados quando descem do andar de cima e, eliminando esse motivo de distração, os chineses já não rompem em sonoras exclamações quando os dois atores reaparecem como adolescentes, limitando-se a simples murmúrios, deliciados com a transformação, e logo silenciando de novo para não perderem o diálogo.

Os americanos estão avidamente acompanhando pelo texto inglês, mas Auchincloss relaxa-me com suas risadinhas e gargalhadas, e seu óbvio deleite com o desenrolar do enredo, a cabeça para um lado e para o outro como num jogo de tênis.

Nunca mais verei este espetáculo de novo e assim deixo que se infiltre em mim por todos os poros, livre de toda a tensão, finalmente parte do público. A interminável variedade da peça, o inesperado das atitudes de Willy, sua liberdade autônoma, são minha alegria, e minha mente retrocede para o acanhado quarto do Connecticut em que escrevi a peça há 36 anos; tudo o que posso realmente recordar foi o meu riso de então. Isso e sair de casa exausto, ao fim do dia, olhar para o céu noturno, e dizer: "Fala comigo, Willy, que devo dizer?" Ele parecia estar no bosque vizinho, espiando-me entre as folhas, as calças amassadas, o chapéu de feltro, as malas pousadas na grama.

Observando o desempenho de cada um, posso sentir como os atores são eficientes mas, ao mesmo tempo, sei que emprestarão gradualmente muito mais cor e espontaneidade a seus papéis, à medida que passem as semanas. A arte de representar é o domínio da contradição: seu propósito é colocar o ator em "o agora", o momento, mas ao mesmo tempo ele tem que estar planejando seu próximo movimento, construindo seus sucessivos lances de clímax com modulações de voz e intensidade emocional. Em virtude do treinamento e temperamento, o ator chinês cria sentimento através do reconhecimento de sua dívida para com as técnicas que levam à objetivação. Ele não "se joga no papel" mas constrói um desempenho mediante a aquisição gradual, passo a passo, por assim dizer, do conhecimento da história, personagem e circunstâncias específicas. Não começa com frenesi mas espera terminar com ele. Mas, é claro, ele nem sempre aparece e, por vezes, a gente gostaria de mais indiferença, convites para o acidente sublime. Não é mais fácil calcular antecipadamente um frenesi do que pular para ele sem pensar, e os atores tendem, em geral, a errar nos cálculos, suspeito de que, dado um número suficiente de performances, chegarão à espontaneidade que, em última análise, justifica tudo.

Mas, quaisquer que sejam as minhas próprias reações, as do público são veementes, apaixonadas. No final, nunca parariam de aplaudir se pudessem. Ninguém saiu. Quando estava fazendo suas reverências de agradecimento, creio ter surpreendido uma expressão de vitória tremendamente séria no rosto de Ying Ruocheng. A jogada recompensara, o público chinês tinha entendido *A Morte de um Caixeiro Viajante* e demonstrava seu orgulho na companhia. As filas dos americanos ovacionavam, os olhos de Milton Gordon ainda estão vermelhos e úmidos, o embaixador Hummel batia palmas, e pensei que chineses e americanos estavam tentando assegurar-se mutuamente da durabilidade da afeição entre os dois países. O *spotlight* que varria o teatro localizou-me, e levei Inge comigo para o palco, onde ficamos ao lado do pequeno Cao Yu, cuja vitória estava solenemente estampada em seu rosto, e Ying e Linda, e os outros. Uma montanha de lírios brancos foi içada para o palco e colocada à nossa frente, como na ópera. Uma ameaça de câmeras de televisão encarava-nos desde a platéia.

Os Hummels apareceram na ruidosa festa, três lances de escada mais acima; uma surpresa, uma vez que eles haviam sido polidamente desconvidados, em virtude das relações tensas, mas fiquei satisfeito por terem vindo e, minutos depois, sairam; Hummel não era um homem frio, apesar de sua reputação de imperturbável, e agarrou-me por um braço:

— Afinal, a coisa acontece em chinês! — gritou. E ambos estávamos satisfeitos por ter tudo funcionado tão bem.

Os Estados Unidos necessitarão deste país como um enriquecimento para a nossa cultura um dia, assim como a China precisa de nós agora. Suponho que o mais gratificado como americano era Teddy White. Ele passara os anos mais dramáticos de sua vida como correspondente da *Time* na China da revolução e da guerra; mas, regressando o ano passado, segundo me contaram, ficou chocado com as implacáveis repreensões com que seus velhos amigos o brindaram por causa da política norteamericana de tratar Taiwan como um país separado, apesar das garantias de Nixon e Carter em contrário. Esta noite, uma vez mais, ele pôde ser o orgulhoso americano que tanto queria ser.

Como símbolo final de sua pobreza, o teatro tinha uma pilha de pequenos sanduíches de presunto levemente ressequidos sobre a mesa mas, de qualquer modo, eram uma nota americana que apreciei, embora não fossem fáceis de engolir. Agora, Inge teve que bater fotos de todos os atores e atrizes da companhia, mais as nossas sorumbáticas senhoras do departamento de costumes, e o velho porteiro, e o nosso Buster Keaton do departamento de adereços, que espia sempre debaixo de cadeiras e móveis, em busca de Deus sabe o quê. Cao Yu fez um longo discurso, eu fiz um bem curto, outros acharam que deviam fazer o mesmo, e a centena de pessoas presentes não prestou atenção a nenhum, tamanha era a alegria reinante.

Finalmente, perto da meia-noite, hora de ir embora. Enquanto trocamos apertos de mão e beijos e gritamos nos rostos risonhos uns dos outros, Biff iniciou um hurra inspirado na fala final de Willy desde a cama, no Primeiro Ato, quando recorda as ovações das bancadas, "Loman, Loman, Loman!" A de Biff foi "Mee-la, Mee-la, Mee-la!" E a única palavra chinesa que consegui tirar do fundo da memória para responder foi *laila* — como quando Willy, vangloriando-se a seus filhos de que, ao invés de outros caixeiros viajantes que têm de esperar horas para serem recebidos por um comprador, ele simplesmente entra num escritório e anuncia "Willy Loman *laila*!" — Willy Loman está aqui!" — e é recebido no mesmo instante. Gritei "Arthur Miller *laila*!" e a festa terminou, todo o mundo rindo.

Nossa bagagem já estava checada e aguardávamos agora a chamada para o nosso vôo. De súbito, um velho ônibus aproximou-se da grande janela envidraçada da sala de espera do aeroporto, através da qual eu estava olhando para o movimento lá fora, e ali estava Ying Ruocheng ao lado do motorista, atrás deles a companhia toda. De novo os apertos de mão, as fotos e as risadas mas, desta vez, havia algo mais do que frivolidade e despedidas joviais no ar. Ying, sobretudo, parecia um tanto solene, até perturbado. Teria saído alguma coisa desagradável na imprensa? Ou estaria meramente comovido por ver-nos partir, após uma colaboração tão intensa nos últimos meses? Ou estaria eu lendo em seu olhar demasiada agitação e tristeza? Não houve tempo para perguntar. Encaminhamo-nos para o controle de passaportes e aguardamos que o funcionário carimbasse e virasse as folhas uma por uma, enquanto uma vintena de membros do Teatro de Arte do Povo de Pequim permanecia do outro lado da barreira, acenando, sorrindo, recusando-se a voltar as costas enquanto não estivéssemos fora de vista. Os passaportes de novo em nossas mãos, segredei para Inge que não se deixasse ficar para trás, e eu não pude fazer mais do que dirigir um último olhar de relance à companhia e afastar-me correndo.

Num dado momento de nossa ronda para as últimas despedidas, senti, não tenho idéia alguma por que razão, uma espécie de desespero; talvez fosse o medo de que, quando tudo está dito e feito, eu não pudesse saber o que suponho ter vindo aqui para descobrir — como a minha peça tinha realmente sido apreendida pelos chineses e o que, em seu íntimo, esses atores tinham extraído dela. Numa palavra, a velha opacidade da "China" estava uma vez mais descendo sobre a minha visão. Sei que o público riu justamente nos mesmos momentos em que rimos no ocidente, e vi muitos espectadores chorando por

Willy, de modo que talvez minhas perguntas não importem. É possível que eu deva prestar mais atenção ao meu próprio conselho, dado quando os chineses indagavam em que lugar a peça estava acontecendo, uma vez que não lhes era permitido maquilarem-se como ocidentais: que tudo acontece em algum país da mente, onde pessoas com rostos chineses e cabelos negros e lisos falam e comportam-se como se estivessem numa outra civilização. Assim, tentarei consolar-me com o fato de nos termos conhecido e criado juntos uma espécie de casa, e uma família, e uma luta pela vida, nas planícies da imaginação onde é possível, na verdade, compartilhar de tudo o que viermos a ser.

A presente edição de A MORTE DO CAIXEIRO VIAJANTE EM PEQUIM de Arthur Miller é o Volume de número 36 da Coleção Excelsior. Capa Cláudio Martins. Impresso na Líthera Maciel Editora e Gráfica Ltda., à rua Simão Antônio 1.070 - Contagem, para a Editora Itatiaia, à Rua São Geraldo, 67 - Belo Horizonte - MG. No catálogo geral leva o número 01085/5B. ISBN. 85-319-0729-2.

A presente edição de A MORTE DO CAIXEIRO VIAJANTE EM PLOTIM de Arthur Miller é o Volume de número 36 da Coleção Ecléticos. Capa Cláudio Martins. Impresso na Líthera Maciel Editora e Gráfica Ltda., à rua Simão Antônio, 1.070 - Contagem, para a Editora Itatiaia, à Rua São Geraldo, 67 - Belo Horizonte - MG. No catálogo geral leva o número 01065/7B. ISBN: 85-319-0729-2.